자주 부끄럽고 가끔 행복했습니다

자주 부끄럽고

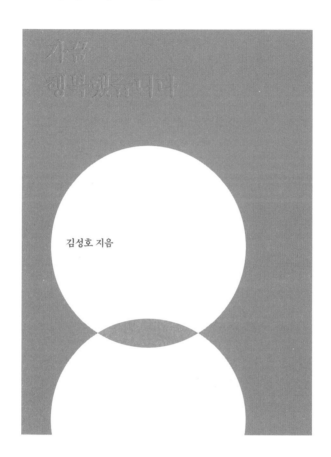

가끔
행복했습니다

김성호 지음

기자의 할 일, 저널리즘 에세이

포르*체

목차

나를 소개합니다

　새로운 사람들과 만나 제가 어떤 사람인지를 소개하는 건 늘 난감합니다. 이름과 나이, 사는 곳을 말하는 건 어딘가 지루하고, 저를 잘 나타내지 못하는 것 같지요. 그렇다고 다른 무엇으로 소개하려니 딱히 잡히는 것도 없습니다.

　어떤 사람은 취미나 특기로 대체합니다. "쉴 때는 미술관을 가고 뮤지컬도 좋아해요"라거나 드라마 OST를 피아노로 뚝딱 칠 수 있다거나, 매일 아침 5킬로미터를 뛴다는 사람도, 이제까지 백 개가 넘는 도시를 다녔다고 소개하는 사람도 봤습니다. 초면에 자기가 싫어하는 걸 나열하는 사람도 있습니다. 교회 다니는 사람을 안 좋아한다거나, 자기는 자본주의자를 싫어한다거나, 자기계발서 읽는 사람하고는 대화하기 싫다는 등 말이죠. 좋아하는 것들로 자기를 표현할 수도 있겠습니다. 인생 영화로 〈킬 빌〉을 얘기하는 사람과 〈클래식〉을 꼽는 사람, 〈신과함께-죄와 벌〉을 드는 사람은 전혀 다른 인간일 겁니다. '20대에 00하는 법'이라는 유형의 책을 읽는 사람과 《죄와 벌》을 읽는 사람이 그런 것처럼요.

　이런 식으로 저를 소개해 봅니다. 저는 글을 좋아합니다. 읽는 것보다는 쓰는 것을 좋아합니다. 고작 40개 자모음을 이리저리 엮어서 단어와 문장을 만들고, 그걸 모아 문단과 글을 뚝딱 써내는 걸 즐거워합니다. 앉혀놓고 설명하듯, 눙치고 넘어가듯, 은근히 돌려대듯, 거세게 쏘아붙이듯이 다양하게 말하기를 실험합니다. 대화하길 좋아합니다. 누군가의 말을 듣고 저의 표현을 얹어 봅니다. 영화와 소설, 그림도 자주 감상합니다. 나와 세상이 만나는 다양한 방식을 탐구하고 넓혀 갑니다. 풍요로운 삶이란 게 그리 멀리 있지 않습니다. 〈인디펜던스 데이〉를 보고 전율했고, 〈시네마 천국〉을 보고 울어 봤습니다. 〈라임라이트〉에서 삶을 배웠고, 〈7인의 사무라이〉를 보며 꿈을 세운 일이 있습니다. 스스로가 아무것도 아닌 것처럼 여겨졌을 때는 《모든 인간은 죽는다》로 위안을 얻었습니다. 《맹자》와 《대학》, 《삼국지》를 여러 번 읽었고 《천사와 악마》, 《침묵의 함대》를 즐겁게 봤습니다. 축구게임 'FM'을 하며 보낸 시간이 다른 모든 게임을 합친 것보다 많습니다. 산과 여행을 좋아하고, 어리석고 지루한 걸 싫어합니다.

오늘의 저를 만든 건 취향과 노력보다는 환경의 기여가 컸습니다. 그런데도 저는 아주 오랫동안 그 반대라고 생각했습니다. '나는 남들과 다르다'고, '나의 노력이 내 미래를 만든다'고 믿었습니다. 생각하고 표현하는 모든 것들이 제 의지에 달렸다고 생각했지만, 이제 와 돌아보면 사는 동안 만난 것들이 오늘의 저를 이룬 것도 같습니다.

글을 쓰며 과수원 하나를 생각합니다. 봉긋 솟은 흙무덤이 열 줄로 가로 났습니다. 줄마다 사과나무 열 그루가 나란히 심겼습니다. 총 백 그루입니다. 줄마다 물과 거름을 달리 줍니다. 앞 다섯 줄은 거름을 주고, 뒤 다섯 줄은 주지 않습니다. 다섯 줄마다 맨 앞부터 물을 100, 80, 60, 40, 20으로 차등을 둡니다. 다른 변수들도 많겠으나 복잡하므로 제외합니다.

저는 이 중 어느 한 줄에 있는 사과나무처럼 살았습니다. 열심히 살았으나 제가 심긴 줄을 벗어나지 못했습니다. 아무리 발버둥 쳐도 달라지지 않았습니다. 같은 줄에 심긴 사과나무라고 모두 같지는 않겠으나, 다른 줄에 심긴 사과나무만큼 확연히 달라지진 못합니다. 저는 제 글이 제가 심긴 땅에 빚지고 있다고 생각합니다. 글이란 인간을 반영하고, 인간이란 쾌락과 즐거움만큼 고난과 역경도 자양분으로 삼게 마련이니까요.

그러한 이유로, 다시 저를 소개합니다.

1986년생, 남자. 서울에서 태어났습니다. 평생 소처럼 일한 부모와 데면데면한 여동생이 있습니다. 초·중·고를 서울에서 나왔고 재수를 했습니다. 법학과에 진학했지만, 법조인이 될 생각은 없었습니다. 영화감독과 소설가 중에 진로를 고민했습니다. 군 복무를 제외하고 8년을 대학에 적을 뒀습니다. 용돈은 거의 받지 않아 수백 개의 아르바이트를 했습니다. 영화와 극작은 잘 풀리지 않았습니다. 여기저기 영화 평론을 연재했습니다. 오랜 연애를 하고 헤어졌습니다. 어찌어찌 신문사에 취업했습니다. 2년쯤 하니 지루해졌습니다. 항해사 교육을 받고 외항 상선을 탔습니다. 인도양과 대서양, 수에즈 운하를 오가며 수십 개 항구를 들렀습니다. 2년 뒤 언론사로 돌아갔습니다. 썩 괜찮은 보도를 제법 많이 했습니다. '유령수술'과 '수술실 CCTV' 보도에 큰 관심이 쏟아졌습니다. 다시 사표를 냈습니다. 삼십 대 중반의 백수가 되어 이 글을 쓰고 있습니다.

이 책은 대한민국이란 과수원, 볕 잘 드는 줄에 심긴 한 그루 사과나무의 기록입니다.

2022년 12월,
김성호

부끄러움을

감당하는 일

I

부끄러움은

나
의

몫

5년을 기자로 지냈습니다. 사건을 취재해 세상에 알리는 일, 그 일을 하며 5년을 살았습니다. 몇 차례 위기도 있었습니다. 마음 다해 취재한 사건을 보도할 수 없게 된 순간들도 마찬가지였지만, 마침내 참기 어려운 찰나가 오고 말았습니다. 기자라는 직업을 자랑스러워한 만큼, 그래서 선을 다해 일했던 만큼, 후회 없이 사표를 던졌습니다. 2021년 여름이었습니다.

엎어진 김에 쉬어 간다고, 한 1년쯤은 이런저런 글을 쓰며 지내야겠다 싶었습니다. 소설도 쓰고, 시도 쓰고, 지금 여러분이 읽고 있는 이 책도 쓰면서요. 그래도 마냥 글만 쓰는 건 불안한 일입니다. 줄어드는 잔고는 사람을 얼마나 초라하게 하는가요.

어느 앱에 프로필을 등록하고 사교육 강사로 일했습니다. 입시와 입사 관련 글쓰기를 지도하고 자기소개서를 봐주는 일이었습니다. 한 달에 몇 건씩 꾸준히 하면 쓰는 돈만큼은 벌 수 있겠다 싶었습니다. 프로필에 기자 출신이라 올렸더니 언론사를 지망하는 이들이 제법 지도를 요청했습니다. 그들이 쓴 자기소개서와 글을 읽는 건 색다른 경험이었습니다. 오랫동안 잊고 있던 마음들이 '나 여기 살아 있어' 하고 움직거렸습니다. 절실함과 열망, 끝내 놓칠 수 없는 온갖 마음이었습니다.

다른 많은 직업처럼 기자가 되기를 선택한 이들에게도 몇 가지 공통점이 있습니다. 군인이나 경찰 지망생들이 대개 규칙을 잘 지키고 애국심이 큰 것처럼, 창작자가 되려는 이들이 자유분방하고 세상사에 관심이 많은 것처럼 말입니다. 언론사 입사를 원하는 이들은 대부분 호기심이 많고 세계관이 뚜렷합니다. 공익에 기여하려는 태도가 분명하고 비판적인 사고력도 강하지요. 언론사 입사 자기소개서에도 비슷한 내용이 넘칩니다. 나는 세상돌아가는 일에 관심이 많고 공감 능력도 우수하다고, 그래서 기자를 선택했노라고 말입니다. 그러나 현실은 어떻습니까. 오늘날 기자는 '기레기' 또는 '기더기'라는 비판을 피하지 못합니다. 갈수록 문제는 짙어지고 스스로 부끄러워할 잘못들이 거듭됩니다. 조직은 날이 갈수록 타락하고 인터넷엔 자극적이고 보도 가치 없는 저질 기사들이 둥둥 떠다닙니다. 어째서 좋은 재목들을 받아들이고도 언론은 갈수록 썩어만 가는 건지요.

수습기자 시절이었습니다. 한 선배와 국회에서 열린 공청회에 갔습니다. 어느 지역 협회가 주최한 공청회였습니다. 당시 만연한 규제 완화 풍조에 발맞춰서 업계에도 규제를 대폭 완화해야 한다는 게 주된 내용이었습니다.

공청회장 테이블 위엔 협회에서 작성한 보도자료 팸플릿이 놓여 있었습니다. 선배는 한 부를 집어서 제게 건네고는 공청회를 하는 동안 기사 한 편을 만들어 보라고 지시했습니다. 팸플릿에 담긴 내용이 얼마나 조악했는지 아직도 생생합니다. 협회 입맛에 맞게 신뢰할 수 없는 통계를 잔뜩 끌어와서는 규제 완화를 해야 한다는 일방적 주장만을 거듭하고 있었습니다. 당장 검증할 수는 없어도 의문이 드는 대목이 여럿이었습니다. 그래도 일단 기사 한 편을 뚝딱 만들었습니다. 몇 월 며칠 국회에서 공청회가 열렸고, 협회는 이런 주장을 하더라는 건조한 기사였지요. 경험 없는 수습의 눈에도 이치에 맞지 않는 주장이 적지 않았기에 그런 내용은 몽땅 빼버렸습니다. 선배는 못마땅해했습니다. 그날 공청회에 나온 말 중에 수위가 센 것들이 꽤 많았는데 그런 내용을 죄다 빼놓았기 때문입니다. 딴엔 그 주장이 사실인지 검증할 수 없어 뺀 것인데 선배는 이해할 수 없다는 듯 고개를 가로저었습니다. 그리고는 이렇게 말했습니다.

"너 기사 참 재미없게 쓴다."

제가 쓴 기사는 그대로 기사가 되어 온라인으로 전송됐습니다. 단순히 연습일 줄 알았던 저는 적잖이 놀랐습니다. 이대로 나가도 괜찮냐고, 팩트 체크가 필요하지 않냐고 그에게 물었습니다. 수습기자의 물음이 언짢았던 걸까요. 꽤 긴 경력을 갖고 있던 선배는 제게 이렇게 말했습니다.

"나대지 좀 마."

비슷한 일이 많았습니다. 수습기자로 금융위원회에 갔을 때 일입니다. 그 시절엔 사모펀드(소수의 투자자로부터 모은 자금을 운용하는 펀드)와 관련한 규정을 대폭 완화한 자본시장법 개정이 이슈였습니다. 새 시대 새로운 금융을 발전시켜야 한다는 명목 아래, 문턱이 끝없이 낮아지던 시절이었습니다. 엄격한 기준을 갖춰야 하는 인가제가 그저 등록만 하면 되는 등록제로 변경됐습니다. 최소투자금도 대폭 낮춰 개인투자자도 쉽게 사모펀드에 투자할 수 있게 되었습니다. 펀드로 파생상품에 투자할 수 있는 비중도 크게 높였습니다. 개인이 투자한 펀드상품으로 파생상품에 재투자할 길이 이때 열렸습니다.

검증되지 않은 사모펀드가 난립亂立하고 개인투자자 피해가 우려되는 건 당연했습니다. 그런데도 그날 금융위엔 이를 비판하는 기자가 얼마 되지 않았습니다. 금융위원장 기자회견 뒤에 쏟아진 기사들에는 비판 논조가 한 톨도 실려 있지 않았습니다. 정치적 성향을 막론하고, 적어도 제가 찾아본 여러 기사가 모두 그랬습니다. "금융사를 믿어야 금융개혁도 있다"라는 금융위원장의 말은 허공에 울리고 있었습니다. 정말 이래도 괜찮냐는 물음에 선배가 답했습니다.

"우린 경제지잖아."

5년이 지나 저는 서울남부지방법원을 출입하는 기자로 일했습니다. 금융 문제를 전문적으로 다루는 이 법원에선 매주 라임자산운용을 비롯한 사모펀드 관련 재판이 열렸습니다. 피해액이 1조 6천억 원에 이른다는 기사를 매번 써냈지만 그 돈이 얼마만큼인지 감도 잡히지 않았습니다. 마지막 집세와 공과금이 든 봉투를 두고 자살로 생을 마감한 어느 일가족의 유서를 읽으며 그들을 구하기 위해 필요한 돈은 과연 얼마였을지를 떠올려 보았습니다. 이 세상의 돈은 대체 어디서 어디로 흐르고 있는 건지요. 금감원과 검찰 앞에선 재산을 수억 원씩 날린 사모펀드 피해자들의 집회가 열리고 있었습니다. 저와 만나는 공무원들은 하나같이 그때 바뀐 법이 문제라고 이야기하곤 했습니다. 그들 중 누구도 그당시에는 그게 문제라고 말하지 않았으리라는 걸 저는 알 수 있었습니다. 저는 기사를 쓸 때마다 면목이 없었습니다.

수습 딱지를 갓 떼고 사회부 막내 기자로 일할 때였습니다. 아침 일찍 걸려온 전화 한 통을 받고서 한 대학교로 부랴부랴 달려갔습니다. 당시 교육 분야를 담당하던 선배가 다른 일로 자리를 비운 탓이었습니다. 교육 문제를 취재한 건 그때가 처음이었습니다. 주제는 입시제도 변경에 대한 것이었습니다. 수학능력시험과 논술평가 비중을 대폭 줄이고 수시 선발 인원을 크게 늘린다고 했습니다. 고등학교별로 점수에 차등을 두고 입학사정관의 재량도 늘려서 다양한 자질을 가진 학생을 선별해 뽑겠다는 것입니다. 의문이 들었습니다. 정시라고 결함이 없는 건 아니겠으나 수시를 대폭 확대하는 게 어떻게 대안일 수 있는지 이해되지 않았습니다. 가뜩이나 사회 전 분야에서 공정이 무너지는 일이 잇따르고 있었습니다. 수능시험보다 수시제도가 더 공정하리라고는 기대하기 어려웠습니다. 만약 고등학교 시절의 저였다면 이 학교가 이야기하는 다양한 수시전형에는 아예 대응조차 할 수 없을게 분명했습니다. 그런 우려를 담아 기사를 적었더니 대뜸 데스크에서 전화가 걸려 왔습니다.

"네 생각 말고 발표한 걸 적어라."

저는 아는 것 없는 막내 기자였으니 따를 수밖에요. 그로부터 6년이 지났습니다. 여기저기 입시비리 뉴스가 끊이지 않고 들려옵니다. 교수와 행정직원 자녀를 합격시키기 위해 대학교가 지원자의 성적을 조작했다는 투서가 사실로 판명 나고는 합니다. 아예 뒷돈을 받고 합격자가 뒤바뀌는 경우도 있습니다. 왕왕 비슷한 뉴스를 접할 때마다 그날 기사를 고치던 제 모습을 떠올립니다. 그날 친구들과 가진 술자리에서 취기를 빌려 불만을 쏟아 내던 저를요. 그날 써 내려갔던, 결국 나가지 못했던 그 기사가 저의 비겁과 무력함의 증거처럼 선명해지곤 합니다.

이런 일은 대단치도 않습니다. 한국에서 기자로 일하는 사람이라면 누구나 비슷한 일을 수두룩하게 경험했을 게 분명하니까요. 타사 기자들과 이야기를 나눌 때면, "공들여 보도했는데 데스크가 광고와 바꿔 먹었다"거나 "열심히 취재해 낸 기사가 아무 통보도 없이 내려갔다"는 하소연을 자주 듣곤 합니다. 누구는 방향이 정해진 기사를 쓰라고 지시받았다고, 누구는 기사가 전혀 사실이 아닌 쪽으로 바뀌는 걸 손 놓고 봐야 했다며 울분을 토합니다. 이런 일을 거듭 겪다 보면 처음 입사할 때 생각한 저널리즘이 물정 모르는 소리처럼 느껴지곤 합니다. 곁에서 본 언론과 실제 겪은 언론이 전혀 다른 모습이기 때문입니다.

이해할 수 없는 건 아닙니다. 언론사도 결국은 회사입니다. 당장 먹고살아야 하고, 갈수록 더 잘 먹고 잘 살아야 합니다. 무너지는 수익 모델을 뒤로한 채 고고하게 취재하고 보도하는 건 어려운 데다 바람직한 일도 아닙니다. 기사가 수익을 담보하지 못하고 광고 시장은 언제 무너질지 모르는 상황에서 기자이면서 직장인이기도 한 기자들의 정체성은 수시로 위협받을 수밖에 없습니다.

기자는 취재하고 글을 잘 쓰는 것만으론 부족합니다. 각종 보도자료와 홍보성 자료가 어찌나 많은지 그걸 다 쳐내는 게 일입니다. 그러다 보면 취재는커녕 팩트 체크하기도 벅찹니다. 제대로 취재하지 않은 채 남의 기사를 슬쩍 혹은 대놓고 베끼는 경우가 허다합니다. 누군가는 21세기 취재란 인터넷으로 하는 거라고까지 말합니다. 기사면 다행이지 블로그와 대학생 레포트까지 베끼는 기자가 여럿입니다. 기업 홍보팀 직원들은 동반자라고 불러도 될 정도입니다. 클릭 수가 돈이 되는데 자극적인 기사를 마다할 회사가 몇이나 되겠습니까.

언론사치고 이런 상황으로부터 자유로운 곳은 몇 되지 않습니다. 제 몫의 부끄러움을 매일 감당해내는 소수의 기자와 무엇이 부끄러운 건지도 까먹은 다수의 기자가 무참하게 섞여 있는 게 한국 언론의 오늘입니다. 제가 기자로 일한 5년여 시간은 그 부끄러움을 감당하는 여정이었습니다. 부끄러움을 더는 감당하지 못하게 되었을 때 저는 기자이기를 포기하고 말았습니다.

언론인이 되길 꿈꾸는 이들의 자기소개서를 첨삭하면서 오래전 제가 쓴 자기소개서는 어떠했는지 궁금해졌습니다. 오랜만에 찾아본 자기소개서 파일엔 이런 문장이 있었습니다.

저는 진실의 영향력을 믿습니다. 진실이 잠든 양심을 깨우고 사회를 더 나은 곳으로 이끌 것이라고 확신합니다. 바로 이것이 제가 기자가 되고자 하는 이유입니다.

5년의 기자 생활이 이 믿음을 더 굳건하게 했다고 말할 수는 없을 것 같아 저는 조금 더 부끄러워지고 말았습니다.

감사받는 일을
한 다 는 것

5년 동안 가장 공들인 기사 주제가 무어냐 하면 단연 '수술실 CCTV 법제화' 문제가 아닐까 싶습니다. 단일 사건에 2년이나 달라붙어 백 건 가까운 기사를 생산했으니 이 문제가 제 기자 생활의 중심을 가로지르고 있다고 봐도 좋을 겁니다.

성형수술 중 환자가 세상을 떠난 사건, 간호사 의료복 세탁과 탈의실 문제, 성형 비관 사망사건 등 제가 다룬 많은 사건이 한 곳을 가리키고 있었습니다. 누군가는 성형수술과 정형외과수술로 세상을 떠납니다. 본래 생명이 위태로운 수술이라서가 아닙니다. 수술이 부실하게 행해진 결과로 죽지 않을 수 있었던 이가 사망하는 겁니다. 그러나 이에 대한 대책은 어디에도 없습니다. 그저 재수가 없었던 개인의 탓으로 여겨질 뿐입니다. 건강보험이 적용되지 않는 미용수술이라는 이유로 보건복지부는 문제에 적극적

022   1장

으로 개입하지 않습니다. 수술을 받고 싶은 이와 하고 싶은 이 사이의 사적 계약일 뿐이라는 겁니다. 지자체 역시 병원을 감독하지 않습니다. 미용수술에 나서는 병원들은 다른 누구보다도 성실하고 우수한 납세자이기 때문이지요. 그 결과가 어떻습니까. 수술대에 눕혀진 환자가 마취돼 의식이 없는 사이 의사가 바뀌는 공공연한 유령수술로 사람이 죽어 나가는 광경입니다.

일부라고요? 그렇지 않습니다. 보건복지부 자료에 따르면 최근 약 5년간 확인된 것만 112건의 유령수술 사례가 있었습니다. 이 중 한 건이 수십에서 수백 건의 유령수술 횟수를 포함해서 실제 피해자는 훨씬 많을 것으로 추정됩니다. 때로는 경력이 짧은 의사가, 때로는 간호사나 간호조무사가, 또 때로는 의료기기 판매사원이나 구급차 운전사 등 아예 의료인이 아닌 이들이 수술을 대신하기도 합니다. 마취된 환자는 이를 알지 못하죠. 피해자가 피해 사실을 알기 어려우니 사건은 내부자 고발에 의존해야 합니다. 하지만 신상이 드러나고 병원과 맞서야 하는 상황에서 내부자가 공익제보를 하기란 쉽지 않은 게 현실입니다.

어쩌다 유령수술이 의심되는 사례가 발생해도 문제가 공론화되는 일은 없다시피 했습니다. 대개 병원과 합의를 보고 문제를 공론화하면 위약금을 물도록 계약 맺기 때문입니다. 환자와 유가족이 가뜩이나 승률이 낮은 의료소송을 병원과 치르겠다고 결심하는 사례는 생각만큼 많지 않습니다. 경찰 역시 현장에 나가면 수술실 CCTV가 없거나 있어도 촬영되지 않았다며 자료 제출을 거부하는 사례가 속출한다고 말했습니다.

아예 법으로 수술실 CCTV를 설치하도록 하라는 의견이 대두됐습니다. 이 문제를 공론화한 건 아들 권 씨를 수술대에서 잃은 어머니 이 씨였습니다. 이 씨는 아들의 사망 책임을 회피하려는 의료진에 맞서 이들이 죽음에 책임이 있다는 사실을 입증했습니다. 결정적 단서는 이 병원에 달려 있던 수술실 CCTV였습니다. 그 영상을 분석해 이 씨는 의료진에게 업무상과실치사뿐 아니라 의료법 위반 혐의를 물어 법정에 세웠습니다. 집도의였던 원장은 징역 3년에 벌금 5백만 원을 선고받고 구속되었습니다.

수술실 CCTV 문제가 화두로 떠올랐으나 법안 통과는 쉽지 않았습니다. 의사 단체는 수술실 CCTV가 달리면 의사들의 수술 시도가 소극적으로 될 위험이 있다거나, 환자들의 개인정보가 유출될 위험이 있다는 등 이유를 대며 반대했습니다. 지역구에 병원을 수두룩하게 둔 국회의원들 역시 적극적이지 않았습니다. 이미 길거리와 건물 안은 물론 자동차에도 블랙박스가 없는 경우를 찾기 힘든 대한민국에서 수술실만큼은 예외가 돼야 한다는 꼴이었습니다. 유령수술과 성범죄 등 수많은 사례가 터져 나오고 있었음에도 말입니다. 기자로서 이런 문제를 다룬다는 건 쉽지 않은 일입니다. 사내에서 이 문제를 다루며 가장 많이 부딪혔던 말은 "네 기사는 너무 어려워"라는 말이었습니다. 이는 스스로도 심각하게 느끼는 문제였습니다. 기사가 많이 읽히고 그로부터 여론이 일어나고 그 힘이 법과 제도 개선으로 이어지도록 하는 것이 기자의 역할이 아닙니까. 그런데 기사가 어려운 데다 재미가 없고 잘 읽히지 않는다면 그런 효과는 기대할 수 없지요.

늘 두 유형의 독자가 있습니다. 하나는 제 기사에 관심을 갖고 읽는 독자입니다. 이들은 문제의 심각성을 이미 알고 있지만 언제나 소수입니다. 문제는 다른 독자들입니다. 그들은 문제를 잘 알지 못하고 우연한 계기로 기사를 접했을 뿐입니다. 그들 앞엔 세상의 수많은 다른 문제가 있고, 그중 대부분이 제가 다루는 일보다는 자극적이고 재미가 있을 터입니다. 어떻게 하면 그들을 제가 다루는 문제에 몰입하게 할지, 그러면서도 기사의 질과 의미를 유지할지 고민이었습니다.

의료문제에 법률문제도 개입된 기사를 쓰면서 정확성과 전문성, 그리고 가독성과 재미를 추구해야 하는 건 고난의 길이었습니다. 어쩌면 바로 그래서 기자들이 의료문제며 법률문제를 깊이 다루길 기피하는 것일지도 모르겠단 생각이 들었습니다. 사람이 죽었지만 의사에게 죽이려는 의도는 없었으니 살인죄가 되긴 어렵습니다. 처음부터 죽어도 상관없다고 하지 않는 한 미필적 고의가 되기도 어렵습니다. 그렇다고 업무상 과실쯤으로 처벌되는 게 적절한가요. 의사가 동시에 여러 수술방을 열거나 아예 들어가지도 않은 채 퇴근해 버리고, 의료인도 아닌 이가 수술을 담당하게 한다면 그건 과실로 다뤄서는 안 되지 않을까요. 그렇다면 상해죄가 적용돼야 하는데, 이런 식의 논의가 어떻게 쉽고 재미있을 수 있는지요. 반드시 써야 하지만 쉽고 재미있을 수 없는 어려운 기사를 두고서 고민하고 또 고민하던 시간이 너무나도 많았습니다.

그렇게 수십 번을 고쳐 쓴 기사를 두고 사람들은 '기사가 어렵

다'거나 '재미가 없다'고 이야기하곤 했습니다. 그때마다 좌절감
이 몰려왔습니다. 그럼에도 포기할 수야 없지요. 권 씨 사건을 한
창 다루던 2020년 초에도 홍콩 의류기업 창업주 손녀가 한국을
찾아 성형수술을 받다 숨지는 일이 있었습니다. 몇 달 뒤엔 평택
호 인근에서 젊은 남녀 세 명이 사망한 채 발견됐습니다. 성형수
술 실패 뒤 우울증을 앓아온 사람들이었습니다. 어디 그들뿐이겠
습니까. 여러 기사가 있었습니다. 때로는 사망한 권 씨가 수술 중
흘린 피의 양에 주목하고, 때로는 그의 친구를 인터뷰해 감성에
호소하기도 했으며, 몇 년 동안 거리에서 1인 시위하던 그의 어
머니를 기사에 등장시키기도 했습니다. 사건과 법안을 놓치지 않
으면서도 독자들의 흥미를 끌기 위한 수많은 작업이 있었습니다.
선을 넘지 않고 객관적인 시선을 유지하면서도 반드시 나아가야
할 방향이 있다는 것을 잊지 않는 일, 기자라면 끊임없이 고민해
야 하는 문제들이 수시로 제 앞에 닥쳐오곤 했습니다.

　수많은 논란 끝에 수술실 CCTV 설치법은 국회를 통과했습니
다. 명확한 입장도 내지 않고 반대표를 던지던 국회 안의 반대자
들과 "수술실 CCTV는 수술방 앞에 다는 것으로 충분하다"던 그
들의 잠정적 결론을 뒤엎은 결과였습니다. 그동안 여론이 일어나
고 언론이 관심을 기울였으며 대선후보가 이를 공약으로 추진하
기도 했습니다. 결국 병원 수술실엔 CCTV가 달렸습니다. 촬영
을 거부할 수 있는 조항과 예외 조건이 추가될 여지 등을 고려하
면 여전히 완전하진 않지만 수술실에 CCTV가 달렸다는 사실은
얼마나 큰 변화인지요.

이 문제를 다루는 동안 아주 많은 사람을 만났습니다. 어떤 이
는 대학입학 기념으로 성형수술을 시켜 주었다가 딸을 잃었고,
어떤 이는 수술 뒤 우울증으로 괴로워하는 아내를 두고 있었습니
다. 또 어떤 이는 자신을 수술한 병원과 홀로 소송을 이어가고 있
었고, 또 다른 이는 병원과 합의를 했다면서도 저를 만나 이런저
런 정보를 주었으나 대부분은 쓸 수 없는 것이었습니다. 병원과
합의했기 때문에 지면에 나온다면 제보자의 피해가 우려되는 경
우가 있었고, 증거가 박약하여 법적 공방으로 가면 패할 것이 뻔
한 사례도 있었습니다. 그런 이들과의 대면에 피로하고 지칠 때
가 있었습니다. 그날도 그랬습니다. 한참 말을 끊을 타이밍만 재
고 있었습니다. 어쩌나 제 할 말만 하는지 끝날 줄을 몰랐습니다.
몇 번이나 가출하려는 영혼을 붙들고 또 붙들어서 간신히 주저앉
혔습니다. 30분이 넘도록 이어지는 사연은 기구하지만 들을 가
치는 딱히 없는 것이었습니다. 쉽게 말하자면 기사는 못될 말들
이었습니다. 모든 얘기가 끝나고 저는 그에게 기사로 쓰진 못할
것이라고 말했습니다. 그도 나도 헛걸음이 되었다, 저는 그렇게
만 여겼습니다. 그때 그가 말했습니다.

"괜찮아요. 들어주신 것만으로 고마워요."

정말이지 예상치 못한 답이었습니다. 그는 그러고도 한참 더
쓸모없는 얘기를 떠들었지만 정말 쓸모없는 것은 아니었는지도
모르겠습니다. 그를 만나고 돌아오며 오래전 세웠던 뜻이 생각났

습니다. 어느 촛불도 홀로 타도록 놔두지 않겠다는, 거울이 되어 빛을 전하겠다는 초년 시절 기자의 마음가짐 말입니다.

　누군가에게 고맙다는 말을 듣는다는 건 아주 멋진 일이 분명합니다. 세상과 스스로에게 제 존재의 쓸모를 알게 하는 일 아닙니까. 제 일이 쓸모 있다는 걸 알고, 그 일을 잘 해낼 수 있다는 건 얼마나 가치 있는 것인지요. 제가 하고 싶은 일이란 건 꼭 그런 것이었습니다.

"급이 안 되잖아!"

　국장의 말에 얼굴이 벌게졌습니다. 큰 잘못이라도 저지른 기분이었습니다. 이제 막 수습 딱지를 뗀 기자에게 이백 명이나 되는 편집국 기자들의 수장이 얼마나 높아 보였는지요. 아무 말도 못 하고 뒤돌아 나올 수밖에 없었습니다.

　발단은 돌아가며 맡던 인터뷰 꼭지였습니다. 200자 원고지 10매가 채 안 되는 분량으로, 신문에 인쇄되면 손바닥만 한 작은 기사였습니다. 기자들이 각자 인물을 선정해 소개하는 형식이었는데, 정해진 건 아무것도 없었습니다. 누구도 그 꼭지가 어떤 목적이고 어떻게 쓰여야 하는지를 말해 주지 않았습니다. 선배들은 차례가 돌아오면 '막는다'고 말하고는 했지요. 평온한 일상에 찾아든 도적놈이기라도 한 것처럼 말입니다.

수습을 떼고 얼마 되지 않아 제 차례가 왔습니다. 제 선택은 공익재단 소속 법률가였습니다. 첫 부서인 사회부에선 법률가를 만날 일이 잦았고, 개중에서도 공익변호사는 흥미를 끄는 직업이었습니다. 그때나 지금이나 주변 변호사 대다수가 돈을 따라 일했는데, 공익변호사는 그와는 전혀 다른 것을 좇는 듯이 보였기 때문입니다. 어째서 누군가는 다른 선택을 할까요. 저는 늘 그 속내가 궁금했습니다.

그는 이주민 노동자 인권 문제를 주로 다루던 사십 대 초반 여성 변호사였습니다. 수년 동안 꾸준히 해온 공익활동 면면이 그가 어떤 자세로 살아가는 사람인지를 보여 주었습니다. 걱정은 없었습니다. 편집국은 경제와 관련한 문제에선 보수적이었지만, 사회문제에선 운신의 폭이 제법 넓었으니까요. 인터뷰를 진행한 2016년은 공익변호사 단체가 한창 늘어나던 시기였으니 의미도 충분하다고 여겼습니다. 기사를 마감하고 편집국에 들어가자마자 국장이 저를 불렀습니다. 저를 곁에 멀뚱히 세워 두고 한참이나 다른 일을 보던 그가 갑자기 돌아보며 말했습니다.

"급 안 되는 걸 왜 인터뷰했어?"

한참이나 충고를 빙자한 면박이 이어졌습니다. 규모가 작은 공익단체 소속에다, 대표 변호사도 아니고, 겨우 사십 대 초반, 여자라는 게 모두 문제가 됐습니다. 어찌어찌 지면에 기사가 실리

긴 했는데 그는 대체할 기사가 없어 내보냈다며 "앞으로 지켜볼 테니 신경을 써라"라고 말했습니다. 뭘 지켜본다는 건지, 어떻게 신경을 써야 하는지 아득해졌습니다.

다시 그 꼭지가 돌아온 건 몇 달이 지나서였습니다. 이번엔 한국에서 손꼽히는 시민단체 대표를 골랐습니다. '유명한 단체'의 '나이 지긋한', '남자', '대표'로 지난 인터뷰에서 지적받은 사항을 죄다 뒤집어 놓았습니다. 진보 성향의 시민단체 대표인만큼 두 팔 벌려 환영하진 않겠으나 딱히 문제 삼을 일도 없겠다 싶었습니다. 그날도 그냥 넘어가지는 못했습니다. 국장은 또 저를 불러 놓고 회사의 지향과 단체의 방향이 맞지 않는다, 사람이 별로다, 윗사람들이 좋아하지 않을 거라는 얘기를 쏟아부었습니다. 그리고는 기사가 나가지 못할 것이라 말했지요. 결국 기사는 그다음 나갈 인터뷰로 대체됐습니다. 나가기로 한 인터뷰가 당일에 취소되니 얼마나 황당했는지요. 인터뷰에 응해 준 대표와 실무자들이 기사를 기다릴 터였습니다. 그들을 대할 면목이 없었습니다. 전화를 걸어 사과하고 또 사과했는데 이유를 묻는 데는 무어라 답할 수가 없었습니다. 그들은 애써 얼버무리는 제게 "가끔 그런 일이 있다"라며 도리어 다독였습니다. 그러나 그것이 완전한 이해가 아니란 걸 막 기자가 된 저라고 어떻게 모를 수가 있겠습니까.

언론사에 들어오기 전에 이런 이야기를 들었다면 믿지 않았을 겁니다. 21세기에 어떻게 그런 일이 있을 수 있느냐고 흘려들었을 겁니다. 민감한 내용이나 이익이 걸린 일이라면 몰라도, 그저 마음에 들지 않는다는 이유로 인터뷰한 기사를 취소하는 건 너무나 황당하지 않습니까. 그런데도 그 일은 실제로 벌어졌고, 저는 무엇도 하지 못했습니다. 기사는 나가지 않았습니다. 취재원과의 신뢰도 꼭 그만큼 무너졌습니다. 제 안에서 중요한 무엇이 언제고 뽑혀 나갈 듯이 마구 흔들거렸습니다. 그것이 자긍심이란 걸 저는 뒤늦게야 알았습니다. 한동안은 마음을 잡지 못했습니다. 같은 부서 선배들에게 이야기해 보았지만 돌아오는 건 늘 국장에 대한 푸념이었습니다. 그 사람이 원래 좀 이상하다고, 이 회사가 그런 곳이라고, 그냥 넘기고 잊어버리라고 말입니다. 공감할 수도, 수긍할 수도 없는 이유라도 네가 받아들여야지 어쩌겠냐는 것이었습니다. 실망하지 않기 위해 기대하지 않고, 패배하지 않기 위해 승부 내지 않는 그런 일터는 얼마나 지루한가요. 적당히 시키는 일이나 하다가 일찌감치 퇴근하는 걸 낙으로 삼는 직장인이 되어 버릴까, 더는 저널리즘을 고민하지 않는 기자로 지내 볼까, 그런 생각에 주위를 둘러보니 모두가 죄다 그저 그렇게 지내는 것만 같았습니다. 과연 그래도 괜찮은 것일지요.

시간은 가혹한 심판자입니다. 편안한 잠자리에 누워서 이불을 발로 차본 기억이 누구에게나 있을 겁니다. 들뜬 감정과 거짓된 기세가 지나간 자리엔 오로지 진짜만이 남습니다. 그 죄책감과 민망함을 감당하는 건 오롯이 자기 자신뿐입니다. 제 인터뷰와 관련한 기억도 마찬가지였습니다. 5년의 기자 생활을 가로질러 이날의 기억이 제게 남긴 건 갈수록 선명해지는 부끄러움이었습니다. 잘못이 없는 기사를 두고서도 아무 말도 하지 않고 물러난 그날의 나약함이, 그 무력감이 생생했습니다. 기사를 막은 국장이 아니라 한마디 항변도 하지 못한 제 자신이 가장 부끄러운 인간이라는 걸, 제가 알고 있습니다.

수많은 취재를 하는 동안 물러서지 않은 적도 몇 번쯤 있습니다. 물러서더라도 최소한 제 기사를 지키려는 항변은 한 뒤에 물러나곤 했습니다. 그러면서 비로소 알았습니다. 인터뷰 기사가 나가지 않게 되었을 때 그냥 물러섰던 건 제 기사에 긍지가 없었기 때문이란 걸 말이죠. 단편적인 인터뷰일 뿐이니 나가지 않아도 어쩔 수 없다고 혼자 체념하고 말았던 겁니다. 만약 그 기사가 독자의 마음을 움직이고, 그래서 아주 조금이라도 세상을 바꿀 수 있다고 믿었더라면, 그만큼 공을 들여 취재하고 쓴 것이었다면, 갓 수습을 뗀 초년 기자라 할지라도 그냥 물러나진 않았을 테니까요.

말하자면 누구에게나 포기할 수 없는 것이 있습니다. 마지막의 마지막까지 잃어버릴 수 없는 것 말이죠. 제게는 그것이 자긍심입니다. 처음 수영 배울 때를 떠올려 봅니다. 첫 레인 기초반에서 킥판을 붙들고 어푸어푸 허덕이면서도, 괴로워하기보다는 즐거워하던 시절을 말입니다. 현실은 기초반에서 발길질하는 초보자인데 어째서 좌절하지 않았을까요. 당장 온 힘을 다하고도 이루지 못할 것이 있고, 언젠가는 그조차 이룰 수 있음을 알며, 어제보다 오늘 조금은 더 잘 해내고 있다는 걸 알기 때문입니다. 지금 좀 엉망이라도 어떻습니까? 최선을 다하고, 당장 좀 못해도 그 결과를 긍정하고, 스스로를 아끼는 마음만 있다면 되는 것 아닙니까. 그런 마음가짐이라면 하지 못할 일, 하지 못할 말도 없겠지요.

좌충우돌하며 몇 년을 보내는 동안 저는 조금씩 그런 마음을 익혔습니다. 때로는 닿을 수 없을 것 같던 사실에 가 닿고, 다 잡은 것 같은 문제를 놓치기도 하면서, 그렇게 언론과 기자의 생리에 익숙해져 갔습니다. 신뢰가 쌓인 취재원이, 기사를 찾아 읽는 독자도 생겼습니다. 스스로에 대한 확신도 조금씩은 더 굳건해졌습니다. 그러면서 알게 되었습니다. 세상에 급이 안 되는 인터뷰는 없다는 걸요. 취재하는 기자가 기사를 포기하면 그것이야말로 수준 미달이 될 뿐이라는 걸요. 그러니 오래전 그 기사는, 기사를 쓴 기자는 정말로 급이 안 되었던 게 맞을지도 모르겠습니다.

기자의

하
루

/

　다람쥐 쳇바퀴 도는 삶이라고들 합니다. 매일 똑같은 일을 하
는데 그 의미며 성과를 금세 잊어버리니 쳇바퀴와 다르지 않지
요. 기자는 기사만 쓰지 않으면 좋은 직업이라 말하곤 합니다. 직
장 밖에서 외근하며 여기저기를 쏘다니고, 온갖 재밌는 일 사이
로 뛰어드니 아니 그렇겠습니까. 세상에서 즐거운 일 중 하나가
남의 일을 캐묻는 건데 기자가 하는 일의 절반이 그것이니까요.
불행히도 기사를 쓰는 건 전혀 다른 이야기입니다. 적당히 캐묻
고 대충 파헤쳐서는 기사라는 걸 제대로 쓸 수가 없습니다. 이파
리를 붙들고 뿌리까지 나아가는 작업은 보통 피곤한 게 아닙니
다. 피곤이 쌓이면 괴로워지고 괴로워지다 보면 불행해지기 쉽습
니다. 기사 하나 마쳤다고 끝이 아닙니다. 내일은 뭘 쓸까, 모레는
뭘 써야 하나, 그 걱정을 달고 사는 게 기자의 숙명입니다.

언론사는 일선 기자를 채근하는 온갖 시스템을 발전시켜 왔습니다. 그중 아침저녁으로 해야 하는 '발제'란 놈이 여간 성가신 게 아닙니다. 발제는 데스크라 불리는 부장에게 오늘 어떤 취재를 하고 무슨 기사를 쓸지 미리 보고하는 일입니다. 하루의 시작이 아침 발제입니다. 전날 저녁 발제를 했어도 밤새 나온 뉴스를 살펴 아침 일찍 '무엇을 어떻게 쓰겠다'고 발제합니다. 아무리 잘 쓴 뉴스도 하루 전 이야기라면 쓰레기가 되는 게 언론의 생리니까요.

문제는 매일 변화가 있다는 겁니다. 화가 치미는 두더지게임처럼 왼편을 때리면 오른편이 일어나고 오른편을 쳐다보면 왼편이 올라오는 격입니다. 공들여 어느 사건을 취재해도 저쪽에서 중요한 문제가 쾅 터지면 의미가 없게 됩니다. 어제는 따끈했던 이슈가 오늘은 식상하기 짝이 없는 얘기가 되는 경우도 허다합니다. 데스크는 올라온 발제를 보고 취재기자가 어떤 기사를 쓸지를 짐작합니다. 국장 이하 데스크가 모인 회의에선 들어온 발제들을 놓고 다음 날 조간신문에 나갈 지면을 짭니다. 다른 신문들엔 들어간 기사가 우리 신문에만 빠져 있는 건 낭패입니다. 그러니 중요한 사건을 맡은 기자는 할 일이 배로 늘게 됩니다. 남이 한 것도, 내가 하고픈 것도 모두 해야 하니까요.

발제를 했으면 마감을 해야 합니다. 기사를 마감 시간까지 작성하는 것이죠. 제가 몸담은 회사는 대체로 오후 4시께 마감을 했습니다. 인쇄소를 늦게까지 돌릴 수 있는 회사는 더 늦을 때도 있다고 들었습니다만 보통은 이때쯤 마감을 하지요. 오후 4시까지 맡은 기사를 쓰려면 늦어도 오후부터는 기사를 쓰기 시작해야 합니다. 취재는 전날 미리 하거나 늦어도 오전까지는 마쳐야 가능한 일입니다. 발제한 것만 기사로 나가는 건 아닙니다. 그날그날 상황에 따라 마감할 기사가 두세 꼭지를 넘기기도 합니다. 미리 발제한 기사를 쓰고 있는데 맡은 영역에서 중요한 사건이 따로 터지는 경우도 빈번합니다. 손 놓고 있으면 우리 매체만 사건을 놓칠 수 있으니 이것저것 알아서 메워야 합니다. 그뿐이 아닙니다. 출입처에서도 보도자료를 틈틈이 내는데, 그것도 놓칠 수는 없습니다. 기관과 기업이 낸 자료를 바로 기사로 낼 수는 없으니, 진위를 확인하랴 기사를 쓰랴 진땀 뺀 적이 많습니다.

일에 쫓기다 보면 '나는 언제 내가 하고픈 취재를 하나' 답답해질 때도 있습니다. 수습을 떼고 처음 맡은 경찰, 다음에 맡았던 검찰 같은 취재처에선 하루가 다르게 큰 사건들이 터져 나왔습니다. 그런 사건들 뒤만 쫓다 보니 제가 하고 싶던 취재를 따라갈 시간이 도저히 나지 않았습니다. 어쩌다 시간이 날라치면 위에선 이런저런 사건을 다뤄 보라고 지시가 떨어졌습니다. 까라면 까야 하는 게 직장인의 생리니, 정신없는 나날이 이어질 수밖에 없었습니다. 그렇게 오늘은 이 사건, 내일은 저 사건을 따라 뛰어다녔습니다. 다람쥐 쳇바퀴 도는 삶이 따로 없다는 생각이 들더군요. 그래서 선택한 방법이 동시에 여러 건의 취재를 진행하는 거였습니다. 하루 취재해 하루를 사는 하루살이 기자의 삶을 벗어나기 위해 오늘 나갈 기사와 내일 나갈 기사, 다음 주에 나갈 기사까지 여러 건을 틈틈이 취재해 두는 겁니다. 실력 있는 기자는 동시에 수 건의 크고 작은 취재를 동시에 해내기도 하던데, 다람쥐가

입 안에 도토리를 잔뜩 담아 두듯 기삿거리를 아껴 두는 방식입니다. 필요할 때 하나씩 꺼내 쓰면 조금은 더 계획적인 삶을 살 수 있지 않겠습니까. 기억력 나쁜 다람쥐가 도토리를 어디에 묻었는지 까먹듯이, 아껴둔 기사를 다른 누가 터뜨려서 못쓰게 되는 일도 영 없지는 않겠지만 말입니다.

경력이 쌓일수록 일도 조금씩 수월해집니다. 여느 직업처럼 기자도 노하우가 중요한 직종이니까요. 마음 터놓고 지내는 취재원이 늘고, 지난 기사를 좋게 본 독자의 제보가 시작되면 절반쯤은 된 겁니다. 기삿거리가 여기저기 터져 나오면 맨땅에 헤딩하는 일이 줄어들지요. 일은 손에 익기 마련이니, 취재하고 기사를 작성하는 속도도 점차 빨라질 겁니다. 전달엔 1시간 걸린 일을 이달엔 50분에 처리하고, 다음 달엔 40분에 해내게 되는 것보다 뿌듯한 일은 많지 않습니다. 요컨대 잘 보려 할수록 잘 보게 되고, 잘하려 할수록 잘하게 되는 겁니다.

발제한 기사는 오후에 모두 마감합니다. 마감된 기사는 데스킹을 거쳐 온라인에 풀리지요. 온라인에 풀린 기사는 때로는 그대로, 때로는 조금 보강돼 다음 날 신문 지면에도 실립니다. 이제 지면을 보는 사람이 얼마 되지 않는다곤 하지만 여전히 지면의 힘은 무시할 수 없습니다. 꼭 지면으로 뉴스를 접하는 누군가가 있고, 그들이 여전한 영향력을 가진 데다, 유력한 기관들이 여러 신문사 지면을 모아 기관장과 임직원에게 내보이고 있으니 말입니다. 구독자는 줄어드는데 지면을 발행하는 언론사가 갈수록 늘어나는 데는 이런 이유도 있는 것이겠지요.

물론 기사가 읽히는 가장 큰 경로는 인터넷입니다. 그중에서도 포털사이트를 통해 많은 기사가 독자와 만납니다. 과거엔 눈에 잘 띄는 신문 1면에 실리는 게 중요했지만 지금은 포털사이트 메인을 차지하는 경쟁이 더욱 치열합니다. 온갖 언론사가 포털사이트에 기사를 내보낸다지만 결국은 메인화면에 걸려야 독자의 눈에 띄니까요. 아무리 내용이 좋고 공들인 기사라도 포털의 선택을 받지 못하면 외면받기 일쑤입니다. 자연히 반향도 일지 않겠지요. 기사 중간에 들어간 광고 수익까지 걸려 있다 보니 포털의 선택을 받기 위해 매일같이 치열한 싸움이 치러집니다.

마감을 한 기자가 본인이 쓴 기사가 잘 읽히는지 확인하는 건 기본 덕목입니다. 혹시 모를 문제가 있는지 확인할 수 있고 독자의 반응도 살필 수 있지요. 때로 의미 있는 비판이나 격려를 발견하는 날엔 기자로 일하기를 참 잘했다는 느낌도 받곤 합니다. 물론 '기레기' 운운하는 댓글이 훨씬 더 많겠지만 어쩌겠습니까. 그건 그대로 안고 갈 숙명인 거지요. 가끔은 기사를 고칠 일도 생깁니다. 기사는 실시간으로 독자와 만나 크고 작은 영향을 끼치기 마련이므로 수정할 부분이 있으면 즉각 반영해야 합니다. 잘 쓴 기사는 잘 쓴 대로, 못 쓴 기사는 못 쓴 대로 수리가 필요할 때가 있습니다. 퇴근해서도 연락을 받고 추가 취재를 해서 고치는 일이 다반사입니다. 경험상 좋은 기사로 연락이 오는 경우가 훨씬 더 많으므로, 기자는 열심히 할수록 바빠질 운명인가 봅니다. 주 52시간제가 정착되고 달라진 세대가 언론 직군으로 진입하고 있다지만 퇴근해도 완전히 퇴근하지 못하는 삶은 기자의 특성인 듯

합니다.

기자 중엔 소위 '월급 루팡'도 많습니다. 실시간으로 정보가 쏟아지는 인터넷 세상에선 노트북 앞에 앉아만 있어도 그럴듯하게 일을 해낼 수가 있어서입니다. 다른 언론사 기사를 슬쩍 참조하고, 참조를 넘어 대놓고 베끼더라도 탓하는 이가 얼마 되지 않습니다. 뉴스 특성상 어제의 기사는 금세 잊히고 검증할 인력이며 독자는 많지 않으니까요. 민망하지만 편한 길을 택하는 이가 갈수록 늘어나는 이유입니다.

인터넷엔 가벼운 상식부터 전문 지식, 고급 정보까지 망라돼 있으니 인터넷에서 정보를 구하는 게 꼭 잘못인 건 아닙니다. 온라인에서 얻은 정보로 작성한 기사 위에 전문가들과 통화해 얻은 멘트를 몇 개 붙여 놓으면 하루 일이 뚝딱 끝나는 경우까지 있습니다. '같은 월급이면 적게 일할수록 좋다'고 생각하는 사람이라면 그가 선택할 방향이 분명하지 않겠습니까. 물론 성실한 기자도 제법 있습니다. 여러 취재원을 두고서 사실을 교차 검증해 조금이라도 신뢰도를 높이려는 이들이 적지만 남아 있지요. 그런 기자들은 틈틈이 취재원을 만나 친분을 다지고 기사가 될 만한 이런저런 것에 관심을 가집니다. 각종 통계와 발표, 이슈도 챙겨야 시대상과 맞는 기사를 써낼 수 있으니 여러 분야의 공부도 게을리하지 않습니다. 다만 그들이 그렇지 않은 이들보다 나은 대우를 받지 못하는 환경이 안타깝습니다. 기사를 읽으며 기자의 이름을 기억하는 독자가 없다시피 한 세상이니 어쩌면 당연한 일이겠지만 말입니다.

기자가 어디로 출근을 하는지 궁금해하는 이들도 많더군요. 저를 만나겠다며 회사 근처로 와 연락하는 이들도 자주 있었습니다. 그런데 통상 일간지 취재기자는 회사로 출근하는 경우가 거의 없습니다. 대부분은 각자 맡은 출입처가 곧 일터입니다. 정부 부처와 공공기관, 업계와 기업이 모두 출입처가 될 수 있습니다. 기자마다 맡는 출입처가 한 곳이기도, 수백 곳이기도 합니다. 중요한 출입처는 기자 몇 명이 나누어 맡기도 하지요. 어느 경찰서를 맡았다면 그 서에서 취급하는 각종 사건이 보도 거리가 됩니다. 기업이면 그 업체가 따낸 계약과 시장 상황, 경영권, 주가, 신제품 개발, 직원 인사까지가 모두 보도 대상입니다. 기자는 마치 본인이 출입처 직원인 것처럼 출입처에 관심을 가집니다. 가능한 여러 수단을 동원해 벌어지는 일을 파악합니다. 출입처가 사건을 직접 알릴 때도 있겠으나 기자가 파헤쳐야 하는 경우가 적지 않습니다. 결국 정보를 가진 사람과 정보가 고이고 흐르는 길목을 익히는 게 기자의 역량을 가름합니다.

요컨대 기자가 하는 일은 이렇습니다. 발제를 하고, 사람을 만나고, 통화하고, 기사를 쓰고, 일의 진행 상황을 살피고, 또 다른 취잿거리를 찾아 나서는 겁니다. 매일 그 일을 반복하며 조금씩 더 잘 해내려 노력하는 것입니다. 맡은 일을 해내는 게 어떤 의미가 있는지를 되새기며 지치지 않고 나아가는 것입니다. 제가 생각하는 일간지 기자의 과업이 그렇습니다.

기레기의

탄생

경찰은 짭새며 견찰이라고, 군인은 군바리며 땅개라고 불립니다. 검찰을 보고는 떡찰이라고들 하고, 공무원에게는 공무새라고 하지요. 의사한테는 의레기, 국회의원에겐 국개의원, 기자들한테는 기레기란 말로 부족해서 기더기라는 별칭이 붙었습니다. 특정 직역을 비하하는 단어가 만들어지는 데는 여러 이유가 있겠으나 그 근간은 실망과 분노입니다. 기대를 저버리고 민폐를 끼치는 이들에게 모욕적인 말이라도 가져다 붙이는 건 자연스러운 일입니다. 왜 아니겠습니까. 언론의 잘못이야 하나하나 나열하기도 민망합니다. 확인하지도 책임지지도 않는 언론의 보도 행태야 어제오늘의 일이 아니지 않습니까. 없던 일을 있다고 하고, 있는 일을 없다고 하는 나태와 무능, 때로는 의도적으로 사실을 부풀리고 왜곡하기까지 합니다. 의식 있는 시민들이 언론을 향해 손가락질하는 데는 타당하고도 남습니다.

　기자가 되기 전에도 그런 문제를 수시로 보고 들었습니다. 아르바이트하던 업체에서 협찬 명목으로 돈을 주고 홍보 기사를 내는 모습을 보았습니다. 그곳에는 대표의 책임감 넘치는 인터뷰가 떡하니 실렸죠. 거의 출근하지도 않으며, 법인카드로 쇼핑을 하고 직원들에겐 막말을 일삼던 사람인데 말이죠. 어느 신문기자는 대학교 동기를 인터뷰하고는 그가 말한 의도를 완전히 왜곡해서 기사를 내기도 했습니다. 아예 인터뷰조차 한 적 없는 사람이 인터뷰한 것처럼 기사가 나간 일도 있었습니다. 또 건너서 알고 지내던 어떤 기자는 본인이 주식을 산 업체를 긍정적으로 보도했다고 떠벌리듯 말하기도 했습니다. 대단한 악당까진 아니더라도 그런 기자가 세상에 한둘뿐이겠습니까.

　자극적인 기사를 쏟아 내는 언론은 하이에나를 사냥하듯이 사람을 죽이기도 합니다. 한 치의 공익적 목적도 찾아볼 수 없는 기사에 사람이 목숨을 끊는 일이 너무나 자주 있었습니다. 정작 필요할 때는 어떻습니까. 깊은 바다 밑에서 보물선을 발견했다며 투자자를 모집하는 이, 납득할 수 없는 방식으로 다단계 업체를 운영하는 온갖 종류의 사기꾼, 듣지도 보지도 못한 업체가 유망하다면서 어마어마한 자금을 모아 대신 투자하는 신생 자금운용사 따위가 횡행할 때 어떤 언론도 나서지 않았습니다. 심지어 이들을 옹호하고 홍보하는 기사를 써댄 이들이 적지 않게 있었습니다. 텅 빈 공장과 사업체엔 단 한 번이라도 방문한 기자가 없다고 했습니다. 사건이 터지고 수많은 피해자가 어마어마한 손실을 본 뒤에야 기자들이 나섭니다. 이름만 다를 뿐 비슷한 사건이 거듭되는 동안 언론은 변화가 한 치도 없었습니다.

2014년 4월 16일, 세월호 침몰 참사는 언론의 참사이기도 했습니다. 저널리즘이라 불리는 낡은 배가 무성의한 오보 가운데 참담하게 가라앉았습니다. 확인도, 검증도 하지 않고 보도 준칙조차 무시하며, 사건의 본질을 외면하는 일련의 잘못들이 거듭됐습니다. 사건이 일어난 원인을 쫓는 대신 어느 인물의 행방을 쫓아 온 들판을 헤맸습니다. 현장에선 언론을 향한 분노와 불신을 어디서나 마주할 수 있었습니다. 의심도 그렇다고 검증도 하지 않는 게으른 언론에, 무능하기까지 한 기자들에겐 '쓰레기'란 멸칭이 꼭 어울렸습니다.

한때는 기자가 타락하는 데 대단한 계기가 필요하리라 생각했습니다. 연인의 죽음 뒤 악당이 된 '투페이스' 하비 덴트나 무시와 소외 속에서 살인을 통해 해방감을 맛본 '조커'가 그랬듯 말입니다. 현실은 영화와 달랐습니다. 사람은 별일 없이도 한심해지고 시시해졌습니다. 모든 질서는 무질서로 향한다더니 대단한 각오 없이도 시들해지는 기자들이 어디에나 널려 있었습니다.

처음부터 기레기가 되고픈 기자가 어디 있을까요. 기레기가 넘쳐나는 세상이라면 기레기가 되게끔 하는 구조가 있습니다. 제가 기자가 되고 나서 처음 맞닥뜨린 것이 바로 그 구조였습니다. 하루에도 처리해야 할 자료가 여럿이었습니다. 어떤 자료는 정부에서, 어떤 건 공공기관에서, 또 어떤 건 기업과 단체에서 나왔습니다. 이건 사실이고 저건 사실과 유사하며, 또 다른 건 사실과 많이 다른 듯했습니다. 그런 걸 일일이 가려내고 검증하는 건 어려운 일입니다. 공을 들여 다룰 부분을 살리고 다루지 않을 부분을 잘라내는 동안 누구는 자료 내용을 거의 그대로 복사해 기사로 냈습니다. 대부분은 아무 일도 일어나지 않았으므로 시간을 들인 기자는 헛심을 쓴 기분과 마주하곤 했습니다. 자료뿐만 아닙니다. 다른 신문사, 다른 누군가의 기사가 반향이 있다면 우리도 다뤄야만 했습니다. 자기 출입처를 다룬 기사를 쓰지 않으면 물을 먹는 것이고, 물을 먹는 건 창피한 일이었습니다. 왜 창피한 건지 물을 새 없이 남의 기사를 우리 것인 듯 베끼곤 했습니다. 저 기사가 맞냐 구두로 확인하고, 가끔은 확인이 되지 않았음에도 확인된 것처럼 기사를 냈습니다. 역시 대부분은 문제가 되지 않았습니다. 물론 취재도 해야 했습니다. 발제한 내용을 취재하고 매일 기사로 냈습니다. 이 모든 일을 처리하면서도 하루에 하나씩 취재까지 해야 하니, 어떤 기사가 나갈지는 보지 않아도 훤하지 않습니까. 한두 명의 취재원과 전화 몇 통, 상당 부분은 인터넷에 근거한 기사들이 제 이름을 달고 세상에 나갔습니다. 무사히 넘긴 날도 있었으나 낯 뜨거운 날도 많았습니다. 그러나 부단한 노력보다는 낯짝을 두껍게 하는 일이 더욱 편했습니다. 기자라는 직업은 금세 낯짝이 두꺼워지는 직업이므로, 어느 순간부턴 낯 뜨겁단 기분도 느끼지 못했습니다.

누구도 브레이크 걸지 않았습니다. 아무도 잘못됐다고 하지 않았습니다. 보도자료는 처리해야만 하고, 타사 기사는 다들 베끼곤 하며, 취재 기사는 어떻든 매일 내야 하는 것입니다. 그 이상을 요구한 이가 없고, 그 이하도 막아선 이가 없었습니다. 이런 환경에서 기레기가 되는 건 합리적인 일입니다. 자료를 처리하고 남의 기사를 베끼며 대충 받아 적듯이 기사를 찍어내는 게 일의 전부가 되는 순간 기자는 무척 수월한 직업이 되니까요.

원고지 10매짜리 기사를 쓰는 건 어렵지 않습니다. 대충 검색해 화제가 되는 사건에 약간의 전문가 의견과 시민 반응을 붙이면 금세 분량이 차니까요. 어려운 건 좋은 기사를 쓰는 겁니다. 발제를 고심하고 현장에 나가 묻고 또 물으며, 10매 안에 담으려고 썼다 지웠다 고쳤다가 다시 썼다가를 거듭하는 기사도 똑같이 10매 분량의 기사입니다. 이 두 기사가 비슷한 평가를 받는 일이 현장에선 허다합니다. 대체 누가 고민하고 고생할까요.

고백하자면 자주 유혹을 느꼈습니다. 그냥 편히 하자고, 베끼고 대충 만들자는 생각이 자주 고개를 들었습니다. 어차피 저들은 모르지 않냐, 다들 그렇게 한다, 문제가 생길 것도 없지 않냐며 묻고는 했습니다. 그런 마음을 다스리는 게 일 자체만큼이나 고단했습니다. 6년 동안이나 왼쪽 손목에 노란색 상징물을 달고 다닌 건 그래서였습니다. 처음엔 노란 팔찌였고, 지금은 시계에 달린 노란 리본을 지칠 때마다 가만히 바라보고는 하였습니다. 기억을 잃지 않기 위해 온몸에 문신을 새긴 영화 〈메멘토〉의 주인공처럼, 저는 그렇게 흐려지는 원칙을 붙들고자 하였습니다. 아마도 이 시대 모든 기자에게 제 노란 리본 같은 것이 하나씩은 있을 거라고, 저는 그렇게 생각합니다.

어떤 상징물을 눈에 잘 띄는 곳에 달고 다니는 건 피곤한 일이

기도 합니다. 회사 안팎에서 만나는 많은 이들이 어째서 노란 팔
찌며 리본을 붙이고 다니냐 물은 적이 많습니다. 누군가는 그 색
깔로 저를 쉽게 넘겨짚었고, 또 누군가는 순수한 궁금증으로 묻
고는 했습니다. 그럴 때면 저는 대개 "기억하고 싶어서"라고 답했
습니다. 기자가 기레기가 되는 순간을, 흐려져 가는 저널리즘의
가치를 잊지 않고 기억하고 싶다고 말입니다.

오늘도 뽑혀 나가는
말뚝들이

있
겠
지

/

언론에 처음 몸담은 2015년 봄은 언론계가 큰 변화를 앞둔 시기였습니다. 3월 제정된 김영란법(부정 청탁 및 금품 등 수수의 금지에 관한 법) 때문이었습니다. 이 법은 식사는 3만 원, 선물은 5만 원, 축의금을 10만 원으로 묶어서 공직자나 기자가 그 이상을 주고받는 걸 금지했습니다. 이게 문제가 된다는 건 늘 그 이상을 주고받아왔다는 뜻이겠죠. 자연히 일상에서 크고 작은 변화가 예고됐습니다.

그때 언론사는 어딜 가나 김영란법으로 떠들썩했습니다. 매일 보도되는 뉴스에서, 선후배와 타사 기자, 취재원들을 만나는 자리까지 모두가 김영란법 이야기를 했습니다. 좋은 날은 다 갔다, 언론은 이제 레드오션이다, 한국 정치가 포퓰리즘에 놀아난다고 떠들었습니다. 사회문제를 두고 진보와 보수로 첨예하게 갈리던 이들조차 김영란법을 욕하는 데는 한 목소리였습니다.

보도되는 면면이 참담했습니다. 금품 수수와 부정 청탁이 만연하단 걸 가장 잘 알 법한 사람들이 온갖 이유를 들어가며 반대 기사를 쏟았습니다. 한국 언론이 자영업자와 농수축산업자를 그렇게 생각한 적은 그 이전에도 이후에도 없었을 겁니다. 적잖은 기자들이 뒤에 모여 열변을 토했습니다. "이제 무슨 재미로 기자를 하겠느냐", "너희는 어서 언론을 떠나 좋은 업을 찾아라". 골프 접대를 받지 못해서, 외유성 출장이 사라져서, 때마다 받던 각종 선물과 상품권이 줄어서, 하다못해 저녁마다 편하게 얻어먹던 술자리가 사라져서, 새로 생긴 법을 비난하는 이유가 각양각색이었습니다. 그렇습니다. 우리는 너무나 자주 비싼 밥을 먹고 술을 마셨습니다. 때로는 선물과 상품권도 받았습니다. 보도 가치도 없는 행사는 어찌나 잦았는지, 그런 행사가 끝난 뒤에는 언제나 크고 작은 선물이 기다리고 있었습니다. 수십 개 언론사가 참여한 행사에서 선물이 남는 경우를 저는 본 일이 없습니다. 그러고도 예전에는 봉투가 있었느니, 홍보팀이 기사를 대신 써줬느니, 그렇고 그런 세월 좋은 이야기를 귀에 딱지가 앉도록 들었습니다. 관행이었고 관성이었습니다. 상대가 나서서 계산할 때마다 어쩔 줄 몰라 했던 햇병아리 기자조차 금세 관행에 젖어 들었습니다. 선택지는 많지 않았습니다. 언론사와 업체 사이엔 이해관계가 분명했습니다. 지면과 온라인엔 광고성 기사가 넘쳐났고 그런 기사를 빠르게 처리하는 게 중요한 업무였습니다. 보도자료란 이름으로 들어오는 자료를 토씨 하나 바꾸지 않고 내보내도 문제가 되지 않았습니다. 차라리 장려되었다고 하는 게 맞을 겁니다.

보도자료를 처리하지 않으면 싫은 소리를 피하지 못합니다. 왜 써야 하느냐는 질문이 서로를 곤란하게 한다는 걸 모두가 알았습니다. 매일 어느 업체에서 신제품이 나왔고, 얼마나 팔렸다는 내용의 기사를 썼습니다. 쓰는 스스로조차 관심이 없는 그 기사들이 언론사 이름만 바뀌어 수십 개씩 쏟아져 나왔습니다. 그나마 의욕 있는 기자는 보도자료의 문단과 문장을 바꾸고 다듬어서 내보냈지만 그런 노력이 의미가 있는지 확신하지 못했습니다. 그러니까 보도자료에 담긴 내용을 검증하는 건 사치에 가까운 일이었습니다. 보도자료와 광고의 상관관계가 어떠한지 일선 기자들은 알지 못합니다. 알려고 하지 않는 마음과 알려 주지 않으려는 마음이 기묘하게 뒤섞인 채로 자기 몫의 보도자료를 기사로 처리하고 또 처리하도록 지시하는 나날이 이어집니다. 취재한 기사와 보도자료로 나가는 기사 사이에서 어디까지가 언론과 저널리즘의 영역인지는 불명확합니다. 업체와 계약을 맺고 기사를 내보내다 적발돼 포털사이트에서 퇴출당한 어느 언론사 사례처럼, 완전히 자유롭다고 말할 수 있는 제도권 언론은 아예 없다고 해도 과언이 아닐 겁니다.

이런 현실 속에서 기자로 일하는 건 "눈 가리고 아웅" 하는 일입니다. 눈 뜨고 비참해하거나 눈을 반쯤 감고 둔감해지는 선택지 중 하나를 선택할 뿐입니다. 남의 문제엔 엄격한 잣대를 가져다 대면서도 스스로에겐 어찌나 관대했는지 민망할 때가 수도 없이 많았습니다. 너무 잦아서 나중엔 그 민망함조차 당연해지곤 했습니다. 당연한 민망함은 더는 민망함이 될 수 없습니다. 누구보다 민감해야 할 기자가 그렇게 둔감해져 갑니다.

'직접 취재하지 않은 내용은 내 이름을 달고 나가지 못한다'고 결심한 기자가 있다고 상상해 봅시다. 그의 결심은 하루에도 여러 건의 보도자료를 내보내며 흐릿해집니다. '쓰나 마나 똑같은 기사는 절대로 쓰지 말자'는 결심도 매일 새로운 기사를 써내라는 압박 속에서 무너져 가기 십상입니다. 어디 보도자료뿐일까요. 적잖은 언론사가 만성 인력 부족에 시달립니다. 위에선 모든 사건을 처리하라고 하는데, 동시다발적으로 터지는 사건이 한둘이 아닙니다. 이 사건, 저 사건 죄다 다루다 보면 어느 하나 가까이 다가가 제대로 취재할 여력이 없습니다. 먼저 나간 타사 기사를 베끼다시피 올리지 않고서는 도저히 버틸 수 없는 상황이 이어집니다. 곁에는 이미 베끼고 검증조차 하지 않는 기자들이 수두룩합니다. '네가 얼마나 잘났다고?' 하는 경쟁심보다 '내가 뭐가 대단하다고' 패배감이 먼저 드는 게 제가 겪은 기자란 일입니다.

어른이 된다는 건 울타리를 새로 박는 겁니다. 지키고 싶은 것 대신 지킬 수 있는 것을 선택하는 일입니다. 당장 두드려 패고픈 사람 앞에서 활짝 웃지는 못해도 욕은 하지 않는 일입니다. 지평선 끝에 울타리를 세웠다가는 코앞에서 잡초가 올라오는 것이 세상 이치입니다. 사람들은 어른이 될수록 울타리를 제 가까이에 새로 박습니다. 울타리 바깥일이야 내 알 바 아니지요.

저 멀리 둘러쳐진 말뚝을 뽑아다가 안쪽 가까운 땅에다 새로 박은 게 골백번도 더 됩니다. 그때마다 타협을 허락하지 않는 나만의 영토는 꾸준히 좁아집니다. 처음 기자가 될 때 지키고자 한 땅이 어디까지였는지 더는 떠오르지 않을 무렵이 되어서야 저는 기자이기를 포기했습니다. 그러고도 '아직 해야 할 일이 남았는데' 싶어서 떠나온 길을 이따금 되돌아보곤 합니다.

5년 남짓한 시간 동안 괴물이 된 이를 아주 많이 보았습니다. 어느 유명 매체 기자는 때마다 어느 업체 직원에게 연락해 상품권을 수십만 원씩 챙겨가곤 한다는 이야기를 들었습니다. 또 어느 기자는 이사 갈 때 가구며 각종 소품을 돈 한 푼 내지 않고 들였다고 대놓고 자랑을 했습니다. 상대에게 비싼 술값을 결제하게 하고 그 돈을 뒤로 받아내는 형편없는 기자도 보았습니다. 그런 기자들이 정의를 말하고 보도 가치를 논하는 모습을 곳곳에서 만났습니다. "심연을 오랫동안 들여다보면 심연 또한 우리를 들여다본다"라는 니체의 말처럼 젊고 야심 있는 기자들이 자신이 쫓던 괴물의 형상을 닮아가곤 합니다. 취재 하나 하지 않고 종일 기사를 작성하는 이들이 있습니다. 그들에겐 인터넷이 취재처고 검증과 교차 확인은 귀찮은 일입니다. 머리로 기사 한 편을 완성한 뒤 현장에 나가는 이들도 많이 만났습니다. 아예 존재하지도 않는 취재원을 만들어 소설을 쓰기까지 합니다. 그러고도 '다들 그러지 않느냐'는 뻔뻔한 표정을 짓습니다. 어쩌면 정말로 다들 그러고 있는지도 모르겠습니다.

김영란법이 제정되던 해, 한국 언론은 언론이 잃을 것을 걱정했습니다. 취재 편의를 봐준다며 주어진 각종 특혜 같은 것들 말입니다. 결혼을 하고, 이사를 하고 그밖에 온갖 핑계를 대며 거둬

들이던 봉투들이 사라지는 것을, 골프장과 고급 요릿집에서 하는 만남이 없어지는 것을 우려했습니다. 기업이 돈을 대는 아무런 의미 없는 출장이 사라지는 것을 아쉬워했습니다. 그러나 바로 그 시각 한국 언론이 돌봐야 했던 건 다른 곳에 있었습니다. 아무렇지 않게 뽑혀 나가는 말뚝들과 빠르게 민감함을 잃어 가는 젊은 기자들 같은 것 말입니다. 존경할 선배 하나 만나지 못한 채 이것이 정말 우리가 알고 있는 언론이냐며 당혹해하는 젊은 기자들의 얼굴을 우리는 읽어야만 했습니다.

2021년 언론중재법(언론중재 및 피해구제 등에 관한 법률) 제정을 두고 국회 안팎에서 또 한 번 갈등이 일었습니다. 악의적 허위보도에 징벌적 손해배상 책임을 묻는 조항이 쟁점이 됐습니다. 이번에도 언론은 일사불란하게 반대 목소리를 냈습니다. 반대 논거를 나열한 기사가 쏟아지고 직역단체가 나서서 법안 저지에 총력을 기울였습니다. 해당 법안을 불러온 과오에 대해 충실한 반성은 없다시피 했습니다. 악의적 보도, 조작 보도, 반복적인 음해 보도가 얼마나 많았는지 일일이 되짚기도 민망한데 말입니다. 그토록 수준 낮은 보도가 쏟아질 수 있는 환경이 도리어 언론의 힘처럼 여겨진 세월은 짧지 않습니다. 수많은 잘못 뒤에 내보내는 정정 보도 몇 줄이 얼마나 가벼웠는지를, 언론과 기자 스스로가 알고 있습니다.

기자를 '기레기'로 불리도록 한 자극적 보도가 여전히 온라인을 가득 메우고 있습니다. 확인하지 않는 기자, 남의 것을 베끼는 기자가 버젓이 활동하고 있습니다. 의도적으로 사실을 부풀리고 왜곡하는 기사도 끊이지 않습니다. 어느 젊은 기자는 오늘도 먼 곳에 박힌 말뚝을 뽑아 안쪽에 다시 박습니다. 그가 새로 박은 말뚝 안 좁아진 영토 위로 저널리즘을 온전히 놓아둘 수는 있을지 위태롭기 그지없습니다.

이름 걸고 글을

쓴다는 것은

/

우연히 본 장면에 마음이 흔들리는 순간이 있습니다. 몇 년 전 어느 식당에서 우연히 만난 〈꽃보다 청춘〉의 한 장면이 제겐 그랬습니다. 계획 없이 아프리카 어느 도시로 향하던 그들에게 여행책이 한 권씩 주어졌을 겁니다. 그때 한 배우가 그런 이야기를 합니다. "누가 만들었는지 이름부터 외우고 가자"라고요. 그때였습니다. 음식을 기다리며 타성적으로 올려다보던 TV 속으로 확 빨려 들어갔지요. 완전히 예상 밖이었습니다. 책을 쓴 이의 이름을 외우자는 제안이, 책을 쓴 이에게 주어지는 관심이 제게는 너무나 낯설었거든요. 아, 글 쓰는 이의 수고로움을 알아주는 이가 있구나, 만드는 이의 노력을 존중하는 사람이 어딘가엔 반드시 있구나 하는 마음이 고개를 들었습니다. 그 배우의 이름이 제게 콱 박히는 순간이었습니다.

기자가 되고서 가장 좋은 것이 무엇이었냐는 질문을 종종 받습니다. 그럴 때면 저는 '제 이름을 걸고 글을 쓰는 것'이라 답하곤 합니다. 기사 마지막 적힌 한 줄, 바이라인이 저는 정말이지 그렇게도 좋았습니다. 바이라인은 누가 기사를 썼는지 알리는 정보입니다. 통상 기사의 끝에 제공되는 기자의 이름과 이메일을 합쳐 바이라인이라고 말합니다. 언론탄압이나 외압을 우려한 일부 국가에선 언론사가 바이라인을 적지 않기도 합니다만, 한국에선 민주화 이후 바이라인을 적는 것이 관례가 되었습니다.

바이라인을 적는 이유는 분명합니다. 기자의 이름을 밝혀 기사에 실린 정보가 사실임을 보증하도록 하는 것이고, 독자에게 기사에 관한 충실한 정보를 제공하기 위함이며, 언제든 기자에게 제보를 할 수 있는 창구를 열어 두는 목적입니다. 바이라인 덕에 기자는 제 기사에 한층 책임을 갖게 됩니다. 신문이든 방송이든 기사를 쓴 기자가 누구인지를 언제고 알아볼 수 있으니 당연한 일이겠지요. 바이라인의 무게를 아는 기자라면 마음 다해 취재하고 기사를 적을 수밖에 없는 겁니다. 이런 원칙을 무시한 언론도 없진 않습니다. 어느 언론사는 기자가 아닌 일반 직원의 이름으로 대가를 받고 광고성 기사를 쓰다가 포털사이트에서 퇴출당하는 낭패를 보았습니다. 또 다른 언론사는 아예 존재하지도 않는 가짜 기자를 만들어서 홍보성 기사를 쏟아 내다가 적발되기도 했지요. 이뿐입니까. 아예 바이라인을 없애거나 '디지털뉴스부'라는 애매한 이름 뒤에 숨어 대가가 있을 게 분명해 보이는 홍보 기사를 쓰기도 합니다. 홍보 기사가 아니라도 클릭을 노린 자극적 뉴스를 쏟아 내기도 하지요. 솔직히 말하면 이런 일을 하지 않는 언론보다 하는 언론이 더 많을 겁니다.

문제야 많다지만 기자는 바이라인이 자랑스러울 수밖에 없습니다. 누구나 정식으로 기자가 되었을 때 제 이름을 달고 나간 첫 기사를 기억할 겁니다. 기사라는 게 데스크나 편집자와의 공동작업이긴 하지만 어찌 됐든 가장 애쓴 기자 입장에선 본인 기사에 애착을 가질 수밖에요. 바이라인도 취재기자의 이름으로 나가는 게 보통이기도 하고 말입니다. 누구나 볼 수 있는 기사가 제 이름으로 나가는 건 놀라운 경험입니다. 크든 작든 세상에 영향을 미치는 일이니까요. 보통 기업체를 생각해 봅시다. 말단 직원으로 입사해 저 혼자 책임질 만한 업무를 보는 일은 드뭅니다. 실무자로 제 의견이 적극 반영되는 프로젝트를 맡게 되는 경우도 흔치 않습니다. 처음부터 제 이름으로 상대와 만나고 성취를 눈으로 확인할 수 있게 되는 건 스포츠 선수나 예술가, 연예인, 영업직원 정도가 고작일 겁니다.

바이라인만이 아닙니다. 온라인과 댓글 문화가 활성화된 오늘의 여건이 기자들에게 독자의 반응을 즉각적으로 알게 합니다. 제목만 읽고 댓글을 다는 이가 넘치고 극단적인 진영논리에 빠져 흔한 반응을 보이는 경우가 허다하지만, 귀를 기울이면 여전히 귀한 목소리가 들려오고는 합니다. 특히 공들인 기사엔 공들인 반응이 나올 때가 많습니다. 무거운 질책과 뿌듯한 칭찬, 미처 생각지 못한 기사의 허점을 지적하는 글을 만나면 오래도록 그 반응을 잊을 수가 없게 되지요.

통계청 통계를 근거로 기사를 쓴 일이 있었습니다. 배추와 무를 재배하는 농지가 갈수록 줄고 있다는 취지의 기사였습니다. 중국 여러 매체에서 김치가 마치 중국에 뿌리를 둔 음식인 듯 표현하여 논란이 되던 국면에서 관련 기사로 발제한 것이었지요. 양국 간 감정싸움에 매몰되지 않고 김치 생산과 깊이 엮인 재료들의 상황을 돌아보는 데 의의를 두고자 하였습니다. 실제로 중국에서 재료를 사들여 한국에서 담그기만 한 김치가 국내산으로 표기되고 있는 상황이었기에 김치의 재료가 정말로 어디서 오는 건지, 그 경향을 확인해 짚어 내고 싶었습니다. 기사는 한국에서 무를 생산하는 농지가 급감했다는 사실에서 출발했습니다. 마침 김치와 관련해 유의미한 통계가 있을까 찾던 중 무를 생산하는 농지가 전년도에 비해 크게 줄어든 점을 확인한 겁니다. 이걸 근거로 한국에서 무 생산이 떨어지고 해외에서 무를 수입해 김치를 생산하는 게 아니냐는 가정하에 취재를 시작했습니다. 중국 김치 수입량이 늘고 있으며 해외에서 재료를 사와 한국에서 김치를 만드는 경향이 두드러진다는 관련자의 발언까지 확보했지요.

오랜만에 여러 통계 자료를 찾아 쓴 기사였기에 만족감이 컸습니다. 쏟아지는 일차원적 기사들과 달리 배경을 살펴 유의미한 사실을 짚어 냈다는 점에서 내심 어깨가 으쓱해졌습니다. 기사를 본 선배들도 마음에 들어 했습니다. 심지어 기사는 나간 지 얼마 되지 않아 포털사이트 메인에 떡하니 걸렸습니다. 이런 날이면 걷는 걸음도 어찌나 경쾌한지요. 기사가 나가고 1시간 되었을까요. 어느 취재원과 점심을 먹는데 그가 제 기사 댓글을 확인했냐고 묻는 겁니다. 인터넷 창을 열고 반응을 살폈더니 아뿔싸, 한 댓글이 기사의 허점을 제대로 짚고 있는 게 아니겠습니까. 댓글은 기사의 제목으로 뽑았던 무 재배 면적에 대한 것이었습니다. 전년도는 사계절 재배 면적으로 계산해 놓고 직전 연도는 가을무 재배 면적에 한정해 비교하고 있으니 오류라는 지적이었습니다. 댓글을 쓴 이는 실제로 올해 무 재배 면적이 늘어났다며 기사를 고치라고 요구하고 있었습니다. 사실이라면 기사의 앞부분을 통째로 덜어야 할 큰 잘못이었죠.

　오전 내내 의기양양했던 저는 고작 몇 줄짜리 댓글 하나에 완전히 불안해졌습니다. 본래라면 통계청에 확인을 마쳐야 했으나 전화 연결이 되지 않아 표만 보고 넘어간 게 실수였지요. 머릿속은 이미 무 재배가 줄었으리라 확신하고 있었습니다. 업계 사람 몇과 통화를 하고 통계청 표까지 철석같이 믿었죠. 판단을 넘어 맞으리라 기대하고 있었는지도 모르겠습니다. 다시 찾은 통계청 자료에선 사계절 전체 면적과 가을 무 면적을 구분하지 않고 있었습니다. 구분은 2019년과 2020년으로만 적혀 있어 문제가 없어 보였지만 2020년은 가을 무 재배량만 반영한 수치일 가능성도 충분했지요. 결국 농수산식품유통공사를 통해 통계청 자료엔 아직 최신 수치가 반영되지 않았단 걸 확인할 수 있었습니다. 뒤늦게 연결된 통계청 역시 가을 무 이후 통계가 반영되지 않았다고 확인해 주었지요. 명백한 오보였습니다. 다행히 아직 신문이 인쇄되진 않은 상태라 기사를 수정할 수 있었습니다. 그러나 이미 수만 명의 독자가 인터넷을 통해 잘못된 내용을 접한 뒤였죠.

망신스러운 일이었습니다.

이름을 걸고 기사를 쓴다는 건 잘못을 감내하는 일입니다. 기사 끄트머리의 작은 오탈자부터 누군가 분명한 피해자가 있을 중대한 잘못에 이르기까지, 모든 잘못이 온전히 제 탓임을 인정하는 것입니다. 때로 어느 잘못은 누군가에게 돌이킬 수 없는 상처를 입히기도 합니다. 또 때로는 다시는 회복할 수 없을 만큼 신뢰를 거두어 가기도 하지요. 이날 역시 제가 잃어버린 신뢰가 분명히 있었으리라고 생각합니다.

저의 자그마한 서재엔 몇 편의 글이 걸려 있습니다. 어느 것은 제가 잘못 쓴 기사이고, 또 어느 것은 잘 쓴 글이며, 또 어느 것은 교훈으로 삼을 만한 가르침입니다. 그중에는 리영희 선생이 〈한길문학〉 1990년도 5월호에 발표한 〈이름 걸고 글을 쓴다는 것은〉이란 글도 있습니다. 저는 이 글을 적어도 매주 한 번씩은 소리 내어 읽고서 일터로 나갔습니다. 아마도 기자 생활을 하는 중 가장 많이 읽은 글이 이것일지도 모르겠습니다.

이 글은 30여 년 동안 글을 써온 리영희 선생께서 동래 어느 온천탕에서 겪은 일을 회상하는 것으로 시작합니다. 온천탕에서 만난 사십 대 후반의 때밀이는, 그 자리에서 자신이 리영희 선생의 애독자이며 그의 사상에 얼마나 공명해 왔는지를 열렬히 설명했다고 합니다. 선생은 발가벗고 누워 그의 말을 다 들을 수밖에 없었겠지요. 그는 여러 번 찾아 읽었음이 분명한 저서들을 정확하게 인용하며 선생에 대한 애정을 이야기하고 또 이야기했습니다. 선생은 그 글에서 이렇게 이야기합니다.

"나는 '신'이나 '하나님의 정의' 또는 '역사의 심판'이 하늘에서 오는 것이 아니라 이 같은 사람들, 즉 때밀이, 지게꾼, 노동자, 농민, 노점상처럼 땅 위에 짓눌려진 인간들에게서 올 것을 확신하면서 글을 쓴다."

5년여의 기자 생활 동안 모범으로 삼고자 한 건 바로 이러한 태도였습니다. 말하자면 이 글 한 편이 제게는 북극성이 되어 주었습니다. 만약 이 글에서 배우지 못했더라면 제가 범한 잘못이 지금보다도 훨씬 더 많았을 게 분명합니다.

이름 걸고 글을 쓴다는 것은 얼마나 무거운 일인가요, 또 한편으로는 얼마나 멋진 일인지요. 나처럼 "땅 위에 짓눌려진" 수많은 인간에게 심판과 보답을 받을 일을 두려워하며 기다리는 날이 많았습니다. 그런 마음들은 저를 스스로 '기레기'가 되도록 놓아두지 않았습니다. 여행서를 받아 들고 글쓴이의 이름부터 읊어 주던 그 배우 같은 독자를 만날 것을 늘 기대했으니 말입니다.

난전 후려 까는

시전 상인처럼

조선시대 사대문 안 시전에는 육의전이라 불리던 가게가 있었습니다. 여섯 개 전이 모여 육의전을 이뤘는데, 각 전은 조정이 필요로 하는 특정 물품을 납품하는 점포였습니다. 육의전에 포함된 상인은 정부로부터 독점적 권한을 받아 다른 상인이 그 물품을 취급할 수 없도록 막았습니다. 허가받은 시전에 대응하여 곳곳에 섰던 난전 역시 이들이 고용한 패거리로부터 낭패를 보기 일쑤였죠. 조선시대 어용상인에게 다른 상인을 막을 수 있도록 부여한 권한, 이른바 '금난전권'입니다.

한국 언론에는 조선의 금난전권 못지않은 관행이 있습니다. 출입처 제도라고 불리는 것입니다. 출입처는 기자들이 맡아 취재하는 영역입니다. 법원을 출입하는 기자가 법원에서 일어나는 일을 다루고, 경찰을 출입하는 기자가 경찰 사건을 다룹니다. 정부 부처와 공공기관, 일반 사기업에 이르기까지 담당하는 기자가 정해져 있습니다. 김영란법 전까지만 해도 정부 부처며 기업들은 출입 기자들에게 기자실을 마련해 주고 담당자에게 관리를 맡겼습니다. 이제 언론사들이 돈을 걷어 그 역할을 하는 경우가 많다곤 하지만 여전히 받는 혜택이 적지 않습니다. 문제는 혜택이 특정한 언론사, 이른바 출입 언론사에만 집중된다는 겁니다.

근래 들어 몇몇 언론사가 검찰과 소송을 벌이고 있습니다. 이들 언론사가 검찰청에 출입증을 발급해 달라고 요구했는데 받아들여지지 않자 취소소송을 시작한 것이죠. 검찰이 이들 언론사의 출입을 불허한 건 기자단의 관행 때문입니다. 30여 개 언론사가 모인 법조 출입 기자단은 자체 투표로 신규 언론사의 출입 여부를 결정하는데, 검찰이 이들의 요청을 받아 출입증을 내어 주고 있는 것이죠. 경쟁자가 늘어나는 걸 원치 않는 출입 언론사들은 엄격한 기준으로 새로운 출입처를 선정하는 투표를 진행합니다. 그러니 투표를 앞두고 입성을 원하는 언론사들이 투표권을 가진 타사 기자에게 알게 모르게 로비를 하는 관행까지 자리 잡고 있지요. 앞서 언급한 소송은 검찰이 기자단에게 출입처를 선정하도록 하는 관행이 부적절하다는 인식에서 출발한 것입니다. 한국 언론은 정보가 드나드는 곳에 울타리를 쳐 그 안을 지키는 방식으로 기능합니다. 정보가 나올 만한 곳에 빨대를 꽂아 두고는 다른 이는 접근할 수 없게끔 차단하는 것이죠. 기자들이 기자실 밖으로 나와서 가치 있는 정보를 파헤쳐 밝히는 일은 드뭅니다. 출입처 안에 흐르는 정보가 이미 출입하는 몇몇 언론사에만 허락된 것이기에 그것만 보도해도 된다는 안이함이 만연하기 때문입니다. 자유로운 경쟁을 찬양하고 독과점의 폐해를 비판하는 언론이 스스로는 벽을 쌓아 남의 접근을 막는 모습은 우스꽝스럽습니다. 오늘날 언론은 시장의 독점이 소비자의 권리를 해친다고 말하길 주저하지 않습니다. 그렇다면 출입처 시스템으로 독자의 이익이 훼손되고 있는 게 아닌가요.

하루 이틀 문제가 아닙니다. 이미 2007년, 참여 정부가 정부 부처 기자실이 '메이저'라 불리는 일부 매체에만 개방된 관행을 놓고 개혁 작업에 착수한 적이 있습니다. 정부 부처의 기자실을 없애고 누구나 접근 가능한 브리핑센터로 통합하자는 내용이 뼈대였는데, 결과는 참담했습니다. 격렬한 반대를 뚫고 시행된 제도가 효과를 내기도 전에 다음 정권이 기자실을 원상 복구해 버린 탓입니다.

5년 전 어느 경찰서에서 한 기자가 브리핑 때 찾아온 비출입사 기자를 향해 나가 달라고 말한 일이 있습니다. 경찰의 브리핑을 출입 기자들만 독점적으로 듣겠다는 이유였죠. 쫓아낸 기자도, 쫓겨난 기자도 갓 기자가 된 초년생들이었는데, 그 광경이 꽤 살벌하고 민망했습니다. 쫓겨난 기자는 화가 머리끝까지 나서 미리 취재한 내용으로 브리핑 시간에 앞서 기사를 내려고 했습니다. 그런데 정보를 주었던 경찰관이 전화를 걸어 기자단을 대하기가 곤란하다며 출입사가 먼저 보도한 뒤 기사를 내달라고 부탁했었죠. 결국 그 기자는 기사를 내지 않았습니다. 이런 일을 겪은 것이 어디 그 하나뿐이겠습니까.

제가 몸담았던 회사는 몇 년의 낙방 끝에 마침내 경찰 출입 언론사가 되었습니다. 막상 되고 보니 전에는 다가서기 어려웠던 일들이 너무나도 쉽게 해결되곤 하였습니다. 더 적은 노력으로 더 큰 성과를 거둘 수 있다는 건 이 장벽이 지닌 영향력이 어떠했는지를 말합니다. 문지기처럼 기자실 문턱을 지키는 언론의 행태가 저들 자신에게 비수가 되어 꽂힌 적도 없지는 않습니다. 보수 언론이 종편사를 만들었을 때가 대표적이죠. 여러 종편사가 수년 동안 경찰과 서울시청 기자단 출입 투표에서 탈락을 거듭했습니다. 다른 언론사들이 문을 두드릴 때마다 반대표를 던진 게 얼마나 얄미웠던지 문턱을 넘은 출입처들이 이들에게 쉽사리 자리를 허락하지 않은 겁니다. 그 시절 탈락한 언론사 소속 기자들이 불공평하다며 하소연하고 다녔던 기억이 지금까지 생생합니다.

출입처 제도는 오늘날 언론을 망치는 주범 중 하나입니다. 동일 출입처를 가진 기자들은 대동소이한 기사를 매일 쏟아 냅니다. 수십 개 언론사가 출입할 만큼 중요한 기관이라면 다룰 만한 문제가 다양할 텐데도 그렇습니다. 언론을 공공의 그릇이란 뜻에서 공기公器라고들 부르는데, 그 그릇은 비효율적으로 생긴 것이 분명합니다.

출입처를 가진 기자는 상대적으로 수월하게 일합니다. 출입처별로 기자단이 형성돼 다른 기자가 무엇에 관심을 가졌는지 짐작하기도 쉽죠. 가만히 있어도 가공된 정보가 보도자료란 이름으로 뿌려지기도 합니다. 같은 출입처에서 가까이 지내는 기자들끼리 정보를 주고받는 일도 흔합니다. 이미 비슷하게 일하는 기자들은 점점 더 비슷해져만 가지요.

법원에 중요한 재판이 있다고 가정해 봅시다. 모든 언론사가 관심을 가질 만한 사건이면 그날 그 재판정엔 수십 명의 기자가 몰릴 겁니다. 그렇다고 몰려든 기자 수만큼 다양한 기사가 나올까요. 그렇지 않다는 걸 온라인에 널려 있는 특색 없는 기사들이 증명하고 있습니다. 비슷한 기사들이 쏟아지는 동안 다른 곳에선 기사가 될 수 있었던 아까운 사건들이 마땅한 조명을 받지 못한 채로 스러져 갑니다. 충분한 경쟁이 있다면, 더 많은 접근이 가능하다면, 어쩌면 달라질 수도 있지 않을까요.

고립된 사회는 결국 그 사회 구성원에게 해를 끼칩니다. 생태계를 생각해 봅시다. 고립됐던 아메리카와 오세아니아 대륙의 문명이 속절없이 무너져 내린 역사를, 폐쇄적 고립체제를 추구해 온 국가들이 빈곤과 기아, 혼란에 직면한 현실을 말입니다. 아마존과 오세아니아 같은 고립된 단일 생태계는 먹이사슬이 안정된 뒤 개체가 크기를 키우는 방식으로만 진화하다가 외래종 유입 이후 낭패를 겪었습니다. 조선왕조 500년간 바닷길을 닫아걸었던 한반도가 지난 세기 어떤 고난을 겪어야 했는지 그 상흔이 아직 분명합니다. 사회건 개체건 건강하고 지속적인 발전을 위해선 새로운 위협과 기꺼이 만나야만 한다는 걸 이미 이 세상이, 우리의 역사가 입증하고 있는 겁니다.

금난전권은 난전을 막지도 시전을 흥하게 하지도 못했습니다. 조선의 상업이 발전하는 속도를 억제하고 결국은 그들 스스로를 멸망케 하였습니다. 아무렇지 않게 메이저와 마이너 언론을 구분하고, 출입사와 비출입사의 경계를 받아들이는 적지 않은 젊은 기자들을 마주하게 됩니다. 그들을 만날 때마다 제 머릿속에 떠올랐던 것이 바로 금난전권이란 엉터리 정책이었습니다. 국가 멸망 코앞에서야 폐지됐던 이 정책의 전철을 오늘의 한국 언론이 그대로 따르는 모습은 단순히 언론을 넘어 한국 사회와 시민들의 불행으로 느껴졌습니다.

선 곳에서

최
선
을

　퇴사를 앞둔 어느 날 대학가에 취재를 나갔습니다. 학생들을
만나 고충을 듣는 자리였죠. 취재에 응한 이들은 모두 다섯이었
는데 그들의 친구와 또 그 친구까지 이어져 며칠 동안 열 명이 훌
쩍 넘는 학생을 만났습니다. 거창한 주제는 아니었습니다. 갈수
록 치열해지는 경쟁과 좁아지는 취업 문턱에서 대학생이 겪는 스
트레스가 어떠한지 들었습니다. 대학교란 공간이 내가 떠나온 지
난 10여 년간 얼마나 달라졌는지 적잖이 궁금했습니다.

　대학생들이 느끼는 막막함은 원초적이라 해도 좋을 겁니다.
초등에서 중등과 고등, 대학까지. 정해진 길만 따라온 이들에게
학위를 받고 취업을 한다는 건 전혀 다른 차원의 이야기니까요.
마치 아시아와 유럽, 북미를 연달아 여행하다 우주여행을 떠나야
하는 것처럼 말입니다. 우주선 안에 앉아 떨고 있는 예비 우주인

에게 "괜찮아, 아프리카도 가봤잖아"라는 말이 얼마나 위로가 될 수 있을까요.

저는 경제와 경영, 법과 사회, 역사와 철학 같은 소위 문과 계열 학생들에게 관심이 갔습니다. 대학교에서 배우는 지식이란 이미 인터넷보다 낡고 늙은 것이 되었는데, 그 공간에서 보내는 수년 동안 대체 무엇을 꿈꾸고 있을지가 궁금했지요. 배우는 것과 사회에서 쓰일 것 사이의 간극이 커져만 가는 현실 가운데서 학교에 적을 둔 이들에게 위기감이 없을 리 없다고 생각했습니다. 그런데 막상 만난 학생들은 전혀 달랐습니다. 10여 년 전 저보다는 훨씬 더 현실적이었다고나 할까요. 무엇이 배울 가치가 있고, 무엇이 그저 견뎌내야 할 건지를 본능적으로 구분하는 모습이었습니다. 필요한 학점만 챙기고 남는 시간엔 철저히 제게 필요한 일을 하는 모습이 대단하게도 느껴졌습니다. 합리적이고 선명했죠.

대학교는 그저 값비싼 졸업장을 주는 곳이 되었습니다. 졸업장 없이는 마음에 차는 일을 구하기 어려우니 수천만 원씩을 들여 대학교에 등록하는 것뿐이라고 거리낌 없이 대답해 왔죠. 그에 걸맞은 가치를 주지 못한다면 대학교가 차지하는 위상도 급속히 붕괴할 게 분명해 보였습니다. 학생들은 자신이 속한 학교 사이에 명확한 계급이 있다는 사실도 인정하고 있었습니다. 명문대와 비명문대, 인서울과 지방대 사이에 주어지는 차별을 아주 당연한 것처럼 받아들였죠. 똑같이 4년제 대학이라면 취급도 동등해야 하는 게 아니냐는 물음에 존재하는 격차라면 한 발 더 빨리 체화하고 대응하는 게 낫지 않냐고 되물어 왔습니다. 자신이 명문대에 다니건 그렇지 않건 모두가 그랬죠. 자본이나 외모에 대해서도 같은 입장이었습니다. 수십억 원짜리 빌딩을 매입해서 불과 몇 년 만에 수십억 원의 차익을 내는 사람들을 화제에 올렸을 때는, 하나같이 그것도 '능력'이라고 평가했습니다. 제 노동을 팔아 하루 십만 원도 벌지 못하는 이들이 수두룩한 세상에서 그와 같은 사람이 평생 만지지도 못할 돈을 단 몇 개월 만에 벌어들이는 누군가의 모습이 이들에겐 아주 자연스럽고 선망할 만한 일이었죠. 그래서일까요. 제가 만난 학생 대다수가 주식과 가상자산에 투자하고 있었습니다. 빚을 내서 투자하는 학생도, 투자를 위해 휴학까지 한 학생도 있었습니다. 이들에게 중요한 건 오로지 결과였지요.

등록금으로 가상자산에 투자하고 있던 학생은 꿈이 '영 앤 리치'라고 말했습니다. 그는 부모에게 알리지 않고 휴학한 상태였는데, 졸업해 봐야 별 경쟁력이 없는 학교가 중요치 않다고 말했습니다. 자신이 다니는 학교는 졸업을 하고도 취업하지 못하는 선배들이 수두룩한데 그 길을 따라 걷느니 투자에 배팅하는 편이 낫지 않겠냐는 것이었죠. 나이가 어릴수록 복구하기도 수월하니 이십 대 초반에 인생의 승부를 보겠다는 그의 말에 저는 고개를 끄덕일 수밖에 없었습니다. 그의 선택이 틀렸다고 감히 누가 말할 수 있을까요.

편입을 준비하는 이들도 많았습니다. 학교를 다니는 건 취업을 위해서고 좋은 학점을 받는 것보다 편입하고 학교 이름을 바꾸는 게 몇 배나 취업에 효과적이란 논리였습니다. 학생들은 제가 다니는 학교 졸업장이 가진 힘에 민감했습니다. 학교 이름에 따라 주변에서 받는 시선도 완전히 달라지는데 비슷한 돈을 내고 못한 학교를 다니는 건 가성비가 떨어지는 일이라는 것이었죠. 대다수 학생은 외모가 나은 이가 취업부터 일상생활에 이르기까지 더 나은 대접을 받는 걸 문제 삼지 않았습니다. 오히려 사람마다 외모가 다른 것도, 더 나은 외모가 존재하는 것도 사실이 아니냐고 되물었습니다. 학생들은 빠르게 현실을 받아들였고 그 차이에 대응해 나가는 듯했습니다. 운동과 화장, 성형이 그 수단이 되곤 했지요. 어차피 바뀌지도 않는 세상에 부당하다고 항의하는 대신 한발 빨리 대응하는 게 주체적이지 않냐는 질문도 있었습니다. 저는 할 말을 잃고 말았습니다.

맞는 이야기일 수도 있습니다. 세상은 갈수록 발 빠른 대응을 요구하고 있으니까요. 멈춰 서서 '뭔가 잘못된 게 아니냐'고 묻다간 저기 멀찍이 뒤처질 뿐입니다. 어차피 뒤집지 못할 세상이라면 빨리 받아들이고 흐름에 대응하는 게 현명한 방법일 수 있겠지요. 며칠간 그들의 삶을 들여다보니 그 삶과 생각이 틀렸다고 재단하고 싶지 않아졌습니다. 생각했던 기사를 내지 않은 것도 그래서였죠. 다만 이래도 좋은가 하는 마음은 지우기 어려웠습니다. 학교 이름과 재산, 외모 따위로 촘촘히 짜인 계급체계를 너무나 기꺼이 받아들이는 학생들에게서 어딘가 불편한 냄새가 나는 것 같았기 때문입니다. 그 불쾌함이 그들을 바라보는 저 안에 있는 것인지, 그들에게서 비롯된 건지를 구분하기 어려웠지요.

그 감정이 무엇인지 알기까진 그리 오랜 시간이 걸리지 않았습니다. 어느 날 퇴근 후 기자 여럿이 서울 한 주점에 모였습니다. 같은 출입처를 다니며 친해진 기자들끼리 술 한잔 걸치는 자리였습니다. 그중 누군가가 어느 언론사 경력직 면접을 보고 왔다고 이야기하더군요. 그는 안면 있는 기자 몇이 함께 지원한 사실을 알게 됐다면서 제법 경쟁이 치열할 거라고 걱정했습니다. 흥미로웠던 건 그가 저도 알고 지내는 기자 하나를 그 자리에서 보았다고 말한 거였지요. 그가 본 기자는 제가 별로 좋아하지 않는 사람이었습니다. 취재를 엉망으로 하고 기사를 형편없이 쓰니 좋아하려야 좋아할 수가 없었죠. 그는 말버릇처럼 제가 쓰는 기사를 아무도 보지 않는다고 말하곤 했습니다. 회사의 영향력이 작다는 게 이유였습니다. 회사가 작으니 아무리 노력해도 의미 있는 기사가 되질 않는다는 겁니다. 언젠가 제게 전화를 걸어서는 취재를 위해 자기가 속한 언론사를 밝히는 일조차 창피하다고 이야기한 적이 있었지요. 그는 손꼽히는 대학교를 졸업한 자신이 작은 언론사에서 일하는 현실을 몹시 부끄러워했습니다. 그런 그가 유명 언론사 경력직 면접에 합격하게 된다면 더 나은 기자가 될 수 있을까요. 그날 그의 근황을 듣고서 저는 오랜만에 그가 쓴 기사들을 찾아보았습니다. 아니나 다를까 노력이 별반 필요하지 않은 취재와 공을 들이지 않은 기사들이 화면 가득 나왔습니다. 쓰나마나 한 기사들을 쓰면서 더 큰 언론사로 옮길 생각만 하는 그를 저는 내심 경멸하고 있었던 것도 같습니다.

그만의 문제는 아닙니다. 언론계는 이직이 매우 잦습니다. 언론사별로 채용하는 인원이 워낙 적다 보니 처음엔 작은 언론사에서 시작해 조금씩 큰 곳으로 옮기는 이들이 적지 않습니다. 큰 회사일수록 취재 여건이 좋아지고 연봉도 높아집니다. 옮길 만한 유인이 많아지는 겁니다. 또 언론계는 보이지 않는 계급 구조로 짜여 있습니다. 어느 언론사는 출입하는 기관을 다른 언론사는 출입하지 못하는 장벽이 존재합니다. 언론사 스스로가 모여 다른 언론사에는 동등한 취재 권한을 주지 말자고 약속을 하고 벽을 쌓는 것입니다. 기자가 속한 매체는 곧 기사의 영향력이 되기도 합니다. 어떤 매체는 포털사이트에 잘 노출되는데, 어떤 매체는 거의 눈에 띄지 않습니다. 유명한 매체의 형편없는 기사는 잘 눈에 띄는데 유명하지 않은 매체의 공들인 기사가 구석에 박혀 있는 모습을 자주 목격합니다. 그러니 취재원들부터 기자의 역량보다는 속한 매체를 고려하게 됩니다. 기자들 역시 스스로 어느 언론은 메이저고 어느 언론은 마이너라고 구분하는 일이 잦습니다. 자신이 메이저에 속해 있다는 이유로 안도와 자만에 젖어 행동하는 기자와 그 반대되는 기자를 저는 신물이 날 만큼 자주 보았습니다.

엄연히 존재하는 구분선 안에서 그저 업에 충실하기란 얼마나 어려운 일인지요. '내일이고 모레가 되면 누구도 기억하지 못할 기사'에 공을 들이기보다 회사를 옮기는 데 애를 쓰는 것이 더 나은 결정이라고 믿는 이가 당연하게도 너무나 많습니다. 취재나 기사에 정성을 들이기보다는 타사 기자들과 친하게 지내는 게 이직에 보탬이 된다는 얘기도 들리죠. 자연히 그런 쪽에 힘을 기울이는 이들이 생깁니다.

가장 실망스러운 건 기자들 스스로 제 안의 한계를 규정짓는 일입니다. '우리는 이 정도니까' 하고 수긍하는 일이 많습니다. 우린 작은 언론이니까 작은 취재를 하고, 우린 약한 언론이니까 가벼운 취재만 해도 된다는 식이죠. 때로는 '해도 된다'가 아닌 '해야 한다'가 되기도 합니다. 더 치열한 건 저쪽이, 더 깊은 건 그쪽이 보도해야 한다는 것이죠. 더 큰 언론에 한 수 접는 그 태도가 더 작은 언론에 한 수 먹여야 한다는 못된 심성으로 나타나기도 합니다. 패배감과 우월감은 동전의 양면처럼 기묘하게 붙어 있는 법이니까요.

이러한 구분은 언론에만 통용되는 게 아닙니다. 메이저 언론은 어디까지이고, 인터넷 매체는 또 어디까지일까요. 문득 "저희는 메이저 언론이라 원래 연락하던 곳보다 훨씬 반응이 나을 거예요"라고 취재원을 설득하던 어느 기자가 떠오릅니다. "우리는 마이너니까 뺏기는 건 어쩔 수 없죠"라고 자조하던 다른 기자도 생각납니다. 근무 시간에 이력서를 쓰고 회사 몰래 면접을 보러 가던 기자들도 기억납니다. "여기서는 안 돼, 여기서는 못 해" 그런 말들을 얼마나 많이 들었는지요. 그들이 말하는 '여기'를 오직 이곳 홀로 만든 것이 아니라는 건 슬픈 일입니다.

취재에 매진하고 저널리즘을 고민하는 대신 어떻게 더 큰 언론사로 옮겨 갈까 목을 매는 기자들을 수시로 마주했습니다. 가끔은 포기하지 않아야 할 것을 포기하는 이들도 많았습니다. 기자도 결국은 회사원이 아니냐고, 출근하고 퇴근할 때까지 평화롭게 지내면 그만이라고 말하고들 했지요. 그 과정에서 사실이 사실과 조금 다른 것으로, 그러다 사실과는 먼 것으로 변해도 별 관심을 두지 않게 된 기자가 너무나도 많았습니다. 출근과 퇴근, 일의 강도와 통장에 들어오는 돈이 관심의 전부가 되는 것, 그건 곧 무력감이었습니다.

엄연히 존재하는 구분을 재빨리 받아들이는 효율성 뒤에는 '그래도 좋은가' 하는 회의와 '그래도 해야지' 하는 각오 같은 게 뿌리째 뽑혀 나간 폐허가 있습니다. 모두가 자신이 선 자리를 돌보지 않는 세상은 금세 폐허가 되고 맙니다. 취재를 나간 대학교와 문득 돌아본 제 일터에서 무력감과 패배감의 냄새가 난 건 그래서였을 겁니다. 정말 귀한 건 씨를 뿌리고 밭을 갈며 소를 키우는 일이 아닐까 합니다. 온갖 가치가 멸종되는 세상에서 제 원칙과 가치를 끝끝내 지키려는 사람들과 그들의 태도 말이죠. 무력감과 패배감이 초토화시키는 땅 위에서 해야 할 일을 묵묵히 해내려는 사람, 저는 그런 사람이 되고 싶었는지도 모르겠습니다.

애드버토리얼

2018년, 항해사 자격을 취득해 바다에 나갔다가 다시 언론사로 돌아온 뒤 얼마 지나지 않은 시점이었습니다. 이름만 대면 알 만한 신문사에서 제법 기량을 인정받은 선배 기자들과 술자리를 갖게 됐습니다. 그 자리에서 한 기자가 말했습니다. 그날 어느 회사 신제품 기사를 쓰고 왔다며 제가 그 기사를 '만들었다'고 힘주어 말했습니다. 썼으면 썼지 만든 건 또 무엇일까요. 의문은 곧 풀렸습니다. 그는 자기가 쓴 기사를 '애드버토리얼'이라고 불렀습니다. 저는 그 단어를 그에게 처음 들은 참이었습니다. 그는 기사가 얼마짜리고, 업체가 꼭 자기에게 그 기사를 써달라고 했다는 등 얘기를 한참이나 떠들었습니다. 저는 눈치 없이 그에게 물었습니다. 그건 광고 아니냐, 기사처럼 내보내는 건 독자를 속이는 것이 아니냐 하고요. 일순간에 분위기가 싹 굳었습니다. 그는 술맛이 떨어진다는 듯 제 얼굴을 가만히 쳐다보고는 말했습니다.

"이런 기사 안 쓰는 데가 어디 있어? 너희 회사도 애드버토리얼 하고 있을걸."

제가 부끄럽지 않았던 건 무식해서였지요. 고작 한 주 뒤, 저는 애드버토리얼이란 말을 다시 들었습니다. 이번엔 제 회사 상사의 입에서였습니다. 그는 우리 지면 귀퉁이에 나온 짤막한 기사를 가리키며 애드버토리얼이라고 말했습니다. 며칠 전이었다면 저는 그 말이 무얼 뜻하는지조차 몰랐을 겁니다. 하지만 이번엔 확실히 알고 있었죠. 알고서도 애써 고개를 돌리는 게 어디 저 하나뿐일까요.

애드버토리얼(advertorial, advertisement와 aditorial의 합성어)은 기사형 광고입니다. 기사와 유사한 형식으로 작성돼 얼핏 기사인지 광고인지 구분하기 어려운 광고입니다. 처음엔 광고면에만 들어가 있었을 겁니다. 기사처럼 쓰인 광고가 눈 어두운 이들에게 기사처럼 느껴지길 바라면서요. 어느 순간 애드버토리얼은 기사가 실리는 면으로 넘어오기 시작했습니다. 실제로 애드버토리얼이 갈수록 늘어납니다. 기자가 봐도 이게 기사인지 광고인지 구분하기 어려울 정도지요. 이런 광고가 넘치는 이유는 분명합니다. 효과가 좋기 때문입니다. 광고가 광고 티를 내면 효과가 클 수 없습니다. 이미 광고가 범람하는 세상이니까요. 하지만 기사에 적혀 있다면 대단한 성능과 효험이 있는 것처럼 느껴지니 말입니다.

언론이 가진 공신력으로 그 성능과 효험을 보증하는 것처럼 보이는 것이죠. 물론 실제로 보증할 필요는 없습니다. 보증한다는 인상을 주면 그것으로 족합니다. 요컨대 애드버토리얼은 언론이 하는 '뒷광고'입니다. 광고가 기사처럼 느껴지도록, 독자를 잘 속일수록 좋은 애드버토리얼입니다. 독자를 잘 속이기 위한 기사라니, 언론은 대체 어디까지 타락하는지요.

언론이 누구에게 충성해야 할지는 명백합니다. 넓게 잡으면 시민이고 좁게 잡으면 독자입니다. 제 기사를 읽는 사람에게 적어도 기사 안에 담긴 내용이 사실임을, 기자가 최선을 다해 내용을 검증했다는 확신을 주어야만 합니다. 그것이 저널리즘의 시작이라고 저는 그렇게 믿습니다.

애드버토리얼은 바로 그 저널리즘을, 독자와 언론 사이의 신뢰를 언론 스스로가 깨기 시작했다는 징표입니다. 그 징표를 곁에 두고서 기자들은 오늘도 일터로 나갑니다. 자기가 속한 조직과 업계가 모두 그러한데 자기 하나 깨끗하다고 믿는 건 어리석은 일이 된 지 오래입니다. 기자라는 직업은 그렇게 무력해지고 있습니다.

처음 선을 넘는 게 어렵습니다. 담긴 내용이 진실인지 거짓인지 검증하기 어려운 보도자료를 아무런 생각 없이 기계처럼 처리합니다. 보도자료 하나를 처리하는 데 5분이 걸리는지, 3분이 걸리는지, 그보다 더 빠른지를 농담인 듯 자랑처럼 이야기합니다. 기사란 게 다 그렇고 그런데 괜한 고민을 하는 건 쓸모없는 일이라고 말합니다. 모두가 그렇게 조금씩 선을 넘습니다. 그러다가 정말 넘어서는 안 되는 선까지 넘고는 합니다. 내 독자를 더 잘 속이려고 쓰는 기사, 애드버토리얼이란 게 바로 그 선 아닐지요.

독자 대신 기관과 기업을 향하는 기사가 점점 늘고 있습니다. 우리가 견제하고 감시해야 할 것을 향해서 우리가 충성해야 할 것들을 배반합니다. 한 언론사의 처분 뒤에 '재수 없게 걸렸네'라고 생각하는 게 과연 그 회사의 기자들뿐일까요. 정말 이래도 좋습니까.

유튜버들의 뒷광고 이슈가 터졌을 때 관련 기사를 쓴 일이 있습니다. 그들 중 일부는 사건이 경찰로 넘어가 수사까지 받았습니다. 대부분은 흐지부지 끝났지만 언론은 이를 놓치지 않았습니다. 유명인들의 논란은 클릭을 담보하고 클릭이 곧 돈이 되니 어떻게 놓칠 수 있겠습니까. 저도 몇 편의 기사를 내었고, 개중 몇은 제법 많이 읽히기도 했습니다. 그런 기사를 쓰며 애드버토리얼이라는 무언가 있어 보이는 이름으로 불리는 언론의 뒷광고를 떠올리지 않을 수는 없었습니다. 나와 내 회사가 내던 기사들은 유튜버의 뒷광고와 달랐을까요. 우리는 대체 얼마나 기꺼이 철면피가 되어 가고 있는지요.

판단에도

용기가 필요하다

/

II

콘텐츠가 돈이 되지 않는

세상에서

"콘텐츠로 돈 버는 회사가 어딨어?"

처음엔 농담인 줄 알았습니다. 신문사가 콘텐츠로 수익을 내지 않는다는 게 무슨 뜻인지 알기까진 오랜 시간이 걸리지 않았습니다. 입사하기 전엔 독자가 무엇보다 중요하다고 생각했습니다. 독자가 있어야 언론도 있고 기자도 있다고 믿었습니다. 기업이 소비자를 중요시하듯, 언론이 독자를 바라보는 게 당연하다고 여겼습니다. 얼마 지나지 않아 그 말이 틀리지 않단 걸 알았습니다. 독자 없이도 언론과 기자가 존재할 수 있는 세상을 제가 살고 있다는 것을요.

주변을 돌아보면 분명해집니다. 돈을 내고 신문을 보는 사람이 거의 없습니다. 요즘 세상에 누가 종이신문을 보겠습니까. 역사가 수십 년씩 된 유명한 회사들도 애써 찍은 신문을 수만 장씩 폐지로 팔아치우는 게 현실입니다. 공중파에서 방영 중인 시사교양 프로그램 〈스트레이트〉는 신문 포장이 뜯기도 전에 동남아로 수출돼 포장용 종이가 되거나 계란판이 된다는 사실을 보도하기도 했습니다. 특정 언론사의 문제가 아닙니다. 문화체육관광부 조사에선 신문사 발표 유료 부수 대비 실제 유료 부수 비율이 절반을 간신히 넘는 언론사가 수두룩했습니다. 종이신문의 시대는 저문 지 오래입니다. 그렇다고 인터넷으로 기사를 볼 때 돈을 받는 것도 아닙니다. 유료 전환을 성공적으로 해낸 서구 언론사를 예로 들며 그곳이 나아갈 길이라 가리키는 이도 없지 않지만 현실화하긴 어려운 모형입니다. 일간지 기사 상당수는 딱 무료니까 보는 수준이고 적잖은 독자들이 꼭 그와 같은 기사를 기대하고 소비하는 게 현실이니 말입니다.

20년 전만 해도 달랐을 겁니다. 세상엔 볼거리가 얼마나 적었나요. 세상 돌아가는 이야기며 온갖 오락거리가 신문 안에 모두 담겼습니다. 나라 사정부터 국제 정세, 돈이 도는 이야기와 스포츠, 연예, 기타 잡다한 사건들까지 신문이 아니면 찾아보기 어려웠습니다. 인터넷과 스마트폰이 불러온 세상은 신문에 일대 위기를 고했습니다. 사람들은 더는 신문을 찾지 않습니다. 신문이 독자를 쫓아다닌다고 해야 옳을 것입니다. 독자가 모이는 포털사이트에 입점하려 줄을 선 언론이 수백 곳에 이릅니다. SNS와 유튜브, 홈페이지를 통한 보급도 신경 쓰고 있지만 성공한 사례는 얼마 되지 않습니다.

세상엔 볼거리가 넘쳐납니다. OTT 서비스만 해도 세계 최고급 볼거리를 고객 앞에 값싼 비용으로 내놓습니다. 유튜브와 팟캐스트, 틱톡 같은 새로운 매체도 속속 등장했습니다. 꼭 세상 돌아가는 이야기를 알고 싶다면 신문 큐레이션 서비스를 구독하거나 관련된 내용을 검색하는 것으로도 충분합니다. 세상은 빠르게 변화하고 오래전 그 자리에 멈춘 신문은 독자의 주머니를 열 역량이 없습니다.

콘텐츠로 돈을 버는 게 아닌데도 언론사는 제법 이문을 남기는 모양입니다. 신문사 수가 꾸준히 늘어 만 개를 훌쩍 넘어선 걸 보면 언론이 돈이 되는 장사란 걸 짐작할 수 있습니다. 들어봄직한 신문사들은 매년 매출액이 수백억 원씩이나 됩니다. 비결은 기업과 기관을 상대로 한 광고며 협찬입니다. 홍보 효과가 있을 거라 기대해서가 아닙니다. 언론이 유효했던 옛 질서에 따른 비용을 받아다 쓰는 것입니다. 책정된 홍보비는 언론의 것입니다. 이 회사, 저 회사가 더 많은 비용을 받기 위해 용을 쓰고 싸웁니다. 제가 다니는 매체보다 더 많은 광고를 받은 언론사가 있다면 꼭 그만큼 더 받아야겠다고 달라붙고는 합니다. 때로는 기사가 그 싸움의 도구가 될 때도 없지 않습니다.

코로나19 확산 직후 청와대 국민청원 게시판에 올라온 글 하나가 기자들 사이에서 회자된 일이 있습니다. "코로나19에도 '언론사'들이 광고 협찬을 강압적으로 요청합니다"란 제목의 청원이었습니다. 청원엔 매출이 감소한 어느 기업에 광고 압박을 해온 언론사들 이야기가 낱낱이 적혀 있었습니다. 글쓴이는 "언론사 광고팀은 지난해 광고를 했다는 이유 하나만으로 공문 하나 보내면서 협찬 혹은 광고 진행하라고 압박을 주고 있다", "음지에서 기업 홍보 담당자들을 압박하고 부정 기사를 의도적으로 내보낸다"라고 절규했습니다. 살펴보면 비슷한 청원이 적지 않습니다. 또 다른 청원에선 "요즘 대한민국 언론 취재 권한은 사회 공익을 위해 사용하는 것만이 아니라 언론사 매출을 위해 사용되고 있다"라며 "기자들은 좋은 기사를 쓰는 것으로 능력을 인정받는 것이 아니라, 광고·협찬에 얼마나 많이 기여했는가, 언론사 매출에 얼마나 많이 기여했는가로 평가받고 있는 것이 현실"이라는 내용까지 등장했습니다. 낯 뜨거워지는 청원 앞에 동료 기자들은 하나같이 꿀 먹은 벙어리가 되었습니다.

당장 내가 돈을 버는 기자가 아니라고, 나는 매출과 상관없이 기사를 쓰고 있다고 해도 달라지진 않습니다. 이미 언론은 비틀린 구조 위에 서 있으니 말입니다. 어떤 기자에겐 기사의 질보다 돈을 주는 기업이나 기관과의 관계가 훨씬 중요합니다. 그런 상황에서 저널리즘을 말하는 건 지나간 낭만을 쫓는 물정 모르는 사람이나 다름없어 보이기도 합니다. 맹자도 "무항산무항심無恒産無恒心", 우선 배가 든든해야 뜻도 있다고 하지 않았겠습니까.

본인이 쓰는 콘텐츠가 돈이 되지 않는단 걸 모두가 압니다. 아무리 공을 들여 쓴 기사도 이익과 직결되지 않습니다. 이익과 직결되지 않으니 신경 쓰지 않게 됩니다. 회사가, 선후배가, 마침내는 기사를 쓰는 기자 스스로가 공들인 기사의 가치를 인정하지 않습니다. 흉내 내듯 대충 쓴 기사와 발품 팔며 쓴 기사가 차이를 내지 못한다면 언론과 기자가 무얼 위해 불편을 감내할까요. 공들여 기사를 고치고 또 고치며, 사실이 맞는지 아닌지를 세세하게 따지던 기자들은 하나둘 언론을 떠납니다. 콘텐츠가 돈이 되지 않고 기사가 차이를 만들지 못하는 세상에서 일선 기자의 자존감은 추락에 추락을 거듭합니다. 고백하자면 기자로 일하는 내내 저는 제 자존감을 지키는 것만도 힘에 부치곤 했습니다.

이따금 신문의 전성시대를 떠올립니다. 신문왕이라 불렸던 윌리엄 랜돌프 허스트와 그 라이벌 조셉 퓰리처의 이야기들은 우스꽝스러운 동시에 흥미롭기도 합니다. 수많은 프리랜서 언론인들이 매력적인 이야깃거리를 들고 둘 사이를 오갔습니다. 대다수 이야기가 자극적이기만 했으나 일부는 의미 있는 것들도 있었습니다. 유명 특파원들도 외면한 우크라이나 홀로도모르 사태(Голодомор; Holodomor, 스탈린의 집단농장화 정책 뒤 도래한 대기근으로 수백만 명이 사망한 사태)를 취재한 가레스 존스가 허스트를 접촉해 특종을 터뜨린 일화는 소설로 쓰이고 영화화되기까지 했습니다.

언론의 계몽성을 강하게 믿던 퓰리처 역시 콘텐츠의 중요성을 놓치지 않았습니다. 대중의 관심을 끌기 위해 스포츠와 만평, 선정적인 사건들에 주목한 그는 '옐로 저널리즘(독자의 시선을 끌기 위해 선정주의에 호소하는 신문의 경향)'의 주창자라는 오명을 쓰기도 했습니다. 오늘의 기자들은 쉽게 옐로 저널리즘을 비웃지만 그 기초에 있던 것이 콘텐츠의 중요성이었음을 잊어서는 안 됩니다. 콘텐츠의 중요성을 무시하는 언론 사이에서 콘텐츠를 생산하는 기자들은 결국 스스로 제 일의 의미를 찾아야만 하니까요.

투명해지는 사람들,
투명해지는

기
자
들

/

　정돈되지 않은 언어를 쓰는 이들이 있습니다. 거센 단어와 모난 문장으로 제 억울함과 누구의 폭력을, 세상의 온갖 부조리를 고하는 사람들입니다. 국회 앞에서, 법원 앞에서, 이런저런 힘세고 키 큰 건물들 앞에서, 그들은 누구인지 모를 사람들을 향해 고함을 치고는 합니다. 회사에서 잘렸다고, 재산을 날렸다고, 가족을 잃었다고, 거리에 나앉았다고, 죽게 생겼다고, 그러다가 진짜 죽게 될 것처럼 절규합니다. 행인들은 그들이 존재하지 않는 듯 거리를 오갑니다.

　제 말이 남에게 닿지 않을 때 우리가 하는 행동은 두 가지입니다. 더 크게 소리치고, 그러고도 닿지 않으면 마침내 침묵하고 포기합니다. 이들도 마찬가지입니다. 더욱더 세게 소리치다가 마침내 사라지고 말지요. 이들이 쏟은, 정돈되지 않은 말들이 진한 감정과 뒤범벅돼 거리 위를 떠다니는 오늘입니다.

일흔쯤 되었을까요. 며칠 걸러 하루씩 자동차 공장 앞을 찾던 사내가 있었습니다. 그는 어느 날 밤 자식들을 한꺼번에 잃었다고 했습니다. 자동차 사고였습니다. 졸음운전을 한 화물차 탓이라고 했지요. 교통사고로 누구를 잃은 다른 유족들과 달랐던 건 한 가지뿐이었습니다. 그는 그 사건이 그저 불운한 사고라고 생각하지 않았습니다. 사고에 사회적 책임이 있다고 믿었습니다. 차를 많이 팔아서, 도로를 차들로 가득 채워서, 자동차 제조업체의 이익만 챙기는 나라에 살고 있어서 제 아이가 차에 치여 죽었다고 생각했습니다. 그가 든 피켓엔 자동차 사고가 나라의 책임이고 자동차 회사의 책임이기도 하다는 문구가 들어 있었습니다. 사람들은 그를 미쳤다고 말했습니다. 가족을 잃고 정신이 나간 거라고 말입니다. 음주운전도 아니고 차량 결함도 아닌 충돌사고가 어떻게 나라의 탓이며 회사의 탓이냐고 했습니다. 저는 고개를 끄덕이며 그 앞을 지나쳤습니다.

벌써 10년도 훨씬 더 된 이야기입니다. 그를 처음 보았을 때, 저는 하청에 하청을 받는 리서치 회사 아르바이트생으로 그 회사에서 개발한 차량의 사용자 만족도가 어떠한지를 기입하는 모니터링 요원이었습니다. 모집된 시민 운전자들이 차를 운전하면 조수석에 타서 질문을 하는 게 제 역할이었습니다. 소음은 어떠한지, 조작은 편한지, 고속주행을 할 때 불편하진 않은지, 시야는 제대로 보이는지 그런 것들을 묻고 또 물었습니다. 오전에 열 명, 오후에 또 열 명쯤을 태우고 나면 이내 퇴근 시간이 됐습니다. 공장을 나와 횡단보도에 서면 가끔씩 그 할아버지가 퇴근하는 직원들을 향해 고래고래 소리치곤 했지요. 성질 격한 사람들은 "미친 영감 또 지랄이네" 하고선 발길을 재촉했습니다.

그로부터 몇 년이 지나 저는 그 공장을 다시 찾았습니다. 취재차 누구를 만나기 위해서였습니다. 오랜만에 공장 앞에 서니 아직도 그 할아버지가 있는지 궁금했습니다. 만난 직원에게 그런 사람이 있냐 물었더니 그는 전혀 모른다는 투였습니다. 저는 이해가 되지 않았습니다. 그 할아버지가 회사 앞에서 시위한 게 몇 년이나 되는데 말입니다. 마침 같이 아르바이트를 했던 이와 만날 기회가 생겨 그 이야기를 물었습니다. 그러자 그가 말했습니다. "우리처럼 버스 타고 다니는 직원들이나 알겠지"라고 말입니다. 멋진 자가용을 몰고 다니는 간부급 직원들은 그런 할아버지가 있다는 걸 알 리가 없다는 것입니다. 정작 그 할아버지의 이야기를 들었어야 하는 사람들은 그의 이야기를 들을 수 없었던 것이죠.

기자가 되고 보니 참 그랬습니다. 버스 정류장 앞에서, 공장 앞에서, 증권사와 보험회사 앞에서, 서점 앞에서, 건설사 앞에서, 거래소 앞에서 저는 몇 번이나 고래고래 소리 지르는 사람들을 보았습니다. 확성기를 들고, 현수막을 걸고, 텐트를 치고, 농성하는 사람들이 있었습니다. 그들은 하나같이 점점 시끄러워지다가 조금씩 투명해졌습니다. 그런 이들은 출근길과 퇴근길, 도로 어딘가에 늘 있었지만 우리의 이야깃거리는 되지 못했습니다. 뉴스에도 나오지 않았습니다. 기자들은 대개 그들에게 말을 걸지 않았으니까요.

저도 마찬가지였습니다. 거리로 나서지 않았고, 나가서도 그런 사람들과는 얘기하지 않으려 했습니다. 불편하고 지저분하며 시끄럽고 정돈되지 않은 사람들을 만나고 싶진 않았습니다. 어느 날인가 동료 기자와 이야기를 하며 가는데 법원 앞에서 누가 팔뚝을 콱 잡아챘습니다. 그는 제가 기자란 걸 알고서는 제 이야기를 들어 달라고 하소연했습니다. 뿌리치기 민망하여 저는 그 자리에 주저앉아 그의 얘기를 들었습니다. 듣고 있으면서도 쓸모없는 일이라고, 기사가 되진 못하겠다고, 그런 생각들을 하였습니다. 2시간쯤 후에 들어온 저를 한 선배가 불러 세웠습니다. 그는 제가 1인 시위하는 사람을 붙들고 얘길 듣는 걸 보았다며 한참을 조언하였습니다. 그런 사람들은 백날 만나 봐야 얻을 것이 하나도 없다며 다음부턴 기사가 될 것에나 시간을 쓰라고 했지요. 제 말도 정리하지 못하는 사람을 붙들고 있어 봐야 무엇이 나오냐며 괜히 피곤해질 일만 생긴다는 것이었습니다. 그러고서 그는 공보관과 변호사들에게 전화를 돌리고 오늘 나오나 내일 나오나 별반 차이가 없는 기사 몇 개쯤을 획획 써 갈긴 뒤 퇴근했습니다. 5시가 채 되지 않은 시간이었습니다. 그가 떠난 빈자리를 보고 있자니 가슴 언저리가 콱 막히는 듯했습니다. 반박할 수는 없었습니다. 그날 제 팔목을 잡아챈 이가 한 말은 대부분 쓸모없었으니까요. 이치에 맞는 말은 얼마 되지 않았습니다. 아무리 양보해도 사소한 사연일 뿐 기사로 쓰기엔 무리였습니다.

제가 궁금한 건 다른 것이었습니다. 그는 그곳에서 몇 달째 소리를 치며 떠들었는데 누구도 눈길을 주지 않았다고 했습니다. 그곳에서 몇 달 동안 소란을 부렸는데도 말을 거는 기자가 단 한 명도 없었다는 겁니다. 저도 제 선배도, 우리가 알고 지내던 기자들이 모두 그랬습니다. 사정이 그렇다면 말을 걸어오는 이가 없다는 그 말만큼은 우리가 꼭 들어야 했던 것 아니겠습니까.

하청에 하청을 받는 아르바이트생일 때나 일간지 기자가 되어서나 별반 달라진 게 없었습니다. 정돈되지 않은 말을 하는 사람들에게 다가선다는 건 언제나 부담스러운 일이었습니다. 매력적으로 보이지 않는 사람에게 다가가 그의 장황한 이야기를 듣는다는 게 어떻게 유쾌할 수 있겠습니까. 어디까지나 나와는 상관없는 사람일 뿐이니까요.

기자가 되면 더 많은 이들에게 적극적으로 다가서게 되리라 믿었던 적이 있습니다. 믿음은 그저 믿음일 뿐이었지만요. 저는 언제나 더 많은 정보를 쥐고 있는 사람들, 더 유명한 사람들, 더 호의적인 사람들, 더 똑똑하고 현명한 사람들에게 다가서기 바빴습니다. 세련되고 논리 정연한 말투로 제가 듣기를 원하는 이야기를 콕콕 집어 주는 사람들을 찾길 즐겼습니다. 그동안 정돈되지 않은 말을 하는 사람들은 조금씩 투명해지고 있었습니다. 저만이 아니라 모두에게 그런 듯도 했습니다. TV에서, 라디오에서, 신문에서, 심지어는 인터넷에서도 그들의 말이 점차 들리지 않고 보이지 않게 되었으니까요. 그러나 정말로 그래도 좋은 것이었을까요.

《허생전》과 《양반전》을 쓴 조선 후기 실학자 연암 박지원 선생에게 빠져든 건 그가 쓴 《열하일기》를 읽고 나서였습니다. 이 책은 그가 청나라에 사신으로 다녀온 뒤 쓴 일종의 여행 에세이입니다. 프랑스의 볼테르가 조선에 태어나 사신으로 청나라를 다녀왔다면 이런 글을 쓰지 않았을까 싶었을 만큼 유쾌하고 해학적이며 소탈한 글들이 가득 실려 있습니다. 청나라를 두루 돌아본 박지원 선생은 그곳에서 기와 조각과 똥오줌을 인상 깊게 보았다고 합니다. 지금으로 치면 청나라는 미국이나 유럽 같은 선진국이 분명합니다. 지금보다 오가는 사절도 적고 소식도 뜸하니 사신이야말로 '트렌드세터'고 얼리어답터 격이 될 겁니다. 이름난 실학자요, 관심이 사방에 뻗친 선생이 그곳에서 과학과 문학, 예술이며 기술에 이르기까지 온갖 것들을 만났을 건 분명하다 하겠습니다. 그런데 그가 장관으로 꼽은 게 고작 기와 조각과 똥오줌이었다니요. 황당함은 다음 대목을 읽으면 싹 풀립니다.

> "무릇 깨진 기와 조각은 천하 사람들이 버리는 물건일 뿐이다. (중략) 깨진 기와 조각도 내버리지 않고 활용하니 천하의 문채가 바로 여기에 있다."

깨진 기와 조각과 뒷간의 똥오줌에서 천하의 아름다움과 법도를 발견한 모습은 언제 읽어도 울림이 큽니다. 무엇에도 시선을 두고 귀를 열며 제 나름의 통찰과 식견으로 가치를 분별하는 역량이 이 짧은 이야기에 깃들어 있지요. 그저 값지고 화려하며 모두가 떠받드는 것만 바라보기 바쁜 많은 이들에게 이 태도는 얼마나 큰 배움을 주는가요. 선생의 글을 읽자면 오늘의 제 모습이 얼마나 답답한지 모릅니다. 투명해지고 무력해지는 많은 소리를 그저 투박하고 귀찮다는 이유로 외면하는 일이 얼마나 창피한 것인지 깨닫게 됩니다. 투명해지다 사라지는 것이 오직 떠드는 사람만은 아닐지도 모른다는 생각도 하게 됩니다. 낮은 곳을 헤매며 투박하고 불편한 이야기에 먼저 귀를 기울여, 마땅한 이들이 앞장서 그 책임을 저버린다는 것이 어떤 결과를 초래할지 생각하게 됩니다. 문득 고개를 드니 거울 속에 제가 반쯤은 투명하게 보이는 것도 같습니다.

공익제보

／

이십 대 중반의 육군 부사관이었습니다. 서울 어느 카페에서 그를 찾는 건 어렵지 않았습니다. 그을린 피부에 스포츠머리를 한 젊은이가 냅킨을 들어 찢고 있었으니까요. 그도 저를 곧장 알아봤습니다. 탁자 위에 놓인 그의 핸드폰 화면엔 얼마 전 제가 쓴 칼럼 기사가 떠 있었습니다. 기사에 올라온 제 사진과 카페에 드나드는 사람들의 얼굴을 대조하며 기다렸을 그의 모습이 단박에 그려졌습니다.

공군 소속 어느 병사의 '황제 복무' 논란으로 세상이 떠들썩할 무렵이었습니다. 굴지의 신용정보회사의 부회장이 그 병사의 아버지였습니다. 특혜를 폭로한 게 해당 부대 부사관이었다는 점부터, 병사가 받은 특혜의 수위까지 관심이 가는 점이 한둘이 아니었습니다. 복무 중 몸이 상해도 보상은커녕 제대로 진료조차 받기 어려운 군대에서 냉방병이 있다고 1인실을 주고 피부병이 있다고 간부들이 심부름까지 했다는 이야기는 예비역과 군에 자식을 보낸 부모들의 분노를 폭발시킬 만한 것이었습니다. 제게 연락한 부사관도 소속 부대의 비리를 제보할 참이었습니다. 그는 공군 황제 복무 논란과 관련해 제가 쓴 기사를 본 뒤 제보를 결심했다고 했습니다. 그가 꺼낸 이야기는 논란이 된 사건과 상당히 비슷했습니다. 한 병사가 수시로 포상 휴가며 외출을 받고 근무에서도 특혜를 받는다는 얘기였습니다. 전임자가 감찰을 운운했다가 다른 부대로 쫓겨났다는 얘기까지 들었다고 했습니다. 어떤 기자라도 그의 제보를 덥석 물었을 터였습니다. 시기가 워낙 좋았고 내용도 구체적이었으니까요.

취재를 멈춰 달라고 요구한 건 제보자 본인이었습니다. 외부로 정보가 새어 나간 걸 알아차린 부대가 대응에 나선 탓이었습니다. 첫걸음은 언제나처럼 제보자 색출이었습니다. 부대원들에게 핸드폰 통화 기록과 문자 내역을 자발적으로 내놓으란 요구가 있었다고 했습니다. 결국 그는 버티지 못하고 친하게 지내던 장교에게 자신이 기자를 만난 사실을 알렸습니다. 장기 복무를 포기할 것이냐, 다른 부대로 전출을 가고 싶으냐, 그렇고 그런 대화를 나누었다고 했습니다. 스스로 제보를 없던 일로 해달라 말하기까지 걸린 시간은 고작 일주일이었습니다. 황제 복무 논란에 대한 공군 수사에서 대부분의 의혹이 입증되지 않은 채 흐지부지 끝나 버린 점도 영향을 미쳤을 겁니다. 아들 부대 간부들을 수차례 따로 만나 접대하고 계열사 취업까지 제안한 혐의를 받은 부회장에겐 고작 벌금 5백만 원이 선고됐습니다. 뇌물을 수수한 간부도 집행유예를 선고받았죠. 반면 청와대 국민청원 게시판에 사건을 폭로한 부사관은 국민권익위원회로부터 공익신고자로 인정받지 못했습니다. 사건은 그렇게 종료되고 말았습니다.

이른바 내부고발자로 불리는 공익제보자들을 수십 명쯤 만났습니다. 공익을 위해서, 부당함을 참지 못해서, 세상이 이렇게 돌아가선 안 되지 않냐며, 자신이 속한 조직의 문제를 들고 저를 찾아오는 이들이 끊이지 않았습니다. 저는 늘 그들이 더 많은 정보를 털어놓길 원했습니다. 좋은 보도 뒤엔 언제나 믿을 만한 제보자의 존재가 있으니까요. 물론 끝이 언제나 좋을 수만은 없습니다. 기사가 나가지 못하고 엎어지는 사례가 빈번했습니다. 따지자면 보도되는 경우보다 보도하지 못하는 경우가 더 많았습니다. 내부의 색출 시도와 인사에서 불이익을 주겠다는 압박, 심지어는 고소·고발까지 당하는 이들이 적잖았습니다. 앞의 부사관처럼 본인이 없던 일로 하자며 번복하는 제보자도 수두룩했습니다.

한 공공기관에서 노동조합장을 역임한 직원이 있습니다. 그는 3년 동안 조직에서 다섯 차례나 징계를 받았습니다. 그중 한 번은 해직까지 당했습니다. 그때마다 그는 노동위원회에 구제를 신청했습니다. 위원회에선 매번 그의 의견을 받아들였습니다. 다섯 차례의 징계가 모두 취소됐습니다. 기관은 그대로 끝내지 않았습니다. 지방노동위원회 처분에 불복했고, 여러 이유를 들어 수차례 소송까지 걸었습니다. 그는 이마저도 대부분 승리했지만 기관장이 물러나기까지 지방노동위원회와 법원을 들락거려야 했습니다. 패하면 직업을 잃고, 못해도 수천만 원에 이르는 손해배상 책임을 져야 하는 싸움을 제가 속한 조직과 벌였습니다. 그의 마음은 대체 어떤 것이었을까요. 그와 수십 차례나 연락을 주고받으면서도 저는 그 마음을 헤아리기 어려웠습니다.

징계며 소송은 기관장의 뜻에 따른 것이었습니다. 그가 노조 활동을 하며 기관장의 문제를 외부에 알린 게 시작이었습니다. 그는 기관장이 근무해야 할 시간에 외부 활동, 강연에 열중하는 사실을 문제 삼았습니다. 그걸 먼저 문제 삼은 다른 직원에게 기관이 보복 조치를 했다는 사실도 상급 기관인 정부 부처에 알렸습니다. 그럴 때마다 상급 부처는 기관이 자율적으로 할 일이라며 경고 조치만 내렸을 뿐입니다. 그동안 직원은 수시로 법원이며 노동위원회로 불려 다녀야 했습니다. 그가 어떤 꼴을 당하는지 목격한 다른 직원들은 기관장이 전횡을 일삼아도 감히 나서지 못했습니다. 기관은 로펌에 자문료 등을 지불해 가며 제 직원과 소송전을 벌였습니다. 반면 직원은 제가 속한 기관과 맞서기 위해 제 주머니를 털어 싸워야 했습니다. 끝내 모든 소송에서 승리했지만 남은 건 상처뿐이었습니다. 기관장은 이미 임기를 거의 마친 뒤였지요.

코로나19가 전국을 충격에 몰아넣었던 2020년 초에도 비슷한 사건이 있었습니다. 이십 대 초반의 어느 사회복무요원이 제게 메일을 보냈습니다. 그가 폭로한 내용은 황당했습니다. 주민들에게 나누기로 되어있던 마스크와 손소독제를 주민센터 직원들이 썼으며, 근무 시간에 술 파티를 벌였다는 내용도 있었습니다. 기초생활수급자에게 가야 할 기부 음식을 다른 곳에 썼다는 이야기와 직원들이 초과수당을 허위로 청구한 사실도 폭로했습니다. 보다 못한 그가 상위기관인 구청에 몇 번이나 감사를 요청했지만 돌아오는 답은 없었습니다. 그게 시작이었습니다. 감사를 요청한 사실을 어떻게 알았는지 동장과 다른 직원들이 그를 불러 취하를 종용하는 일이 있었습니다. 그는 결국 청와대 청원게시판에 글을 올렸습니다. 더 황당한 일은 그 뒤에 일어났습니다. 주민센터 동장이 사회복무요원을 명예훼손과 무고 혐의로 고소한 것입니다. 청원이 화제가 되자 시청에서 감찰에 착수했는데, 얼마 지나지 않아 고소장이 날아왔다고 했습니다. 그는 억울했고, 이 사실을 언론에 알려야겠다고 마음먹었다고 했습니다.

취재에 나서고 보니 답답한 일투성이였습니다. 가장 황당한 건 잘못된 일을 막을 방법이 없다는 거였습니다. 신고자에게 '불이익한 조치'를 하지 못하게끔 하는 법(부패방지권익위법)이 있지만 구멍이 숭숭 나있었습니다. 법을 관할하는 권익위는 '불이익한 조치'에 소송이 포함되지 않는다고 했습니다. 소송은 어디까지나 동장의 자유라는 것입니다. 그 결과가 어떻습니까. 고작 이십 대 초반의 사회복무요원은 자신이 속한 기관장으로부터 소송을 당한 채 근무해야 했습니다. 혐의를 벗기까진 꼭 1년이 걸렸습니다. 1년 만에 검찰이 동장의 고소를 무혐의 처분한 겁니다. 검찰은 그의 폭로를 허위사실로 단정할 수 없다고 했습니다. 공공의 이익을 위해 글을 작성했다면 죄를 물을 수 없다고 했습니다. 검찰의 당연한 결정이 나오고 나서야 시청은 움직였습니다. 시는 주민센터 직원들에게 책임을 물었습니다. 두 명은 경징계, 여덟 명은 훈계 조치를 받았습니다. 제보자가 문제를 제기했다 소송을 당하고 압박을 이기지 못해 근무처까지 옮겨야 했던 것에 비한다면 턱없이 가벼운 조치였습니다. 그래도 우린 기뻐했습니다. 1년 만에 얻은, 그야말로 보기 드문 승리였으니까요.

공익제보자는 어디에나 있습니다. 그들은 어디서나 어려움을 겪습니다. 2014년 서울 강남의 대형 성형외과에서 환자가 사망하는 사건이 있었습니다. 사망자는 열아홉 학생이었습니다. 서울 큰 병원에서 수술을 받겠다고 수능을 마치고 곧장 상경한 예비 대학생이었습니다. 수사 결과를 보면 이 환자를 수술한 병원은 상상을 초월할 만큼 엉망진창이었습니다. 병원은 정해진 시간에 최대한 많은 수술을 하는 데 혈안이 돼 있었습니다. 훗날 밝혀진 바로는, 이 병원은 수시로 환자와 약속된 집도의가 아닌 다른 의사를 수술실로 밀어 넣곤 했습니다. 이른바 '유령수술' 또는 '대리 수술'이지요. 의료도 의료인과 환자 사이에 대가를 주고 이뤄진 계약인데, 명백한 불법행위입니다.

환자가 이 같은 문제를 알아채지 못하도록 하는 게 목적이었는지, 이 병원에서는 환자에 대한 과도한 마취제 사용이 문제가 되고는 했습니다. 요컨대 이익을 위해 안전을 도외시하는 시스템이 자리 잡은 곳이었습니다. 이 학생은 수술 도중 스스로 호흡을 하지 못할 만큼 상태가 나빠졌습니다. 응급조치 끝에 겨우 호흡이 돌아왔지만 수술은 중단되지 않았습니다. 재수술 일정을 잡게 되면 그만큼 다른 수술을 할 수 없어 손해라는 판단 때문이었을 겁니다. 어차피 마취 상태인 환자가 이런 문제를 알 수 없을 거란 확신도 있었겠지요. 모두가 그런 건 아니었습니다. 집도의는 수술을 멈추고 환자를 응급실로 이송해야 하는 게 아니냐고 주장했습니다. 병원장이 허가하지 않았습니다. 병원장은 다른 의사에게 수술을 계속하라고 지시했습니다. 가까스로 상태가 호전된 환자에게 또다시 전신마취제가 투여됐습니다. 이 과정에서 보호자에게 어떤 통보도 없었습니다. 동의도 물론 없었지요.

골든 타임은 그렇게 지나갔습니다. 학생은 영영 깨어나지 못했습니다. 그제야 상황을 인식한 병원장이 충격적인 지시를 하나 더 합니다. 그는 집도의에게 병원의 잘못이 없는 것처럼 의무기록지를 고치라고 지시했습니다. 심정지가 온 환자에게 마취제를 추가 투여하고 수술을 강행한 책임을 피하기 위해 조작했다는 의심이 되는 대목입니다. 볼펜으로 기록해야 하는 의무기록지를 연필로 쓰도록 지시한 이 병원의 정책이 빛을 발하는 순간이었습니다. 수술실 CCTV도 없는 병원에서 벌어진 이 사건이 밝혀질 수 있던 이유는, 당시 집도의가 수사기관과 법정에 범죄 사실을 낱낱이 증언한 덕입니다. 취재에 나선 제게 그는 뒤에 벌어질 일을 전혀 예상하지 못했다고 털어놨습니다. 이후 그가 겪게 될 일을 미리 알았더라면 그는 증언할 수 있었을까요.

대가는 참담했습니다. 오직 집도의만 처벌을 받았습니다. 그를 제외한 누구도 벌을 받지 않았습니다. 벌은커녕 제대로 된 조사조차 이뤄지지 않았습니다. 응급실로 옮기자는 말을 무시하고 의무기록지를 조작하도록 지시한 병원장은 그 모든 증거와 증언이 있었음에도 기소조차 되지 않았습니다. 실형을 살고 나온 집도의의 삶은 무너져 내렸습니다. 전문의 면허가 있었음에도 변변한 직장을 잡기 어려웠다고 했습니다. 사실을 외부에 알린 배신자란 시선까지 쏟아졌다고 했습니다.

오직 그만이 아는 사실이었습니다. 그가 아니라면 밝힐 수 없는 범죄였습니다. 그러나 다른 누구도 처벌받지 않았고, 그 홀로 모든 죄를 뒤집어써야 했습니다.

원장은 대한성형외과의사회의 진상 조사 이후 모여든 대리 수술 피해자들의 고발로 징역 1년을 선고받고 구속됐습니다. 학생이 사망한 후로 무려 6년 만의 일입니다. 병원이 취한 부당한 이익이며 범죄 행위의 질에 비해 턱없이 낮은 형량은 자주 화제에 오르곤 합니다. 반면 공익제보자들이 흘려야 했던 피와 땀은 얼마나 무거운가요.

처벌은 약하고 공익제보를 보장하는 제도는 허술하기 짝이 없으니 문제는 반복될 수밖에 없습니다. 유령수술 사건을 증언한 내부인들은 일터는 물론이고 제 고향, 제 나라까지 등지기 일쑤입니다. 파장이 컸던 위 유령수술 사건 뒤 한 의사가 중국으로 떠났습니다. 근래 한국을 떠들썩하게 했던 유령수술 사건을 제보한 의료인 중 한 명도 미국으로 이민을 떠나겠다고 결심했습니다. 오직 이들만의 이야기가 아닐 겁니다.

기자로 일하며 만난 공익제보자들의 삶은 이렇습니다. 진실을 알린 뒤 기관으로부터 보복을 받는 건 기본입니다. 법과 제도는 그를 외면합니다. 신분이 알려지고 주변으로부터 따가운 시선을 받을 때도 많습니다. 가장 민감하고 의롭던 이들이 다시는 문제를 알리지 않겠다고 결심하는 경우를 너무나 자주 보게 됩니다. 사회는 공익제보자가 필요합니다. 발로 뛰는 기자들이 희귀해지고 조직 내부의 정보는 접근하기 어려워집니다. 기댈 곳은 내부자들의 양심뿐입니다. 이렇게 살 수는 없다고, 세상이 이렇게 돌아가선 안 되는 거라고, 떨쳐 일어나 문제를 고발하는 이들이 반드시 있어야만 합니다. 선진국은 공익제보자의 신변을 보호하고 우대하는 문화가 자리 잡혀 있습니다. 공익을 위해 조직의 불법을 드러내는 일을 잘못으로 보지 않습니다. 그를 탄압하는 조직의 행태를 강하게 처벌합니다.

2021년 11월, H사 엔지니어 출신 김 씨가 미국 도로교통안전국으로부터 한화 2백억 원가량의 포상금을 받는다는 보도가 있었습니다. 그는 2016년 H사와 K사가 엔진 결함을 은폐해 소비자를 기만했다는 사실을 알린 인물입니다. 달리던 차의 시동이 꺼지고 엔진 벽에 구멍이 났으며 차에서 화재까지 발생한 가볍지 않은 문제였습니다. 이로 인해 공식적인 부상자만 백 명 넘게 나왔을 정도였습니다. 사고가 계속되며 소비자들이 피해를 호소했지만, 기업에서는 문제가 없다며 외면했습니다. 사실 해당 기업은 이 사실을 인지하고 있었습니다. 내부 문건엔 '엔진 소음과 시동 꺼짐의 원인이 베어링 손상'이라고 정확히 지적하는 내용이 등장합니다. 품질전략팀 부장으로 있던 김 씨는 회사 감사팀에 은폐 사실을 알렸습니다. 그러자 회사는 그를 업무에서 배제했습니다. 그는 멈출 수 없었습니다. 미국 교통안전국과 한국 국토교통부에 정보를 제공했습니다. 회사는 김 씨가 보안 규정을 위반했다며 해임했습니다. 업무상 배임 혐의를 걸어 검찰에 고소까지했습니다.

그가 처한 위험은 미국 정부가 개입한 후에 해소됐습니다. 미국 정부는 문제를 파악한 뒤 H사에 950억 원의 과징금을 부과했습니다. H사는 미국과 캐나다, 한국에서 2백만 대 가까운 차를 리콜해야 했습니다. 그가 미국에서 받은 포상금은 282억 원, 한국에서 받은 포상금은 2억 원입니다. 미국 정부가 있었기에 가능했던 공익제보자의 승리입니다.

김 씨의 사례는 전설이라 할 수 있습니다. 그와 같은 결단을 내린 누구도 같은 결말을 맞으리라 기대하기 어렵습니다. 공익제보가 처한 현실은 몹시 암담합니다. 나서서 문제를 이야기하라 할수 없을 만큼 공익제보자가 고단해지는 상황을 수없이 보았습니다. 좌천되고 직업을 잃고 소송과 협박까지 당합니다. 국가도, 법도 그들을 보호하지 않습니다. "철없는 시절이니까 했지요" 자조하는 목소리가 곳곳에서 들려옵니다. 취재하는 기자 입장에는 몹시 서글픕니다. 제보하겠다며 저를 찾는 이 앞에서 사실을 솔직히 말하지 못할 때는 자괴감마저 들 정도입니다. 공익은 그렇게 무너집니다. 썩어 빠진 부조리 앞에서 저항하지 않는 사회가 그렇게 완성되어 갑니다.

다만 생각합니다. 어째서 누군가는 공익제보를 하는지요. 예견된 위험을 감수하며 모두를 위한 목소리를 기꺼이 내는 이들을요. 그들을 그런 결정으로 이끄는 것은 대체 무엇일까요. 인류애

든 정의감이든 그런 거창한 것들이 가장 평범한 인간에게 깃들어 있는 순간들을 떠올립니다. 기자라서 즐거웠던 많은 일들 가운데 결코 빼놓을 수 없는 것 하나는 바로 그런 이들과 만나 대화할 수 있었던 것이라고, 저는 그렇게 생각합니다.

작은
렐로티우스들

/

기자에 대한 고정관념이 있습니다. 남의 이야기를 잘 들어줄 거란 생각이죠. 다들 얼마간 가지고 있으니 고정관념 아닙니까. 저도 사실 그렇게 생각했습니다. 그래서 저처럼 남들 이야기에 관심 없는 사람이 기자를 해낼 수 있는 걸까 늘 걱정하곤 했습니다. 막상 어땠냐고요? 고정관념이라고 하지 않았습니까. 전혀 문제가 없었습니다. 듣는 건 기자의 미덕이 아니었으니까요.

기자가 남의 이야기를 잘 들어준다는 건 오해입니다. 기자로 일하며 만난 기자 열 중 아홉은 듣는 데 전혀 관심이 없었습니다. 때로 열심히 듣는 척 추임새를 넣는다거나 고개를 끄덕이는 이를 만나곤 했는데 십중팔구 단련된 반응일 때가 많았습니다. 물론 아예 안 듣는 건 아닙니다. 취재는 언제나 듣는 일에서부터 시작되기 때문입니다. 문제를 지적하는 사람도, 항변하는 사람도,

온갖 전문가들까지 기자에게 제 입장을 말합니다. 그러면 기자는 그걸 추려서 기사로 작성하게 됩니다. 즉 들을 만한 이야기와 아닌 이야기를 가려내어 독자에게 전하는 겁니다.

기자가 잘 듣지 않는 건 하루 종일 들어야만 하기 때문입니다. 제 일의 태반이 듣는 일이니 도리어 듣지 않는다는 역설이 생겨납니다. 마음을 걸어 잠근 채로 너는 떠들어라, 나는 모르겠다 하는 상황이 곳곳에서 빚어집니다. 그러다 제가 필요한 말이 나오면, 그제야 귀를 열고서 밑줄을 칩니다. 듣고 싶은 얘기는 처음부터 정해져 있으니까요. 다른 업계에서 일할 때 만난 이들보다 기자들 가운데서 남의 말을 끊는 사람이 유독 많았던 것도, 제 이야기를 풀기 바쁜 사람이 많았던 것도 그래서일지 모르겠습니다. 최악은 들어야 할 말을 듣지 않게 되는 겁니다. 코앞에서 목 놓아 소리치는 목소리가 있는데 아무 소리도 안 나는 듯 지나치는 기자들을 너무나 많이 보았습니다. 마치 사람들이 무슨 말을 할지 다 알고 있는 것처럼 행동하는 기자들 말입니다. 그래도 들어야 하지 않냐고 물으면 "어차피 뻔하잖아" 따위의 답이 돌아오고는 했습니다.

어느 취재 자리였습니다. 유명한 카페 브랜드가 한국에 들어와 화제가 되었습니다. 해외까지 나가 그 카페를 찾는 이들이 많았고, 한국에는 언제쯤 들어올까 손꼽아 기다리는 이들도 적지 않았습니다. 첫 매장이 문을 열자 손님들이 구불구불 길게 줄을 늘어섰습니다. 몇 시간이고 기다려서라도 커피 한 잔을 마시겠다는 기세였습니다. 기자들이 빠질 수 없는 일입니다. 생활경제부 소속으로 식음료 부문을 담당하던 저도 현장에 나갔습니다. 기다리는 사람들과 가게를 나온 이들에게 다가가 기대감과 평가 따위를 물었습니다. 매장에 직접 들어가도 좋았겠지만 새벽 일찍부터 줄을 설 엄두는 나지 않았지요. 적당히 사람들에게 감흥이나 물어보지 뭐, 그렇게 작정하고 나온 길이었습니다.

여느 브랜드라면 고민도 없었을 겁니다. 기자들에게 매장을 자유롭게 드나들 수 있도록 했을 테니까요. 문제는 이곳이 외국 브랜드란 것이었습니다. 한국 언론 풍토에 익숙지 않은 이곳은 기자들도 똑같이 줄을 서서 취재하도록 했습니다. 그러니 몇 차례씩 줄을 다시 서며 앞뒤로 늘어선 이들에게 똑같은 질문들을 던져야 했습니다. 그렇게 반나절의 취재를 마치고 한가한 카페를 찾아 자리를 잡았습니다. 기사를 쓰기 위해서였습니다. 그곳에는 이미 기자 몇이 자리하고 있었습니다. 서로 안면이 있었는지 함께 자리를 잡은 이들은 주변을 신경 쓰지 않고 대화를 나눴습니다. 서로 회사 사정을 묻다가는 오늘 맡은 기사 얘기를 했습니다. 이날 이들이 나눈 대화야말로 진짜 기삿거리가 될 만한 것이었습니다. 두 명 모두 카페로 오는 길에 취재할 매장을 거쳐 왔다고 했습니다. 줄을 선 사람들 사진을 찍었고 카페 관계자에게 안쪽을 볼 수 있나 물었는데 줄을 서야 한다는 얘길 듣고는 그냥 지나쳐 왔다는 것이었습니다. 이들은 기다리는 사람들을 인터뷰했냐고 서로 묻고는 둘 다 아직 하지 않았음을 알고 안심하는 눈치였습니다. 그때 이들이 나눈 대화를 아직도 잊지 못합니다.

"어차피 뻔한 얘기나 하겠지. 멘트는 여기서 써도 되잖아."

"근데 선배는 김모 씨, 이모 씨로 써요? A 씨, B 씨로 써요?"

"그건 가짜 같잖아. 실명처럼 써야지. 있을 만한 이름들로."

대략 이런 대화였습니다. 하도 어이가 없어 그들이 쓴 기사를 나중에 찾아보기까지 했습니다. 실제로 현장에서 들은 얘기와 별반 차이가 없는 기사가 번듯하게 나와 있었습니다. 그들이 한 것이라곤 개업한 가게를 지나치며 사진을 찍고 다른 기사들과 조합해 비슷한 기사를 만든 것 정도였는데 말입니다. 최소 노력 최고 효율이니 영리하다고 해야 할까요.

비슷한 일은 이후에도 잦았습니다. 방식과 정도의 차이가 있었지만 본질은 다르지 않았습니다. 현장에서 나오는 이야기에 귀를 기울이고, 뒤에 숨은 사연이 있는지를 살피는 이들은 만나보기 어려웠습니다. 특히 '중요하지 않은 문제'라고 여겨지는 분야에선 그런 일이 허다했습니다. 예를 들면 너도나도 비슷한 기사가 쏟아질 법한 사안, 앞에 적은 것과 같은 시장 반응 따위의 기사 뒤에는 최소 노력 최고 효율을 내려는 태도가 그야말로 넘쳐났습니다. 그 결과는 눈앞에 펼쳐져 있습니다. 없는 얘길 지어낸 것이나 옆에서 한 얘길 베낀 것, 있는 듯 비슷비슷한 기사가 쏟아지고 있습니다. 머리로 이렇겠지, 대충 쓰고는 현장에 나가 사진만 찍어 마무리하는 기사들이 넘칩니다. 제가 속한 회사를 비롯해 제가 아는 거의 모든 매체가 여기서 자유롭지 않았습니다. 원하는 멘트가 나오도록 유도하고 없으면 멘트를 슬며시 바꿔서라도 원하는 대로 만드는 기자들이 어디에나 있었습니다. 도둑질은 점차 커지기 마련이지요. 어느 취재원은 저와 만난 자리에서 제가 인터뷰하지 않은 말을 자꾸 기사로 써대는 기자가 있다며 분개하기도 했습니다. 손꼽는 유력 매체 기자가 그런 짓을 하고 다녀도 누구 하나 제지하지 못하는 게 현실인 걸까요.

2018년 12월, 독일에선 언론의 처참한 현실을 보여주는 사건이 있었습니다. 명성 있는 주간지 〈슈피겔〉은 분쟁 지역 전문 기자였던 클라스 렐로티우스의 기사 중 상당한 양이 날조됐다고 밝혔습니다. 렐로티우스는 기자상을 휩쓸던 대단한 기자였습니다. 이슬람 무장 단체 ISIS부터 쿠르드족과 미국-멕시코 접경지역까지 접촉이 어려운 취재원들이 등장하는 생생한 기사들을 여럿 쏟아낸 덕이었습니다. 그런데 그의 취재원과 인터뷰는 태반이 거짓이었습니다. 그와 공동 취재에 나섰던 동료 기자가 렐로티우스의 취재를 의심해 밝혀낸 것이었죠. 이후 〈슈피겔〉은 뼈저리게 자기 매체의 잘못을 인정하고 기사 검증 체계를 보완했습니다.

미국에서도 비슷한 일이 있었습니다. 미국 사회에 '테러와의 전쟁'이 화두로 떠올랐던 2003년, 〈뉴욕타임스〉의 젊은 기자 제이슨 블레어가 날조와 왜곡, 표절 보도를 일삼은 사실이 알려져 논란이 됐습니다. 그는 〈뉴욕타임스〉 1면을 수차례나 장식한 주목받는 젊은 기자였는데, 기사 상당 부분이 사실과 다르다는 논란이 뒤늦게 터진 것입니다. 그는 브루클린 방구석에 앉아 이라크군 포로로 붙잡혔다 구출된 병사를 인터뷰한 기사로 화제를 모으는 등 수십 건의 허위 기사를 써냈습니다. 그간 〈워싱턴 포스트〉나 〈NBC〉 등에서도 논란된 조작 보도 사건이 없지 않았으나 이처럼 지속적으로 이뤄진 기만 행위는 처음 있는 일이었죠.

이 사건을 접하며 저는 낯이 뜨거워졌습니다. 우리의 언론들은 수많은 렐로티우스와 블레어가 횡행하는 걸 눈 감고 묵인하고 있으니까요. 〈슈피겔〉은 렐로티우스 사건을 바로잡으며 신뢰할 만한 언론이 남아 있음을 입증했습니다. 〈뉴욕타임스〉 역시 편집국장을 갈아치우고 보도 시스템을 대대적으로 손봤습니다. 그러나 우리는 어떻습니까. 묻지도 듣지도 않는 기자들, 머리로 쓰는 기자들, 그렇게 얻은 습관으로 조금씩 더 중요한 것들까지 망가뜨리는 기자들이 가득하지 않습니까.

머리로 쓴 기사는 대체로 한심합니다. 대개 기자의 머릿속을 벗어나지 못합니다. 자신이 가진 편견과 고정관념이 고스란히 기사에 배어듭니다. 강자는 늘 약자를 착취하고, 가난한 자들은 언제나 어리석습니다. 섬세한 일은 여성들이 잘하고 남자들은 책임감이 있습니다. 장애인은 보호받아야만 하며 소수자는 악당이 되지 않습니다. 가까이 다가가 자신의 편견이 깨지는 순간을 경험하지 않으니 그러한 편견이 날이 갈수록 두터워집니다. 그렇게 남까지 망치고 마는 겁니다.

지난 5년간 제가 가장 버거웠던 것이 이것입니다. 거짓과 편견으로 가득한 기사를 내도 어떤 불이익을 받지 않는 곳에서, 고작 당연한 것들을 해내는 것이 얼마나 고단한 일이었는지요. 어디선가 외롭게 스스로 채찍질하며 작은 목소리에 귀를 기울이고 있을 벗 한 명이 그렇게 절실한 나날이었습니다.

자긍심

회사란 게 그렇습니다. 출근부터 퇴근까지 몸담는 곳, 돈을 벌기 위해 다니는 곳이지요. 월급을 안 주면 노동청에다 콱 고발해버릴 곳입니다. 종일 일해도 퇴근하고 나면 남의 일이고, 평생 일해도 퇴사하고 나면 남의 회사입니다. 그러니 일이라고 부르면 중요한 것 같다가도, 회사 일이라고 하면 나와는 별 상관없는 게 되고 맙니다. 그러고 보면 회사원이란 점심시간을 기다리며 오전을 지내고, 퇴근을 기다리며 오후를 보내는 사람들이 아닌가도 싶습니다. 그런 마음으로 하루를, 일주일을, 한 달을, 또 한 해를 나는 회사원이 적지는 않을 것입니다.

그래서는 안 된다는 마음으로 회사를 다녔습니다. 한 번 사는 인생 월급 루팡으로 살고 싶지는 않았습니다. 오직 돈을 따르는 것보다는 더 나은 일이 있을 거라고, 그렇게 찾고 찾아 닿은 일이 신문사 취재기자였습니다. 생각이 참 짧았습니다. 언론사도 결국은 회사였습니다. 저는 그중에서도 사주社主가 있는 경제지에 들어왔습니다. 경제지라 해도 사회부를 주로 맡았으니 '그것으로 되었다'고 여겼지만, 한계가 분명했습니다. 국민의 알 권리며 부조리 척결에 기여하는 건 늘 다음 문제였으니까요. 중요한 건 오늘을 나는 것이고, 오늘을 나기 위해선 많은 기사를 써야 했습니다. 기자들은 그걸 '(지면을) 때운다'거나 '막는다'고 표현했습니다. 그 기자들 월급을 줘야 하니 회사 입장도 이해가 갑니다. 어쨌든 돈을 벌어야 하니까요. 제가 기사를 생각하는 만큼이나 누군가는 광고 매출과 영업 이익을 생각해야 했을 겁니다. 회사라는 조직은 그렇게 돌아갑니다.

회사원들은 바빴습니다. 조금이라도 오래 다니려고, 원하는 보직을 받으려고, 고민하고 또 고민했습니다. 중요한 걸 결정하는 소수의 높은 분이 계셨고, 누군가 정한 것을 따르기만 하는 많은 이들이 있었습니다. '회사원들은 결국 남의 일을 하는 것'이라고, 모두가 그런 생각을 할 수밖에 없는 구조가 분명히 있었을 겁니다. 사주 있는 회사를 다닌다는 건 처음부터 그런 것일지도 모릅니다. 요컨대 저는 사주가 있는 회사의 회사원이었습니다.

회사원의 자아는 언론사 기자라는 정체성과 충돌할 수밖에 없습니다. 기자 지망생이라면 누구나 '마땅히 공익을 위해 일하겠다'고 자기소개서에 도배해 놨을 겁니다. 자기소개서뿐인가요. 입사 시험을 치를 때나 수습기자로 교육을 받을 때도, 기자는 국민의 알 권리를 위해 취재하고 기사를 쓴단 말을 숱하게 들었을 겁니다. '향후 광고영업에 보탬이 될 기사를 써서 회사 매출에 기여하겠다'고 포부를 밝힌 지원자가 합격했다는 사례를 들어본 일은 없습니다. 그러나 언론사 기자와 회사원의 자아가 충돌할 때 승리하는 것이 누구일지는 장담할 수가 없는 게 현실입니다. 누구나 가슴속에 개 두 마리를 품고 있다고 했습니다. 착한 개와 나쁜 개가 늘 서로를 물어뜯고 싸운다는 겁니다. 둘 중 누가 이기냐고 묻자 스승은 이렇게 답했다고 합니다. "네가 먹이를 주는 놈이 이긴다"라고 말입니다.

기자로 입사해 회사원으로 적응해 나가는 과정도 마찬가지였습니다. 기자이면서도 회사원이라는 정체성은 외면할 수 없는 사실이었습니다. 늘 두 마리의 개가 싸웠고, 저는 제가 먹이를 더 주는 쪽이 승리하리라 믿었습니다. 실제로 자주 그러했죠. 문제는 모두가 그렇지 않았다는 겁니다. 사주가 있는데 어떻게 그러냐고, 여기는 경제지라고, 심지어 이곳은 언론이 아니라고 말하는 이들을 숱하게 만났습니다. 그들은 이곳이 까라면 까는 곳이고, 방향이 정해진 기사를 써야 하는 곳이라고 이야기했습니다. 누군가에겐 그것이 진실이었을지도 모르겠습니다.

운이 좋아 우리는 21세기 한국을 살아갑니다. 남의 회사를 다니는 회사원은 동시에 제 회사를 다니는 회사원이기도 합니다. 단 한 주를 가지고 있어도 주주인 것처럼, 단 하루를 다녀도 제 직장일 수 있는 것입니다. 심지어 공익을 이야기하는 언론사 기자라면 더더욱 그렇습니다. 그것이 자긍심의 근거가 되기도 합니다. 스스로 포기하기 전까진 누구도 빼앗을 수 없는 자긍심 말이죠.

제 자긍심이 박살 나기 직전이었던 2020년 봄, 〈스토브리그〉란 드라마를 만났습니다. 〈스토브리그〉는 자긍심으로 무장한 단장 백승수가 제 소임을 다하는 이야기입니다. 모기업과 구단주의 지시에 반反하면서까지 본인이 생각하는 단장의 소임을 다하는 그에게서 현실에서 만나기 어려운 자긍심을 보았습니다. 드라마는 그저 그의 영웅적 모습에 그치지 않습니다. 철저한 회사원인 구단주 권경민이 결국 변화해 백승수를 돕고 팀을 지키는 데 기여하는 모습을 그려 냅니다. 자긍심이 사람에서 사람으로 이어질 수 있다는 희망을 이 드라마가 밝히고 있는 겁니다.

현실에선 매우 어려운 일일지 모릅니다. 누군가는 이미 포기한 지 오래고, 누군가는 나서서 훼방을 놓기도 합니다. 그러나 제 업에 소임을 다하는 이가 단 한 명만 있다면, 누군가는 그를 보고 조금쯤 용기를 낼지도요. 적어도 이런 드라마가 방영되는 세상이라면 아직은 회사원에게도 자긍심이 멸종되진 않았다고 할 수 있지 않을까요. 저는 그런 자긍심을 가진 기자가 되고 싶었습니다.

못 나가는

기사

퇴사하기 보름 전쯤 일입니다. 퇴근 시간이 막 지난 참에 부장에게 전화 한 통이 걸려왔습니다. 곧 퇴사할 사람에게 퇴근 뒤 지시라니, '당직자는 물론이고 부원들도 여럿 있지 않나'라는 불쾌한 마음부터 일었습니다. 그러나 별수 있습니까.

문제가 된 글을 찾는 건 어렵지 않았습니다. 본인 SNS에선 진즉 내려졌지만, 캡처된 글이 여기저기 떠돌고 있었습니다. 강제 징용 피해자와 그 유족, 나아가 한국 국민이 분개할 뉴스를 공유하며 "great news!"라고 적은 재벌 3세의 이야기, 취재하라는 지시가 떨어진 것도 당연했습니다. 기사에서 다룬 재판은 일본 강제 징용 노동자와 사망한 노동자 유족들이 일본 전범 기업 16곳을 상대로 낸 손해배상청구소송이었습니다. 재판을 맡은 판사가 소송을 각하했다는 소식을 전하고 있었습니다. 한일 협정에 따라 개인 청구권이 소멸했다는 취지였지요. 이미 일본 외무성과 일본 최고재판소가 한국인 피해자의 개인 청구권이 유효하단 취지의 보고서와 판결례를 낸 적이 있었기에 판사의 판단이 부적절하다는 비판이 쏟아졌습니다.

취재에 대응한 본사 직원은 "아직 어린 탓에 실수한 것"이란 말부터 했습니다. 공유한 기사가 영어로 작성된 것이라 내용을 제대로 이해하지 못했을 수도 있다는 얘기까지 나왔습니다. 통화를 마칠 때쯤엔 개인의 실수니 기사 가치가 없는 게 아니냐고도 했습니다. 그러나 최 씨는 장교로 전역해 아버지가 총수인 대기업에 입사한 서른한 살 성인이었습니다. 재벌총수의 자녀로 군에 입대한 뒤엔 긍정적인 기사의 주인공이 되기도 했습니다. 기사 가치는 충분하고도 넘쳤습니다. 상황을 파악하고 본사 직원과 통화를 마친 뒤 기사 작성을 시작했습니다. SNS 게시물이 올라왔다가 사라진 사실부터 그 부적절함을 지적하는 내용까지 기사 한 편이 금세 작성됐습니다. 기사를 시스템에 올린 뒤 부장에게 보고를 했습니다. 승인은 떨어지지 않았습니다. 기사를 본 부장은 위에서 기사를 내지 않기로 결정해 어쩔 수 없다고 말했습니다. 결국 기사는 나가지 못했습니다.

다음 날 아침 저는 눈을 뜨자마자 인터넷을 켰습니다. 예상대로 기사를 찾기가 어려웠습니다. 포털에 검색 제휴만 돼 있는 작은 언론 몇 곳이 기사를 냈을 뿐입니다. 기사를 냈다가 삭제한 곳도 여럿이었습니다. 손바닥으로 하늘을 어찌 가릴 수 있나요. 여러 커뮤니티에 이 내용이 퍼져 나갔습니다. 언론은 또 한 번 조롱의 대상이 됐지요. 그러나 누구도 신경 쓰지 않았습니다. 재미있는 건 저도 기사를 쓰며 '이 기사는 나가지 않겠지' 생각했다는 것입니다. 정말 기사는 나가지 못했고, 저는 크게 아쉬워하지 않았습니다. 다만 가만히 무력해졌습니다. 그리고 한심했습니다. 저 스스로가, 제가 몸담은 회사가, 우리 언론이 말입니다.

기자로 일한 5년 동안 비슷한 일이 적지 않았습니다. 발제부터 거부될 때도 있었고, 기사를 다 썼는데 나가지 않기도 했습니다. 심한 경우엔 기사가 나갔다가 흔적 없이 사라진 날도 있었습니다. 중요한 문단이 큼직하게 썰려 나가 도통 무슨 말을 하는 건지 알 수 없게 되는 경우도 빈번했습니다. 많은 기자가 비슷한 일을 겪고는 합니다. 문제 삼지 않으면 문제가 되지 않는 일들, 우리를 무력하게 하는 사건들이 수시로 우리의 가슴팍을 후려칩니다. 그 무력함과 한심함을 당연하게 받아들이는 순간, 기자는 그저 월급 쟁이가 되고 말지요.

오늘날 기자를 한다는 건, 그 모든 무력함과 한심함 사이에서 저를 지키는 일입니다. 그리하여 업을 다하는 일입니다. 제가 마침내 언론을 떠나기로 선택한 것은 그 무력함과 한심함 속에서 더는 저를 지키기가 어렵단 걸 알았기 때문이었습니다.

월급

루팡

언젠가부터 '월급 루팡'이란 말이 유행했습니다. 세련된 괴도 루팡이 물건을 훔치듯이 회사로부터 월급만 슬쩍하는 게 월급 루 팡입니다. 물론 직접 돈을 훔치는 건 아닙니다. 의적처럼 대단한 목적이 있는 것도 아니죠. 그저 많이 쉬고 적게 일하며 칼같이 월급을 챙길 뿐입니다. 소위 가성비 삶의 실천입니다.

월급 루팡은 중립적인 단어가 아닙니다. 괴도 루팡의 신출귀 몰한 도둑질이 보는 이에게 응원을 받듯, 월급 루팡이란 말에는 은근히 그들을 선망하는 뉘앙스가 따릅니다. 요컨대 월급 루팡 은 노동자들의 적이 아닙니다. 기회만 닿으면 한 번쯤 하고픈 일 탈에 가깝지요. 일을 못하고 싶은 사람이 어디 있겠습니까. 일을 안 하고 싶을 뿐입니다. 왜 안 하고 싶을까요. 별반 중요하게 느 껴지지 않거나, 정당한 대가가 따르지 않는다고 느끼기 때문입니다. 열심히 해 봐야 남 좋은 일만 시키고, 적어도 나 좋은 일은 아닐 것이란 확신이 들 때 월급 루팡이 태어납니다. 말하자면 월급 루팡은 부조리한 사회를 통찰하여 태어난 개념일 수 있습니다. 아무리 일해도 삶이 역전되지 않는단 걸 깨달은 이들이 어렵사리 내놓은 해법 말입니다. 왜 아닐까요. 우리 시대의 역전극 대부분은 투기를 통해서 이뤄집니다. 투기가 아니라면 뉴스에서 자주 등장하는 범법일 것입니다. 보이스 피싱으로, 불법 사설 도박으로, 음란물 유통으로, 다단계 사기를 벌여서 큰돈을 만진 이들이 허다합니다. 그뿐입니까. 살 만큼 사는 이들이 성실한 노동자 눈두덩이 때리는 뉴스가 하루 멀다 하고 터져 나옵니다. 사기나 횡령, 배임 같은 일이 곳곳에서 벌어집니다. 누구는 알음알음으로 정보를 빼돌려 투기에 나섭니다. 공기업과 사기업을 막론하고 회사에는 낙하산 직원들이 뚝뚝 떨어집니다. 규칙을 잘 지켜야 잘 산다는 말도, 열심히 일하면 언젠가 성공한다는 믿음도 죄다 헛소리란 것을 모두가 알고 있습니다.

투기할 재주나 밑천도 없고, 범법을 벌일 마음가짐도 없는 이들은 제 노동으로 하루를 꾸릴 수밖에 없습니다. 그런데 제 노동이 온당한 대우를 받지 못한다고 느끼면 사람은 무력해집니다. 월급 루팡은 그 무력감에서 태어난 것입니다. 때려죽이지 못하면 홈치기라도 하겠다고, 법이 금하지 않은 소극적 저항이라도 해보겠다는 그런 마음에서 출발한 것입니다. 노동자가 노동을 적게 하고 월급이나 받아 챙기려는 소극적인 저항 말입니다.

월급 루팡이란 말을 누가 쓰는지 살펴보십시오. 태반이 월급 루팡 행위를 하는 그 자신들입니다. 남이 못마땅해 쓰는 말이 아니라 그들 스스로 제 행위를 자조하듯 말합니다. 작지만 소중한 내 월급은 챙겨야겠으나 내가 처한 현실은 분명 못마땅하다는 것입니다. 주변에 월급 루팡이 많았습니다. 근무 시간에 다른 곳을 나다니고, 제 취미 생활에 몰두하며, 투자하거나 편히 쉬기만 하는 이들 말입니다. 일을 태만하게 하니 결과는 늘 좋지 않고 부실했습니다. 제게 돌아올 책망을 피하는 데만 기민하고 제 일을 잘해내는 데는 도통 관심이 없습니다. 자연히 발전은 없고 퇴보만 따랐지요. 그럼에도 본인이 월급 루팡인 것을 부끄러워 않는 이들이 많았습니다.

어느 한 업계, 한 조직만의 문제가 아닙니다. 언젠가 직장에서 벌어지는 갑질 문제를 취재한 일이 있었습니다. 제게 제보한 이들은 자신들이 다니는 직장에서 벌어지는 온갖 갑질을 낱낱이 증언했습니다. 개중 한 명은 중견기업 영업직 사원이었습니다. 그는 회사가 직원들에게 GPS 기반 앱을 깔도록 한 뒤 실시간으로 직원들이 어디에 있는지를 확인한다고 했습니다. 실시간 동선이 그대로 밝혀지니 억지로 여기저기 나다니지 않을 수 없다고 했지요. 상사가 이동이 활발하지 않은 직원을 불러 문책하는 일까지 있었습니다. 앱에 위치가 드러나는 걸 고려해서 필요하지도 않은 이동을 거듭하는 일까지 비일비재했습니다.

한 스타트업 업체는 사무실과 휴게실 곳곳에 CCTV를 설치했습니다. 사전에 고지하지 않고 주말에 일괄 설치한 CCTV는 대표가 직원들을 감시하기 위한 목적이란 얘기가 파다했습니다. 대표는 얼마 지나지 않아 한 직원에게 휴게실에서 너무 오래 쉬는 게 아니냐고 말을 건네기까지 했습니다. 직원들은 CCTV가 설치된 뒤 휴게 공간을 더는 자유롭게 이용하지 못했습니다. 비슷한 회사가 한둘이 아니었습니다. 한 언론사도 기자들이 나가기만 하면 놀고 있다며 근무 시간에 누구를 만나는지 보고를 강화하곤 했습니다. 유명한 병원에서도 직원들 동태를 살피는 CCTV를 설치했다가 논란이 된 일이 있었습니다. 조금만 들어봐도 비슷한 사례가 수두룩하게 쌓이는 건 시간문제입니다.

취재에 응했던 A 기업 부장과 자리를 가진 일이 있습니다. 여의도에서 만난 그는 GPS 기반 앱으로 직원들을 감시하는 게 불가피한 일이라고 말했습니다. 요즘 같은 세상에 월급 루팡이 얼마나 많은지 아냐며, 회사가 수백만 원을 들여 직원을 쓰는데 직원들은 하나같이 공돈을 챙길 고민만 하고 있다고 개탄했습니다. 영업직 직원들이 대낮에 사우나를 가고 어디 처박혀서 낮잠이나 자도 회사는 파악하지 못하는데 이건 바로잡아야 하지 않냐는 것이었습니다. 그는 제게 기자도 회사 밖에서 일하니 사정이 비슷하지 않냐며 조직이 잘 돌아가려면 그런 일을 바로잡을 필요가 있다고 말했습니다. 그의 말이 완전히 틀린 것은 아니었습니다. 그러나 그에게 완전히 동의할 수는 없었습니다. 조직 구성원이 제 일에 성실히 임하도록 이끌려는 마음은 높이 살 만했으나 그 방식은 그릇됐단 생각이 들었습니다. 직원들은 기계가 아니라 모두 마음을 가진 사람이기 때문입니다. 과연 이들 회사에 월급 루팡이 줄어들었을까요. 그 회사들에서 끊이지 않고 터져 나오는 잡음들을 생각하면 꼭 그렇진 않은 것 같습니다. 회사의 감시를 받는 직원들이 어떻게 애사심과 소명감을, 책임감과 창의성을 가질 수 있을까요. 그보다는 감시를 피해 농땡이 치는 방법을 개발하는 게 더 빠르지 않을까요.

고귀한 것은 얻기는 어려우나 잃기는 쉽습니다. EBS에서 방영한 한 다큐멘터리가 이를 잘 보여줍니다. 심리학자이자 듀크대학교 교수 댄 애리얼리는 어린이집 한 곳을 섭외해 심리학 실험을 했습니다. 실험은 간단했습니다. 부모가 아이들을 데리러 올 때 늦으면 10분마다 벌금을 부과하도록 한 것입니다. 벌금이 있으면 지각을 덜 하게 될까요? 결과는 전혀 아니었습니다. 부모들의 지각은 훨씬 잦아졌습니다. 시간이 지날수록 지각하는 사람은 늘어났습니다. 교수는 "벌금제를 도입하기 전 학부모들은 늦으면 죄책감을 느꼈다"라며 "부모들이 약속에 늦지 않게 만든 건 죄책감 때문"이라고 설명했습니다. 이어 벌금이 도입된 후 부모들은 죄책감을 느끼지 않고 그냥 벌금을 낸다면서 "벌금을 내면 2시간 더 봐줄 수 있죠?"라는 말을 한다고 했습니다. 더 재밌는 건 그 뒤입니다. 어린이집은 12주가 지나 벌금제를 폐지했습니다. 부모가 데리러 올 때 늦더라도 벌금을 낼 필요가 없게 됐지요. 하지만 부모들은 아이를 일찍 데리러 오지 않았습니다. 오히려 훨씬 더 늦게 데리러 오는 경우가 많았습니다. 신뢰는 이미 무너졌고 죄책감도 사라져 버린 겁니다.

남들보다 먼저 직원을 실시간으로 감시하는 앱을 개발해서 사용했던 제약회사가 있었습니다. 그 회사는 앱으로 영업직 직원들이 있는 위치를 파악하고 질책하기 일쑤였습니다. 직원들은 더 열심히 일하게 됐을까요? 아닙니다. 앱을 무력화하는 다른 앱이 개발됐고, 직원들은 더는 죄책감을 갖지 않고 농땡이를 폈습니다. 회사가 직원을 감시한다는 분노가 죄책감을 가리고 만 것이죠.

작금의 한국 사회엔 수많은 월급 루팡이 자라납니다. 조직들은 저마다 월급 루팡을 뿌리 뽑을 방책 마련에 바쁩니다. 월급 루팡들은 이들을 뿌리 뽑으려는 방침이 나올 때마다 더 교묘하게 진화합니다. 그리하여 월급 루팡이 하나의 시대적 현상으로까지 자리 잡게 된 것이라고 저는 생각합니다. 불행한 것은 그 과정에서 신뢰와 죄책감이 훼손된다는 것입니다. 뿐만 아니죠. 인간이라면 끝끝내 지켜야 할 자긍심도 남아나지 않습니다. 남몰래 일하지 않기를 선택하는 이가 제 업에 자긍심을 가질 수는 없기 때문입니다. 훼손된 귀한 것들은 결코 쉽게 돌아오지 않습니다.

월급 루팡은 기실 루팡이라는 이름과도 어울리지 않습니다. 루팡은 범죄 현장에 제가 범행을 저질렀음을 알리는 표식을 늘 남깁니다. 피해자를 조롱하고 그 위선과 보잘것없음을 폭로합니다. 범죄를 하나의 예술로까지 승화시키는 것입니다. 그것이 그가 절도를 하는 이유입니다. 반면 우리 시대의 월급 루팡들은 제 자긍심 하나 지키지 못하는 존재들입니다. 그러니 루팡의 이름을 어떻게 월급 루팡에다 가져다 붙일 수 있단 말인가요.

기자의 프로필 사진

마스크로 얼굴을 가리고 모자를 푹 눌러쓴 피의자가 건물 앞에 섭니다. 양옆엔 수사관들이 그가 돌발 행위를 하지 못하도록 꼭 붙들고 있습니다. 취재 나온 기자 수십 명이 그를 둘러싸고서 마이크며 핸드폰 따위를 들이밉니다. 심경은 어떻냐, 잘못을 인정하냐 등의 질문이 이어집니다. 이 광경을 찍는 카메라에선 셔터 닫히는 소리가 차르륵 터져 나옵니다.

기자라고 하면 가장 먼저 떠오르는 게 이런 장면이었습니다. 일상에서 기자를 만날 일이 없는 사람들은 텔레비전이나 영화 속 모습으로 기자를 떠올리기 마련이니까요. 연쇄살인범과 성범죄자, 정치인에 이르기까지 언론에 이름이 나올 법한 피의자들은 '포토라인'에 서 인터뷰를 갖곤 하는데 그때마다 기자들이 뒤를 따르는 모습을 누구나 몇 번쯤은 보았을 겁니다.

막상 기자가 되고 보니 포토라인 앞의 취재는 별 쓸모가 없었습니다. 이미 잡혀 와 틀에 박힌 말이나 주워섬길 이들에게 기자가 수십 명씩 몰려들어 마이크를 댄대도 무슨 소용이겠습니까. 중요한데도 관심을 받지 못하는 사건들을 접하고 보면 언론의 인력 낭비도 심각하지 않은가 하는 생각이 들고는 했습니다. 기자들은 늘 바쁘고 인력이 부족하다는 말을 달고 삽니다만 현실을 돌아보면 꼭 그런가 하는 의심이 들 때가 있습니다. 가만히 보고 있자면 이미 잘 알려진 사건 뒤만 쫓아다니며 의미 없는 질문만 반복하는 것처럼도 보이기 때문입니다. 기사라도 퍽 다른가 하면 그렇지도 않습니다. 같은 현장에 모여든 기자 태반이 짜 맞춘 듯이 비슷한 기사를 만들곤 합니다. 같은 곳에서 같은 걸 보고 들으니 다른 기사가 나올 수 없지요. 포털사이트에 매체 이름만 바뀐 기사가 수십 개씩 쏟아지는 이유입니다. 낭비도 이런 낭비가 없습니다.

검찰에 출입하던 시절이었습니다. 전국에 유명하다는 사건은 죄다 몰려드는 서울중앙지검이니 하루 멀다 하고 중요한 사건이 이어졌습니다. 포토라인도 수시로 펼쳐졌지요. 중앙지검 로비 앞엔 노란색 테이프로 피의자가 설 자리가 표시됐습니다. 방송 기자들은 저마다 누가 마이크를 들고 질문을 할지를 돌아가며 정했습니다. 질문이 겹치고 동선이 꼬여 뉴스 화면을 망치는 일에 대한 우려 때문입니다. 신문 기자들은 저마다 핸드폰 녹음 버튼을 누르고는 피의자에게 마이크를 들이댑니다. 혹시나 있을지 모를 중요한 발언을 정확하게 포착하기 위해서입니다.

처음 검찰 출입으로 발령이 난 뒤 꼬박 몇 개월 동안 이 일을 했습니다. 출두한 피의자에게 녹음기를 대고 그가 한 말을 녹음해서 그걸 바탕으로 기사를 썼습니다. 며칠 몇 시 몇 분에 피의자가 검찰에 출두했고, 조사는 성실히 받겠다고 했으며, 언제 조사가 끝났다는 등 내용이 죽 이어졌습니다. 제가 독자라면 이런 기사 따위는 읽고 싶지 않을 터였습니다. 비슷한 기사가 수십 개쯤은 족히 나왔을 그런 기사를 또 하나 쓰고서는, 왠지 불안하여 남이 쓴 기사를 다시 찾아 읽은 뒤 안심하곤 하였습니다.

저는 포토라인이 싫었습니다. 어느 현장에선 단 한 명도 만나기 어려운 기자들이 어느 공간에는 수십 명씩 모여 있는, 그 비효율과 낭비가 불쾌했습니다. 급속도로 독자가 사라지고 있는데 신문을 만들겠다며 백 명이 넘는 기자들에게 출입처를 나누고, 각 출입처에서 가장 중요한 문제를 다루도록 하는 기존의 신문 제작 시스템도 한심했습니다. 독자는 어느 하나의 신문을 선택해서 읽는 게 아닌데도 신문은 저마다 세상을 보는 유일한 창구인 듯 모든 것을 다 하려 들었습니다. 백여 명의 기자들이 각자의 출입처를 맡아 취재하고 기사를 써냈습니다. A부터 Z 매체까지 같은 출입처 기자라면 크게 다르지 않은 기사를 쓰는 이유가 그래서였습니다. 저마다 각자 속한 매체에선 제 출입처를 책임지는 담당 기자였을 테니까요.

기자들이 그러는 동안 주목받지 못한 사건들은 뒤로 밀렸습니다. 대부분은 아예 다뤄질 기회도 없었으므로 밀렸다는 말도 부적절할까요. 그리하여 누군가는 세상과 만날 기회를 끝없이 목말

라했고, 또 누군가는 과도한 관심에 질려 나가떨어졌습니다. 적지 않은 기자들이 이러한 문제를 알았음에도 어느 하나 나서서 해결하려 하지 않았습니다. 연차가 짧아서, 직급이 낮아서, 사주는 저기 따로 있으므로, 그렇게 단순한 문제가 아니라서 같은 이유로 모두가 나서지 않았습니다. 저도, 제가 속한 조직도, 한국의 수많은 언론이 그렇게 조금씩 낡아 갔습니다.

언제부터인가 저는 포토라인에 나가지 않았습니다. 나가 봐야 빤한 얘기만 나올 텐데 방송국도 아니고 신문기자가 거길 지킬 필요는 없지 않나 싶었습니다. 그럴 시간에 밖으로 나가 사람들을 만나고 취재를 하는 게 맞다고 여겼습니다. 서울중앙지검 출입 기자 수십 명이 매일 똑같은 사건으로 별반 다를 바 없는 기사를 쓰는 건 심각한 낭비 같았으니까요. 기실 포토라인에 나가지 않아도 문제 될 건 없었습니다. 사진은 통신사를, 멘트는 현장에 간 다른 기자에게 받아쓰면 그만이었으니까요. 얼마 지나지 않아 한 선배가 저를 불러 세웠습니다. 그는 제가 열심히 일하는 게 맞냐고 질책했습니다. 여기저기 보도된 영상과 사진 배경에 타사 기자들은 보이는데 제 모습이 보이지 않는단 게 이유였습니다. 잘 나가지 않는다고 말하니 그는 왜 남들하고 달리 일하냐며 면박을 주었습니다. 고작 2년 차 기자가 제멋대로 일하는 품이 마음에 들지 않았던 것입니다. 저는 다시 포토라인에 나가는 신세가 되었습니다.

그 무렵 타사 기자와 만난 자리에서 이런 고충을 털어놓은 일이 있습니다. 그는 대뜸 제게 일머리가 없다고 핀잔을 주었습니다. 자기는 늘 피의자 뒤쪽 명당자리를 확보해 마이크를 쭉 뻗는 모습을 일부러 찍히고는 한다는 것입니다. 방송이든 신문이든 카메라는 피의자를 잡는데, 그 바로 뒤쪽에 서면 제 얼굴이 카메라에 잘 잡힌다는 것이었죠. 그러고 보니 그는 뉴스에 제법 단골로 등장하곤 했습니다. 그도 그런 모습이 마음에 드는지 모바일 메신저 프로필 사진도 어느 방송국 카메라에 찍힌 사진으로 올렸었죠. 그에겐 그 장면이 기자로서 자신을 가장 잘 내보이는 것이었을지도요. 그 혼자만이 아니었습니다. 적잖은 기자들이 방송이나 신문에 찍힌 제 모습을 프로필 사진으로 삼고는 했습니다. 유명한 누구에게 녹음기를 들이대고 브리핑실에서 타자 치는 모습 같은 것 말입니다. 아마도 그 모습이 저마다 떠올리는 기자의 모습과 가장 가까웠으리라고, 저는 그렇게 여깁니다.

그렇다면 저는 어땠을까요. 제게 기자의 한 장면을 꼽으라면 과연 어떤 모습을 들 수 있었을까요. '내 프로필은 이것'이라고, 이런 장면이야말로 '기자의 모습'이라고 이야기할 수 있는 그런 장면은 무엇이었을까요. 분명한 건 포토라인 앞에서 마이크를 들이대는 모습은 제게 기자답지도 자랑스럽지도 않은 것이었습니다. 그래서 저는 다른 모습을 찾아야만 했습니다. 제가 기자로 보낸 시간은 그 한 장면을 찾기 위한 여정이기도 했습니다. 그런 순간이야말로 제게 자긍심을 갖도록 해줄 테니 말입니다.

책임지지 않는

언론

두려운 건 무책임함이었습니다. 저로 인해 돌이킬 수 없는 피해가 생기고, 어쩔 수 없다는 듯 등 돌리고 도망치긴 싫었습니다. 시민의 '알 권리'에 기여하며 그로부터 사회적 책임을 다한다는 기자의 자부심도 무적의 방패가 될 수는 없는 것입니다. 기껏 기자가 되어서 누군가에게 상처를 입힌다면, 심지어 제가 쓴 것이 사실이 아니라고 드러난다면 대체 그 죄를 무엇으로 씻을 수 있을까요.

기자로 일하는 내내 많은 일을 보았습니다. 잘못 나간 기사로 생긴 피해는 대부분 되돌릴 수 없었습니다. 상처 입은 마음과 무너진 평판을 갚을 길이 너무도 막막했습니다. 정치인과 기업인, 연예인과 스포츠 스타들도 희생양이 되었습니다. 힘과 권력, 유명세가 도리어 이빨을 가져다 대기 좋은 이유가 되기도 했습니다.

2009년, 한 정치인의 수사 국면은 언론의 진면목을 만천하에 드러냈습니다. 좌우를 막론하고 그를 부패한 비리 정치인인 것처럼 몰아세웠습니다. 훗날 그것이 검찰의 방조 속에 이뤄진 국정원의 공작이었단 사실이 드러났지만 누구 하나 나서서 충실히 바로잡지 않았습니다. '책임지지 않는 언론', '스포츠 중계하듯 받아쓰는 기자'란 표현이 곳곳에서 들려온 건 그즈음이었습니다. 그래서 바뀌었냐고요? 그럴 리가 있습니까. 수십 년이 흘렀지만 언론은 같은 방식으로 일합니다. 전보다 더하면 더했지 덜하진 않습니다. 실시간으로 전송되는 인터넷과 스마트폰이 불러온 무한 경쟁 구도는 기자가 숙고할 수 있는 시간을 단 얼마도 허락지 않습니다. 원칙도 무엇도 없이 남들이 다 하니까, 저기 권위 있는 이들이 그렇다고 하니까 맞을 거라는 식의 보도가 이어집니다. 받아쓸 뿐 사실인지 아닌지 검증할 역량은 사라진 지 오래입니다.

유명한 이들이 추문에라도 휩싸일라치면 언론은 득달같이 달려듭니다. 경찰에 입건되고, 기소 의견으로 송치되고, 소환조사를 받고, 영장이 청구되고, 기소되는 그 모든 단계에서 마치 그들에게 죄가 있다는 듯이 확신을 갖고 보도합니다. 피의자가 법원 문턱도 밟기 전에 '너는 유죄'라고 단정하는 마음으로 써내는 기사도 수두룩합니다. 어디 그뿐인가요. 온라인에서 비난 여론이라도 일라치면 그를 동력 삼아 또 다른 비난을 불러일으킵니다.

일선 기자는 놓칠 수가 없습니다. 남들 다 쓰는 기사를 우리만 안 썼다간 대뜸 무능하단 평가가 나오니까요. 취재가 안 되었다, 사실 확인이 어렵다 항변도 하지만 당장 써내라는 지시를 피하지는 못합니다. 말 나오기 전에 냉큼 베끼면서 문제 될 부분은 슬쩍 빼내는 게 노하우란 것을 채 한 달이 지나지 않아 깨닫게 됩니다. '놓치지 말라'는 건 '적당히 조심해서 잘 베끼라'는 말과 다르지 않습니다. 하루에도 취잿거리가 여럿 쏟아지는 상황에서 모든 문제를 다 잘 들여다보는 건 불가능에 가깝습니다. 포털사이트는 한발 빠른 기사가 메인화면을 차지하는 속보 경쟁이 주도하고 있습니다.

사회적으로 의미 있는 사건, 왕따 논란과 학교폭력, 성범죄 등 파급력이 좋은 사건은 남보다 조금이라도 빨리 다뤄야 합니다. 이미 수십 곳 언론사가 다뤘을 문제를 다시 한번 다루는 게 불쾌할 때도 있지만 어쩌겠습니까. 모두 다 그러고 있는걸요.

매년 몇 번씩 항의 메일을 받았습니다. 내가 쓴 기사의 주인공에게, 그 가족과 친구들에게, 또는 지지자들에게 어떻게 그렇게 쓸 수 있냐는 항의를 받고는 했습니다. 그러나 기사를 고치는 일은 드물었습니다. 문제 제기에 대비해서 책임을 회피하는 방식으로 안전하게 써놓았기 때문입니다. '검찰에 따르면' 그러하다 하였고, '일각에서' 무어라 하는 비판이 있을 따름이었으며, 확정이 아닌 '보여질' 뿐이었으니, 결코 제 잘못은 아닌 것입니다. 그렇게 생각할 때면 문장의 서술어 몇 개를 두고 '보인다', '보여진다', '가능성이 높다'고 슬쩍 고치던 영화 〈내부자들〉 속 인물이 떠오르곤 했습니다. 더욱 낭패는 기사에 확신이 없을 때였습니다. 오로지 출처는 검찰 아무개의 말뿐이고 기사에 쓴 내용이 사실인지 아닌지 스스로도 확신하지 못할 때가 있었습니다. 그건 차라리

낮지, 아예 다른 언론사 기사들을 짜깁기해서 적은 기사도 없지 않았습니다. 그런 기사가 비판과 직면하면 저는 대체 어떻게 항변할 수 있을지 불안감이 컸습니다.

언젠가 한 신문사 기자가 검찰 출신 법조인에게 명예훼손으로 소송 압박을 당한 일이 있습니다. 저는 그 기자와 만난 일이 있었는데, 발끈하리란 생각과 달리 반쯤은 체념하고 있는 모습에 적잖이 당황하였습니다. 듣자 하니 문제가 된 기사에서 제가 직접 취재한 건 없다시피 했습니다. 다른 언론사 몇 곳이 써낸 것을 그대로 옮겨다 적었다는 것입니다. 그것도 한참이 지난 일이라 기억조차 나지 않는다고 했습니다. 내용증명을 받고 보니 참고한 언론사 기사는 죄다 내려지거나 수정돼 있어 제가 할 수 있는 일이 아무것도 없었다고 했습니다.

대법원은 다른 언론사 기사를 베껴 본인이 취재한 것처럼 적은 기사를 보호할 가치가 없다고 결론지은 지 오래입니다. 심지어는 경찰이나 검찰 보도자료만 근거로 기사를 적어도, 또 취재원 어느 일방의 이야기만 듣고 기사를 써도 법으로 보호받지 못합니다. 그럼에도 오늘날 우리 기자들은 제가 알지도 못하는 내용을, 이름도 모르는 기자의 기사를, 아무 기업의 보도자료들을 베끼다시피 써대고 있습니다. 베끼는 것에 문제의식이 없는 기자도 수두룩합니다. 베낀다는 말은 저도 민망하니 '우라까이'라는 뿌리도 없는 은어로 표현하곤 합니다. 아예 베낄 기사를 던져주고 "이거 우라까이 해" 하는 식입니다. 일본어에도 없는 우라까이가 '베끼다'와 동의어가 되기까지 얼마나 많은 이가 망가져 나갔을지 생각만 해도 아득해집니다.

한 술자리에서 만난 어느 기자는 모든 걸 알고 기사를 쓰는 게 불가능하다며 우라까이는 어쩔 수 없는 일이라고 강변했습니다. 에어컨도, 자동차도 어떤 원리인지 모르면서 조립해 파는 사람이 허다하지 않냐고, 기사도 다르지 않다고 말입니다. 경찰과 검찰의 누군가가, 때로는 믿을 만한 언론사가 근거가 돼 기사를 썼으면 된 것이라고, 어떻게 기자 개인이 모든 사실관계를 확인할 수가 있느냐는 것이었죠. 정말 그런 마음으로 충분한 것일까요. 생각할수록 혼란스러웠습니다. 기자가 자기 취재 없이 다른 기자의 기사를 인터넷으로 보고 베껴서 법정에 서는 일이 꾸준히 일어납니다. 법정에서 제가 알고 있는 게 없노라고, 그저 남의 기사를 보고 베꼈을 뿐이라고 말해야 하는 그 상황이 얼마나 참담할지 보지 않아도 알 것 같은 기분입니다.

저는 과연 그와 달랐을지 수년이 지나 돌아봅니다. 제가 쓴 기사가 수천 편에 이르는데, 그중 여럿이 허약하고 부실한 근거로 뼈대를 이루고 있단 걸 압니다. 그런 기사가 때로는 누군가의 가슴을 찢어 놓았을지도 모를 일입니다. 제가 쓴 기사 중 책임질 준비가 돼 있었던 건 아무리 관대하게 보아도 절반쯤에 불과합니다. 나머지 절반은 핸드폰이 어떻게 작동하는지도 모르면서 핸드폰을 파는 사람처럼 눈을 절반쯤 감고 썼단 것을 고백합니다. 그리하여 저는 제가 법정에 서지 않은 게 그저 운이 좋았을 뿐이었다고 생각합니다.

판단하는

직
업

"화도 안 나세요?"

그가 격분한 모습이 지금까지 선합니다. 조그마한 체구답지 않게 귀까지 벌게져서는 격앙된 목소리로 저를 설득하려 했습니다. 거래처 직원을 성폭행한 A가 이름을 바꾸고 돌아와 경쟁사에 취업했다는 소식을 막 전하던 참이었습니다. 말하는 동안 그는 가쁜 숨을 몇 번이나 몰아쉬었습니다. 그는 이야기를 마치고 잠시 제 얼굴을 살피더니 기대만큼 동요하지 않는 모습에 적잖이 실망한 모양이었습니다. 이런 이야기를 듣고도 화가 나지 않냐며 연거푸 묻던 그에게서 해소할 길 없는 답답함이 느껴졌습니다.

A는 피해자와 합의하고 집행유예로 풀려난 상태였습니다. 그가 이름을 바꾸고 다른 회사에 취업하자 업계에서 그를 알아본

이들이 언론사를 찾다가 저한테까지 연락한 겁니다. 제보자는 분개했습니다. 그는 자신이 피해자와 알고 지내는 사이라며 A가 다시 나타난 뒤 피해자가 부쩍 불안해한다고 말했습니다. 그는 A가 업계에 다시는 발을 들이지 못하도록 일깨워야 한다고 했습니다. 피해자뿐 아니라 같은 업계에서 일하는 여성 직원 다수가 같은 마음일 거라고도 덧붙였습니다. 그럴 만도 했습니다. 이야기대로라면 A가 회사를 나가 자숙한 기간이 고작 1년 남짓입니다. 그나마도 재판 기간을 빼면 몇 달이 되지 않았습니다. A에게 양심이란 게 있다면 업계를 완전히 떠나야 하지 않나 제보자는 힘주어 말했습니다. 좁은 업계에서 그와 마주칠 수밖에 없는 여성들에게 또 다른 피해까지 우려된다고도 했습니다.

제보자의 목표는 분명했습니다. A의 실명을 공개하진 못해도 취재를 통해 그가 몸담은 회사와 업계에 최대한의 압력이 가해지기를 바랐습니다. 아예 인사팀과 그가 속한 부서의 번호까지 찾아주며 적극적으로 취재해 달라고 신신당부를 했습니다. 단순한 보도를 넘어 취재 방식까지 구체적으로 요구하는 건 이례적인 일입니다. 우선 사실관계부터 파악해야 했습니다. 섣불리 당사자에게 연락을 취했다가는 문제가 생길 수 있으니 말입니다. 제보 내용이 신뢰할 만한 것인지 확인하기 전엔 움직일 수 없었습니다. 같은 업계 사람 몇을 수소문해서 겨우 이야기를 들을 수 있었습니다. A가 개명하고 새로운 회사에 복귀했다는 내용은 이미 퍼져 있었습니다. 개명한 이름과 복귀한 회사의 이니셜까지 정리돼 SNS '찌라시'로 나돌고 있었습니다. 회사에 연락하면 일을 되돌릴 수 없을 듯하여 지인에 지인을 통해 A의 연락처를 구했습니다. 그에게 수차례 만남을 청한 끝에 겨우 대면이 성사됐습니다. A는 예상과 달리 얌전한 인상의 사십 대 남자였습니다. 낯을 많이 가렸고 말수가 적었습니다. 그는 제 잘못을 인정했습니다. 사과하고 합의를 보았으며 먹고살 길이 막막해 같은 업계로 다시 취업했다고 말했습니다. 자식들이 있는 데다 목구멍이 포도청이라 알음알음으로 취업을 한 것인데 회사에 연락하고 기사까지 나가게 되면 살길이 막막해진다고 걱정했습니다. 사건이 터진 뒤 찌라시가 돌아 이름을 바꾼 것이라며 제 삶도 몰릴 만큼 몰려 있다고 했습니다. 그가 자식 사진을 보여 주며 눈물을 쏟던 순간을, 제가 그를 두고 일어선 순간이 지금도 기억납니다.

돌아와 고민한 시간이 길었습니다. "이름 바꾼 성범죄자, 동종 업계 재취업"이란 제목까지 다 써놓고도 기사를 내지 못하고 몇 주를 보냈습니다. 그동안 비슷한 사례 여럿을 법조계를 통해 확인하기까지 했습니다. 사기꾼과 성범죄자들이 이름을 바꾼 채 재입학, 재취업을 해서 멀쩡하게 살아가는 일이 곳곳에서 일어나고 있었습니다. 피해자와 그 지인 중에는 눈에 불을 켜고 이들의 뒤를 쫓는 이들이 있었습니다. 법으로 응징할 수 없으니 소문을 퍼뜨리고 언론에 제보하길 서슴지 않았습니다. 어떤 이들은 취업 길이 막히고 다니던 회사에서 쫓겨나기도 했습니다. 정의 구현일까요, 이중 처벌일까요, 옳은 것인가요, 틀린 것인가요. 생각하면 생각할수록 저는 무엇이 맞는 일인지 헷갈렸습니다.

기사를 내지 않는 동안 제보자는 왜 보도하지 않냐며 수차례나 연락을 했습니다. 제가 같은 남자라서 A와 만나 입장이 바뀐 게 아니냐며 분노를 드러내기도 했습니다. 어쩌면 그랬을 수도 있습니다. 다시 돌아온 성폭행 가해자의 소식을 들은 피해자의 마음에, 여성 기자였다면 훨씬 더 공감했을지도 모를 일입니다. 어쩌면 제가 남자인 탓에 살길이 막막해진 A의 사정에 귀를 기울인 건 아닐까 그런 생각도 고개를 들었습니다. 제가 아는 건 그저 의문이 남는 문제는 마지막의 마지막까지 고민해야만 한다는 것이었습니다. 그 고민 끝에서 저는 끝내 기사를 내지 않았습니다. 자신이 없었습니다. A가 회사에서 쫓겨나도록 할 권한이 제게는 없었습니다. 써둔 기사를 그대로 내보냈다간 사내에서 A가 특정되고 불이익을 받으리란 걸 쉽게 예상할 수 있었습니다. 저는 이미 비슷한 결과를 불러온 취재를 몇 번이나 해본 일이 있었습니다. 취재의 대상이 수사를 받기도 했고, 구속되기도 했으며, 옷을 벗기도 했습니다. 제보자가 한동안 제게 분노 어린 문자를 퍼부었지만 저는 그저 견뎌야겠다고 마음먹었습니다. 확신 없이 잘못을 저지르는 것보다는 판단을 유보하는 게 더 낫다고 믿었습니다.

몇 달쯤 지나 제보자의 비난 문자가 잦아들었을 무렵입니다. 퇴근길에 어느 기사 하나가 눈에 들어왔습니다. 2011년 있었던 'K 대학교 의과대학 집단성폭행 사건'의 가해자 중 한 명인 B가 개명을 하고 기업 산하 병원에서 인턴으로 일하고 있다는 내용이었습니다. 실형을 살고 나온 가해자는 대학교에서 출교 처분까지 받았지만 타 대학교 의대에 다시 입학해 의사면허를 받았습니다. 앞서 대학병원 인턴에도 합격했으나 범죄 전력이 알려지며 채용이 취소되기도 했습니다. 그가 이름을 바꾼 건 주변에 파다하게 알려진 자신을 감추기 위해서였을 겁니다.

논란이 크게 일었으니 기사에 대한 관심도 적지 않았습니다. 해당 병원을 이용하는 환자들은 제가 알지도 못하는 사이에 성범죄자에게 의료서비스를 받을 수 있는 일 아닙니까. 그러나 병원은 개인정보라는 이유로 취재에 응하지 않았습니다. 알려진 후속 조치는 신규 인턴 채용 공고에서 성범죄자는 채용을 취소할 수 있다는 공지 한 줄이 추가된 게 전부였습니다.

이 보도를 보고 한동안 혼란스러웠습니다. 몇 달 전 어느 성범죄자의 업계 복귀 제보를 끝내 보도하지 않은 제가 이 기사에는 내심 박수를 치고 있었기 때문입니다. 그 가해자 역시 판결을 받고 죗값을 치른 건 마찬가지인데 어째서 저의 판단과 감정이 달라졌는지를 오랫동안 생각했습니다. 일반인들이 만날 일 없는 직종의 회사원과 환자를 다루는 의사라는 직업의 차이 때문이었을까요. 그러나 어느 직업의 공공성과 책임을 딱 잘라서 평가할 수 있는 권한이 대체 누구에게 있단 말인지요.

퇴사하기 얼마 전 한 사건을 보도했습니다. 마취된 환자를 만진 의사를 시민단체가 고발했다는 내용의 기사였습니다. 제목만큼이나 충격적인 사건을 다룬 것으로, 보도 이후 상당한 파급이 있었습니다.

사건은 2019년, 산부인과 인턴으로 수련 중이던 C 씨의 엽기적 행태로부터 시작됩니다. C 씨는 마취된 여성 환자를 두고 동료들에게 비상식적 발언을 거듭했습니다. 여성인 선배 레지던트가 있는 상태에서도 멈추지 않은 엽기적 발언에 결국 병원 자체 징계위가 열리게 되었습니다. 황당한 건 그다음입니다. 징계위가 정직 3개월짜리 솜방망이 징계만 하고는 C 씨를 진료에 복귀시 킨 겁니다. 사건이 보도된 뒤에야 병원은 C 씨의 수련의 자격을 취소했는데, 경찰엔 따로 고발조치도 하지 않았습니다. 희롱당한 환자는 의식이 없어 피해 사실을 몰랐고, 그 보호자 역시 사건 현 장에 없었으므로 피해 사실을 알지 못하며, 사건 당시 현장에 있 던 여성 의사조차 사건을 공론화하지 않기를 선택했으니 병원의 조치는 사실상 우리끼리 덮자는 결의와 다르지 않았습니다. 사 건은 한 언론사가 보도하며 세상에 알려졌습니다. 경찰은 보도가 나간 뒤에야 수사에 나섰고 C 씨도 준강제추행 혐의로 법정에 서 게 됐습니다.

다시 몇 달이 흘러 2021년 11월, C 씨가 대학병원 정형외과로 자리를 옮겨 계속 수련의 생활을 이어가고 있다는 보도가 나왔습 니다. 재판이 진행 중이지만 대법원 확정 판결을 받기까진 상당 한 시일이 남았으므로 그의 수련을 막을 수는 없습니다. 한국 법 은 성범죄 전력이 있더라도 그 사실을 공개하지 않기에 그는 전 문의 자격을 취득해서 의사로 일하게 된 겁니다. 이게 과연 정의 로운 일인지 저는 확신할 수 없습니다. 그의 현재를 추적해 보도 한 몇몇 기자들이 있어서 조금이라도 현실이 정의에 가까이 다가 서게 된 건 아닐까요.

어떤 것은 보도하고, 또 어떤 것은 보도하지 않을지 누구도 딱 잘라 정해 주지 않습니다. 저와 데스크의 판단도 언제든 틀릴 수 있으며, 실제로 제법 틀리기도 합니다. 그래서 더 오래 고민하고 더 늦게 판단해야만 합니다. 더 빠른 결정을 강요받는 인터넷 세상의 일간지 기자로 일하며 '더 오래, 더 늦게'를 추구한다는 건 고단한 일이 아닐 수 없습니다.

공적 역할을 수행하는 의사의 역할이 여느 직장인과는 다르다고 믿었으나 저는 여전히 확신하지 못합니다. A와 만나 그랬듯이 B를 따로 만나고 그들에게서 딱한 사정을 들었다면 어떠했을지, 정말 동요되진 않았을까를 저는 아직도 확신할 수 없습니다.

기자는 판단하는 직업입니다. 확신할 수 없으면서도 결정을 내려야 하고, 그 결과를 즉각 확인하게 됩니다. 제 결정으로 누군가 상처를 입는단 걸 알게 되고, 그럼에도 불구하고 기꺼이 상처를 입혀야 하는 직업입니다. 이를 기꺼이 감당하는 건 좋은 기사가 세상을 조금 더 나아지게 이끈다는 믿음 때문입니다. 그로부터 누군가는 되돌릴 수 없는 피해를 입는다 해도, 나아질 세상이 그 피해보다는 중하다는 걸 믿기 때문입니다.

저의 판단은 늘 옳지만은 않습니다. 잘못된 판단과 그 판단이 낳은 문제를 일일이 확인하고 남의 문제를 쉬이 판단하는 직업을 가졌단 게 두렵게 느껴질 때도 많았습니다. A의 기사를 쓰지 못한 것도, 이미 취재한 다른 많은 기사를 끝내 내지 못한 것도, 그 이전에 있었던 저의 과오를 기억했기 때문입니다. 그러고 보면 가끔 호되게 틀려보는 것도 나쁘진 않은 일 같습니다. 그 주제넘은 판단과 실패의 순간들 덕분에 정말 큰 잘못을 범하지 않을 수 있으니까요. 제가 저지르는 잘못이 얼마나 중한지를 몸에 새겨서 두려워하는 법을 배울 수 있으니 말입니다. 판단하는 직업을 가진 이가 두려움을 지탱하는 길은 오로지 저 스스로를 가장 치열하게 판단하는 것부터 출발해야 한단 걸 저는 잊지 않으려 합니다.

사소한

변화일지라도

/

Ⅲ

자식 잃은 부모가

세
상
을

바
꾼
다

／

참척慘慽이라고 했습니다. 세상 어디도 비길 수 없는 참혹한 슬픔이라고 말입니다. 자식을 먼저 보내는 일을 사람들은 그리 불렀습니다. 사회부 취재를 하다 보면 자식 잃은 부모를 만나는 일이 종종 생겼습니다. 부모를 잃은 자식보다 자식을 잃은 부모를 만나는 날이 확연히 더 많았습니다. 세상엔 부모 잃은 자식이 자식 잃은 부모보다 훨씬 많을 텐데도, 우리 앞에 찾아와 억울함을 토하는 건 태반이 자식 잃은 부모였습니다.

자식의 죽음을 헛되이 하지 않겠단 각오 때문일까요. 이대로 보낼 수는 없다는 한恨 때문일까요. 자식을 앞세운 많은 부모가 여생을 바쳐 투사가 되었습니다. 그들이 남긴 업적을 하나하나 따지면 오늘 우리가 사는 세상이 그들의 고통 위에 세워졌다 해도 지나치진 않을 겁니다. 전태일 열사의 어머니 이소선 씨, 박종철 열사 부친 박정기 씨, 이한열 열사 모친 배은심 씨, 김훈 중위의 아버지 김척 씨, 삼성 반도체공장 노동자 부친 황상기 씨, 세월호 침몰 참사와 가습기살균제 참사 유족, 부당한 지시를 견디다 못해 극단적 선택을 한 이 PD의 부모, 화력발전소 컨베이어벨트에 끼여 사망한 노동자 모친 김미숙 씨, 코로나19 확산 초기 받아 주지 않는 병원 앞을 헤매다 숨진 정 군 부모, 그리고 이름이 알려지진 않았으나 여전히 싸우고 있을 부모들을 기억합니다. 이들은 자식을 대신해 노동운동가가 되고, 민주 투사가 되었습니다. 군 의문사 진상 조사와 재벌의 책임을 이야기했고, 부당하고 안전하지 않은 노동 환경 개선을 말했습니다. 직장 내 괴롭힘 근절을 위해 싸웠으며 몰상식한 의료 관행에 맞섰습니다. 코로나19가 전국을 휩쓰는 동안 응급의료체계를 개선해야 한다며 투쟁한 것도 죽은 자식의 부모였습니다. 떠난 자식을 가슴에 묻고서 세상이 나아지게 하기 위해 제 삶을 내던진 부모들이 너무나도 많았습니다.

이들 중 여럿을 취재 현장에서 만났습니다. 다수는 잠시 잠깐 스쳐 지나가는 인연이었으나 일부는 그 이상의 공감대를 가지기도 했습니다. 가슴에 걸려 흘려보낼 수 없는 고통을 간직한 이들이 제 삶을 던져서까지 자식의 죽음을 헛되지 않게 하려 분투했습니다. 자식이 이미 떠난 세상에서 끝까지 분투하는 그 마음들이 절절했습니다. 떠난 자식은 모두 어렸습니다. 많아야 이십 대 중·후반이나 되었을까요. 제 삶을 결정하기엔 너무나도 어린 나이였습니다. 이룰 것 많고 즐길 것도 많았던 젊음들이 가장 꽃답고 아까울 때 떨어졌습니다. 민주주의를 위해 싸운 젊음들은 모두가 박종철이며 이한열이 될 수 있었습니다. 남영동 대공분실에 끌려가 고문받다 숨진 박종철은 고작 스물한 살 대학생이었습니다. 전경이 쏜 최루탄에 머리를 맞아 숨진 이한열은 그보다 한 살이 더 어렸습니다. 1987년 참혹한 군부독재에 저항하며 일어선 시민 중 많은 수가 그들과 같았습니다.

대기업 노동자로 일하다 백혈병을 앓는 이들도 끊이지 않고 있습니다. 인권 단체 반올림과 산업기술보호법 대책위원회에 보고된 백혈병 등 직업병 피해자는 모두 683명입니다. 그중 200명가량이 사망했고 그 수는 계속 늘어날 겁니다. 이중 산업재해로 인정받은 사람은 고작 10퍼센트 내외에 불과합니다. 세월호, 가습기살균제 참사, 제천 스포츠센터 화재 사건, 그 전으로 거슬러 올라가 대구 지하철 화재 참사와 성수대교 붕괴, 삼풍백화점 붕괴 사건 등을 떠올립니다. 수많은 생명을 앗아간 참사 뒤엔 언제나 국가와 사회의 직무유기가 자리했습니다. 누구나 그날 세월호를 탔을 수 있습니다. 가습기살균제는 마트에서 버젓이 팔렸고, 스포츠센터엔 많은 사람이 드나들었습니다. 대구 지하철을 한 번이라도 탄 사람이라면, 성수대교를 건너본 사람이라면, 삼풍백화점을 찾았던 사람이라면 누구나 오늘을 맞이하지 못했을 수 있습니다.

방송 환경은 충분히 개선되지 못했습니다. 여전히 많은 방송이 외주 시스템 아래에서 제작됩니다. 방송국이 직접 고용하는 비정규직 노동자도 수두룩합니다. 정규직과 비정규직, 외주 업체 직원의 임금 격차가 두세 배에 달하기까지 합니다. 고용 형태가 열악할수록 과로에 노출될 확률도 커집니다. 과로에 의한 사망자 수는 통계에 잡힌 것만도 매년 500여 명이나 됩니다. 컨베이어벨트에 끼여 사망한 김용균 씨의 죽음 역시 우리 시대 노동의 한 단면입니다. 석탄발전소에서 석탄 설비를 운용하던 비정규직 노동자, 그의 죽음 뒤에도 위험을 외주화하는 자본의 수레바퀴는 멈추지 않고 있습니다. 2021년 3분기까지 산업재해로 사망한 노동자가 648명에 이릅니다. 지난해와 지지난해에도 한해 800명 이상이 산재로 죽었습니다. 대다수가 비정규직이었고, 원인은 안전이 확보되지 않은 노동 환경으로 지적됐습니다. 이들이 사망한 사업장은 죽음 뒤에도 멈추지 않고 돌아갔습니다. 정부가 산재 사망사고를 일으킨 사업장들과 계약을 체결한 금액만 4년간 3천 7백억 원에 이릅니다.

2021년 10월 여수, 한 요트업체에서 배 밑에 붙은 따개비를 따는 작업을 하던 열일곱 홍모 군이 숨졌습니다. 실습생 신분이던 그는 18세 이하에겐 금지돼 있던 잠수 업무를 하던 중에 변을 당했습니다. 그 전 달엔 인천 연수구 송도 아파트에서 줄 하나에 의지해 외벽 청소를 하던 이십 대 노동자가 추락해 숨졌습니다. 로프 절단 방지를 위해 덧대야 했던 가죽이나 고무패드 대신 고무장갑을 로프 아래 덧댔다가 사고를 당한 겁니다. 구명줄 역시 설치돼 있지 않았습니다. 권고 사항에 불과했던 규정은 이 노동자의 죽음 뒤에야 강제하려는 움직임이 일고 있습니다. 2017년 엔 제주도 생수 공장에서 현장실습 중이던 특성화고 3학년 학생이 기계에 눌려 숨졌습니다. 기계가 석 달 넘게 이상 반응을 보여 전임자의 수리 보고가 수차례 있었음에도 묵살한 뒤 벌어진 일입니다.

부당한 노동 환경 가운데 사망한 자식을 둔 생존한 부모들이 '중대재해처벌법' 제정을 목놓아 부르짖었습니다. 야당은 반대하고 여당은 야당 탓만 하며 법안은 수년 동안 지지부진 통과하지 못했습니다. 5인 미만 사업장을 제외하고, 공무원 처벌 규정을 삭제했으며, 경영책임자 처벌 수위를 축소하는 등 반쪽짜리란 평가를 받는 법안과 시행령이 겨우 통과됐습니다. 그동안 또 많은 노동자가 목숨을 잃었습니다.

김 검사는 2016년 직속 상사인 전 부장검사로부터 상습적인 폭행과 모욕에 시달리다 스스로 목숨을 끊었습니다. 초임 검사로 서울남부지검에서 근무한 지 1년여 만이었습니다. 2016년 8월 검찰은 자체 감찰을 거쳐 부장검사를 해임했지만 그 내용은 공개하지 않았습니다. 형사처벌 역시 없었습니다. 부장검사가 형사고발돼 유죄 판단을 받기까지는 5년 가까운 시간이 걸렸습니다. 폭행은 인정됐으나 모욕죄는 받아들여지지 않았습니다. 법에 따라 6개월 이내에 고발하지 않은 게 이유였습니다. 아들이 왜 죽었는지, 검찰의 조사 내용을 받지 못했던 유족은 통분했습니다. 부모가 아들이 당한 일을 정확히 알게 된 건 법원 명령에 따라 검찰의 감찰 기록이 제출된 2020년 8월에 이르러서였습니다. 김 검사의 죽음은 상명하복 문화가 깊이 배어 있는, 그래서 맞고 괴롭힘을 당해도 어디다 하소연할 곳 없는 검찰 조직의 단면입니다.

직장 내 괴롭힘을 금지하는 조항이 시행된 이후 3년 동안 신고된 사건만 1만 건을 훌쩍 넘습니다. 2018년, 한 공장에선 '그만 좀 괴롭히라'는 한 맺힌 유서를 적고 숨진 이십 대 초반 노동자가 있었습니다. 홀로 외로이 죽어간 김 검사의 사망 뒤에 이 사회의 직무유기가 있었다고밖에 볼 수 없는 이유입니다.

정 군은 아버지와 중앙병원을 찾았지만 병원은 해열제와 항생제만 처방하고 귀가시켰습니다. 정 군을 코로나19 환자로 의심해서였습니다. 병원을 다시 찾았으나 열이 나는 환자에게 병상을 내주지 않았습니다. 대학병원에 겨우 입원했지만 코로나19 검사만 열세 번을 해야 했습니다. 검사 결과는 모두 음성이었습니다. 골든 타임을 놓친 환자는 끝내 숨졌습니다. 그가 죽고도 코로나19 결과가 양성이냐, 음성이냐를 두고 세간의 관심이 들끓었습니다. 언론이며 정치권은 그 결과에 따라 얻고 잃을 것을 셈하기에 바빴습니다. 환자의 부모는 아들의 죽음이 의료 공백으로 인한 것이라 확신했습니다. 감염병 발생 시 고열 환자를 거부하는 의료 체계가 살 수 있었던 자식을 죽게 했다고 믿었습니다. 실제 대구와 경상북도 지역에선 코로나19가 아닌 이유로 사망하는 사망자 비율이 평시보다 분기 수백 명 이상 늘어난 것으로 파악됐습니다. 공공병상이 코로나19 환자에게 우선으로 주어지는 데다, 감염 환자인 걸 우려해 제대로 대응하지 않는 동안 위독해지는 이가 늘어났을 가능성도 충분했습니다. 같은 시기 고열 증세를 보인 환자가 또 있었다면 그는 정 군과 다른 운명이었을까요? 그를 죽인 건 이 사회의 부족한 대응 능력이 아닐까요? 마땅히 더 잘 해냈어야 했는데 말입니다. 바로 이런 물음이 정 군의 부모를 투쟁의 현장으로 이끌었습니다.

자식 잃은 부모들이 거리로, 국회로, 정부 기관 앞으로 나와서 피켓을 드는 오늘입니다. 그 한 서린 투쟁 끝에 어떤 법은 겨우 제정되고, 어떤 법안은 뭉개지고 꺾이며, 또 어떤 것은 법안조차 되지 못한 외침으로 맴돕니다. 어느 하나의 죽음도 죽은 이들만의 탓이 아닙니다. 뜯어보면 하나하나가 사회와 권력과 자본의 문제와 깊이 엮여 있습니다. 죽은 자와 아직 죽지 않은 자, 운이 좋아 좀 더 안전한 곳에 선 자의 차이만이 있을 뿐입니다. 죽은 이가 내가 될 수 있고, 내 부모와 형제와 자식이 될 수 있음을 알고도 그리 무심할 수 있을까요.

죽은 자식을 업고 산 자들의 땅에서 싸우고 있는 부모가 있습니다. 아물지 않는 상처를 드러내고 그들이 이루고자 하는 것을 귀 기울여 들어야만 할 때입니다.

자식 잃은 어머니는 어떻게 투사가 되는가

이제 막 2020년이 될 때였습니다. 교통사고로 몇 달간의 입원을 뒤로하고 저는 복직을 앞두고 있었습니다. 지루한 병동 생활의 끝이기도 했고 무엇보다 새해였으므로, 오랫동안 연락하지 못한 인연들에게 안부를 묻기로 했습니다.

이 씨와는 딱 한 번 만난 인연이었습니다. 2019년 5월 보도된 인터뷰를 위해 취재 차 국회를 찾은 때였습니다. 너무 지쳐 보였기 때문일까요. 국회 앞에서 1인 시위를 하던 어느 장년 사내에게 다가가 말을 걸었습니다. 더위에 지친 듯 피켓에 기대섰던 그는 낯선 이의 물음을 반갑게 여겼습니다. 며칠을 오랜 시간 서 있어도 말을 걸어오는 이가 없었다고 했습니다.

그는 딸을 잃은 아버지였습니다. 어느 대학병원에서 이십 대 젊은 딸을 잃고 잠을 이룰 수 없게 되었다고 했습니다. 의료사고가 의심됐지만 지식도 없고 CCTV 영상도 없어 따질 수가 없었다고 했습니다. 그와 헤어지고 며칠이 지나도록 그의 한 맺힌 억울함이 가슴 한 켠에 남았습니다. 인터뷰를 결심하고 그가 속한 단체에 연락했습니다. 그렇게 소개받은 이가 이 씨였습니다.

이 씨는 2016년 아들을 잃었다고 했습니다. 군에서 전역하고 대학교 3학년으로 복학한 지 1년이 채 되지 않았던 때였습니다. 스물다섯 살 권 씨는 직접 찾은 서울 성형외과에서 변을 당했습니다. 권 씨가 병원을 찾은 건 사각턱을 다듬는 안면윤곽수술을 위해서였습니다. 학창 시절부터 콤플렉스였다고 했습니다. 대구에 있던 부모, 서울에서 대학을 다니던 형에겐 알리지도 않았습니다. 함께 살다시피 하던 대학교 동기에게도 수술 며칠 전 계획을 털어놓은 게 고작이었습니다. 그날이 마지막이었습니다. 권 씨는 수술 중 과다출혈로 중태에 빠졌고 끝내 깨어나지 못했습니다. 대학병원 응급실로 이송된 건 수술 후 한참이 흐른 자정 즈음으로, 이송 후에도 상태가 나아지지 않았습니다. 그는 꼬박 49일을 버티다 숨을 거뒀습니다.

아들이 떠난 뒤 이 씨는 사건을 파고들었습니다. 병원 의료진이 '법대로 하라'며 내몰아서 어쩔 수 없는 결정이었다고 했습니다. 믿을 건 어렵사리 확보한 수술실 CCTV뿐이었습니다. 무서웠다고 했습니다. 떠나간 아들이 수술대 위에 벌거벗고 누운 그 영상을 지켜보기가 두려워서 재생 버튼을 누르고 잠시 보다가 다시 멈추기를 반복했다고 했습니다. 장장 수십 시간에 이르는 CCTV 영상엔 충격적인 내용이 가득했습니다. 집도의로 보이는 사내는 뼈만 절개하고 수술실을 나갔습니다. 이내 다른 의사가 들어왔지만 얼마 지나지 않아 그도 수술실을 나갔습니다. 경찰 수사에선 당시 병원이 동시에 세 명의 환자를 수술했다는 사실이 드러났습니다. 처음부터 끝까지 책임진다던 집도의는 환자가 마취되면 뼈를 절개하고는 다른 수술실로 옮겨갔습니다. 그 대신 수술을 이어받은 의사는 이십 대로, 의학전문대학원을 졸업한 지 6개월이 지난 초짜였습니다. 인턴조차 하지 않은 그가 수술 상당 부분을 책임진다는 걸 환자들은 사전에 알지 못했습니다. 병원에 상주한다며 홍보한 마취과 의사 역시 수술실을 오가야 했으므로 각 환자가 어떤 상태인지 제대로 관찰하지 못했습니다. 소위 '공장식 유령수술'입니다.

이 씨는 확보한 의무기록지와 수술실 CCTV 영상을 비교 분석해 의료진의 주장 하나하나를 반박했습니다. 의료진이 혈액 대체제를 주사했다는 시간과 횟수 모두가 거짓이었습니다. 의료진이 전부 수술실을 비운 시간도 30분이 훌쩍 넘었습니다. 중태에 빠진 환자를 두고 의료진이 모두 퇴근하기까지 했습니다. 환자 상태가 위중하다는 걸 알고서도 큰 병원으로 바로 이송하지 않고 지체하는 모습까지 보였습니다. 이 씨는 직접 의료진을 찾아가 따져 물었습니다. 전문가들에게 감정서를 보내 답을 구하기도 했습니다. 적잖은 시간과 돈이 들었으나 물러서지 않았습니다. 경찰 수사는 2년 가까이 걸렸는데, 이 씨는 수사관보다도 열심이었습니다. 끊임없이 영상을 보고 조금이라도 의심되면 경찰에 전달했습니다.

이 씨와 제가 처음 만난 2019년 5월은 경찰 수사가 마무리되고 검찰의 기소를 기다리는 시점이었습니다. 검찰은 경찰이 기소 의견으로 넘긴 사건을 8개월째 묵히고 있었습니다. 취재해 보니 미심쩍은 부분이 많았습니다. 여기저기서 담당 검사와 병원 측 변호사가 가까운 사이란 얘기가 흘러나왔습니다. 경찰이 기소 의견으로 송치한 혐의 중 핵심적인 부분을 검사가 빼라고 요구했다는 증언까지 있었습니다. 3시간가량 이어진 인터뷰는 특별했습니다. 이 씨는 의료사고 사건에서 전문가 집단인 의사들이 얼마나 특권적 지위를 누리고 있는지, 그로부터 억울한 피해자가 어떻게 양산되는지를 말했습니다. 환자 마취 뒤 의료진이 이 수술실, 저 수술실을 오가는 이른바 '공장식 유령수술'은 비단 이 병원만의 문제가 아니었습니다. 환자가 사망한 뒤에도 법대로 하라며 유족을 내모는 의료진의 이야기도 의료사고 사건마다 반복되는 것이었습니다.

차이는 수술실 CCTV를 확보했다는 점입니다. 수사기관과 의료계 관계자들은 이 병원에서 공식적으로 발생한 첫 의료사고였기 때문이라고 입을 모았습니다. 과거 의료사고를 겪은 곳이었다면 절대로 CCTV를 원본 그대로 넘기지 않았을 것이라고, 경찰 수사가 시작되고 압수 수색이 이뤄진 뒤 일부 삭제하거나 편집본을 주었을 것이라고 말했습니다. 실제로 여러 의료사고 유족을 취재한 지금까지 저는 이 씨처럼 CCTV 원본을 그대로 확보한 유가족을 만난 일이 없습니다. 처벌도 문제였습니다. 통상 수술로 환자가 사망하거나 중태에 빠진 사건은 업무상 과실로 처리

됩니다. 처벌 수위는 높지 않습니다. 환자 마취 후 의사를 바꾼 유령수술 사건들도 마찬가지입니다. 상해나 살인이 아닌 과실이란 것입니다. 법조계에선 초범인 만큼 집행유예를 받을 거라고 내다봤습니다. 의료법 위반 없이는 의사 면허를 단 하루도 정지시킬 수 없는 게 이 나라 법이었습니다. 의료진은 당당했습니다. 과실은 있지만 중대한 잘못은 아니라는 식이었습니다. 충격적 내용으로 가득한 영상을 보고도 오랫동안 문제 될 것 없다, 다들 이렇게 한다는 입장을 고수했습니다. 어쩌면 진심으로 큰 잘못은 아니라고 믿었을지도 모릅니다.

이 씨와의 인터뷰는 오랫동안 기억에 남았습니다. 인터뷰가 끝나고 얼마 지나지 않아 교통사고로 장기 입원을 하게 된 제가 퇴원 즈음에 문득 전화를 건 것을 보면 말입니다. 전화하기 전 찾아본 언론 보도에선 검찰이 송치 1년 만에 사건을 재판에 넘겼고, 병원 원장에 대해 구속 영장까지 청구했다는 내용이 나와 있었습니다. '잘 풀렸구나' 하는 가벼운 마음이었습니다. 반년 만에 통화한 이 씨는 괴롭다고 했습니다. 담당 검사가 핵심 혐의를 모두 뺀 탓에 의료진이 제대로 처벌받지 않을 것 같다고 했습니다. 관심 가지는 언론도 없고 보도된 기사도 검찰의 입장을 대변하는 듯이 나갔다며, 괴롭고 억울한 마음을 가눌 길이 없다고 했습니다. 퇴원하자마자 이 씨를 만났습니다. 당시 제 부서는 생활경제부로, 식품과 프랜차이즈 업계를 담당하고 있었습니다. 복직 후 얼마 지나지 않아 대기업 창업주가 세상을 떠나 이 씨와 만난 건 그 장례식장 인근이었던 걸로 기억합니다. 직접 기사를 낼 생각은 없었습니다. 통화한 이 씨의 상태가 우려됐기에 일단 만나 진정시킨 후 알고 지내는 사회부 기자들과 연결하겠다는 심산이었습니다.

만남 후 저는 타사 기자들과 시민단체들을 찾아다녔습니다. 열흘 동안 접촉했지만 긍정적인 답을 한 이는 아무도 없었습니다. 의료 사건이라 다루기 어렵고, 이미 다른 언론 여럿이 다룬 바 있으며, 검찰이 기소까지 해서 문제 삼을 부분이 없다는 등의 이유였습니다. 어떤 기자가 다뤄 주기로 약속했으나 데스크에서 막은 경우도 있었습니다. 직접 사건을 다룬 건 그래서였습니다. 운이 좋아 토요일은 부서 경계를 넘어 보도할 수 있었으니, 조금 곤란하긴 해도 아예 자격이 없는 건 아니었습니다.

2020년 1월 27일부터 1년가량 오십 편이 넘는 기사를 썼습니다. CCTV 영상을 분석해 기존에 알려지지 않은 문제를 다뤘으며, 경찰과 검찰의 수사를 비판하고, 마땅한 의심들을 제기했습니다. 공판을 찾아 재판 상황을 알렸고 마음을 추스른 이 씨가 1인 시위에 나서는 과정도 곁에서 보고 보도했습니다. 이 씨만이 아니라 아버지와 형, 가깝게 지내던 친구들도 인터뷰했습니다. 수사기관 관계자와 시민단체 도움도 컸습니다. 운이 좋아 몇몇 보도가 호응이 있었고 다른 언론의 보도로 확장됐습니다. 어려움도 있었습니다. 온갖 요청에도 뻔한 대답만 하던 검찰이 정정 보도와 반론 보도를 요구한 겁니다. 의료계에서도 내용증명이 날아들었습니다. 부서 경계를 넘는 보도에 회사에서도 말이 나왔습니다. 원고지 20매가 넘는 기사에 온통 빨간 줄이 그어지고 4매짜리 단신으로 줄어들기도 했습니다.

그러나 저보다 더 고된 싸움을 하는 이가 있었습니다. 매일 법원과 검찰, 국회 앞에서 1인 시위를 하던 60대 여성, 자식을 잃고 마음까지 너덜거리던 어머니가 홀로 서 있었습니다. 하루하루 위태롭던 그녀의 눈빛에 어느 순간 빛이 돌았고, 자기 사건만이 아닌 다른 이와 세상까지 돌아보고 있었습니다. 그를 가까이서 지켜보는 것만으로 기자로선 꽤 멋진 경험이란 생각이 들었습니다.

지난해 10월, 법원은 검찰의 의료법 위반 혐의 불기소 결정이 부당하다며 재정 신청을 인용했습니다. 천 건 중 세 건 정도만 인용된다는 좁은 문을 뚫고 권 씨 사건 재정 신청이 받아들여진 것입니다. 저는 이 씨가 아들을 잃은 뒤 걸어온 5년 중 고작 1년 반을 함께 했습니다. 고단하고 버거운 싸움이었습니다. 이제 이 씨는 이 사건을 넘어 이 땅의 모든 환자들이 마땅히 누려야 하는 권익이 있다고 이야기합니다. 모든 병원 수술실에 CCTV를 달고 의료사고가 일어나면 받을 수 있어야 한다고, 환자를 속이고 권한 없는 의사가 대신 수술을 하면 과실이 아닌 상해로 다뤄야 한다고 말합니다. 강력범죄를 저지른 의사의 면허를 규제하고, 성범죄 등을 범한 이들의 이력을 환자가 알 수 있게 해야 한다고도 말합니다. 국회가 의료계의 의견을 받아 수술실 대신 수술실 입구에만 CCTV를 달자고 하자 매일 아침 국회로 나가서는 피켓을 들고 1인 시위를 벌입니다. 아예 '의료정의실천연대'라는 단체를 설립해 의료계 이익단체에 맞서 환자들의 권익을 대변하는 활동까지 벌이고 있습니다. 제 자식, 제 가족만 생각했다면 결코 하지 못했을 일입니다.

지난 1년 새 이 씨는 어엿한 활동가가 되었습니다. 피해 유족으로 절망하고 울부짖던 그가 다른 이를 돌보고 사회의 나아갈 방향을 가리키고 섰습니다. 이 씨만이 아닐 겁니다. 세월호와 가습기살균제 참사, 산업재해 사건들도 자식 잃은 부모를 거리의 투사로, 시민 사회 활동가로 만들었습니다. 그 과정은 얼마나 고되고 험난했을까요.

자식 잃은 부모가 무거운 짐을 지고 2021년 대한민국을 가로지릅니다. 그 어깨 위에 실린 짐 가운데 우리 언론의 몫이 결코 가볍지 않습니다.*

* 한국기자협회 '2021 기자의 세상보기' 우수작 수상

사시社是, 기독교 사랑

구현

무더운 날이었습니다. 그녀는 저를 만나러 부산에서 온다고 했습니다. 메일로 자료만 보내라 했건만 한사코 만나 설명을 해야 한다고 우겼습니다. 결국 그녀가 이겼습니다. 서울역 오후 2시, 약속을 잡고 말았습니다.

그날따라 취재가 늦어졌습니다. 낮 1시면 끝나야 하는 기자회견이 2시가 넘어서야 마쳤습니다. 조금 늦어질 수 있다고 연락은 했지만 1시간 가까이 늦을 줄은 몰랐습니다. 부랴부랴 약속장소로 향하고 보니 40여 분이 넘은 뒤였습니다. 카페에라도 들어가 있으라 했건만 말을 듣지 않으셨지요. 뙤약볕을 맞으며 서울역 앞 층계참에 앉아 있던 그녀가 저를 보고 일어섰습니다. 흰 머리 가득한 구부정한 노인이었습니다. 그녀가 수화기를 귀에 대고 저를 보며 손을 흔들었습니다. 그녀가 카페 테이블에 내려놓은 자료는 두꺼운 책 몇 권 분량이나 되었습니다. 판례와 각종 공문서, 법령이며 진단서, 신문 기사 따위였지요. 모두 그녀의 아들과 관련된 것이었습니다.

이야기는 2010년까지 거슬러 올라갑니다. 2010년 군에서 전역한 남성이 그녀의 아들이었습니다. 올해로 서른일곱이 됐을 그는 육군 복무 중 허리를 다쳐 일상생활이 어려웠습니다. 전역 후 부산지방보훈청에 국가유공자 등록을 신청했으나 받아들여지지 않았습니다. 보훈심사위원회에서 유공자 자격 요건에 해당하지 않는다고 판단한 것입니다. 아들은 추간판 탈출증을 앓고 있었습니다. 법령상 국가유공자 자격이 있는 장해障害입니다. 이들은 2011년 행정소송을 제기해서 2014년 처분이 부당하단 취지의 항소심 일부 승소 판결까지 받아냈습니다. 판결은 최종 확정됐습니다.

문제는 이때부터입니다. 보훈청은 이들에게 재심 신체검사가 다시 필요하다고 안내했습니다. 판결이 있다면 재심을 군이 받지 않아도 되었지만 신체검사를 다시 받도록 한 겁니다. 결과는 탈락이었습니다. 어머니는 물러나지 않았습니다. 그럴 만도 합니다. 확보한 당시 심사 서류엔 구멍이 너무 많았으니까요. 의사 문진표엔 환자가 제출한 X-ray와 MRI를 보고 검사했다고 돼 있지만 그들은 이런 자료를 제출한 적이 없었습니다. 법상 자료를 참조했다면 지방보훈청이 자료를 갖고 있어야 하지만 문의한 결과 그런 자료도 없었습니다. 어머니는 이들 자료와 함께 의사가 문진과 청진, 수진을 진행했다는 기록 역시 사실이 아니라고 말했습니다. 신체검사에 앞서 이들이 작성한 신체검사 신청서도 규격에 맞지 않았습니다. 당시 쓰여야 하는 문서 양식엔 부산보훈청과 보훈병원이 자체적으로 등급을 결정할 수 없다는 안내가 들어있었습니다. 그러나 이들이 제공받은 문서에는 그 안내 부분만 싹 삭제된 채였습니다. 안내 문구 뒤에 들어가는 담당자, 기관장 서명란을 끌어다가 윗부분에 이어서 붙였습니다. 실제로 기관은 아들의 등급을 보훈심사위원회로 보내지 않고 규정을 어기며 자체적으로 결정했으니 의심이 갈 만했습니다. 신청자가 안내를 볼 수 없도록 법정 공문서를 임의로 편집해서 제공했을 가능성이 높았습니다. 그녀는 일을 처리한 공무원과 의사들을 경찰에 고발했습니다. 직무유기며 문서 위조 같은 혐의를 적용해야 한다고 주장했죠. 그러나 이들이 처벌받을 가능성이 크지 않다는 걸 쉽게 예상할 수 있었습니다. 수사기관은 피해액이 크지 않고 고의성을 입증하기 어려운 사건에 큰 관심을 두지 않기 때문입니다.

카페에서 음료 두 잔을 시켜 두고 저는 그녀와 긴 시간 이야기를 나누었습니다. 이날 이후로도 몇 차례나 더 만나며 수십 번 통화했지요. 그녀는 제게 그들이 겪은 억울함을 말했습니다. 벌써 6년이 넘게 지난 서류들을 들이밀면서 이건 이렇고 저건 저래서 저들의 결정이 틀렸다고 호소했습니다. 그 모습을 바라보며 저는 답답해질 뿐이었습니다. '어렵다'는 생각이 거듭 맴돌았습니다. 유공자가 되고 되지 않고의 문제는 사람들의 관심을 끌기가 어려웠으니까요. 더욱이 문서를 편집하고 등급을 결정하는 문제는 애써 한참을 들여다봐야 겨우 진위를 가릴 수 있는 내용이었습니다. 하루가 다르게 터져 나오는 자극적이고 큼지막한 화제들을 두고 이런 문제를 다룬다면 노력에 비해 효과가 미미할 게 뻔했습니다. 그랬기에 여러 언론과 정치인과 변호사들이 사건을 외면한 것일 테지요.

하루 벌어서 하루 먹고사는 이들이었습니다. 제 일을 마치고 서류를 든 채 법원과 변호사 사무실, 병원과 보훈청, 경찰과 언론사, 국회의원 사무실까지 몇 번이고 오갔습니다. 끝끝내 원하는 판결을 받았으나 그러고도 다시 몇 년을 허비해야 했습니다. 틀리지 않았음에도 진상 민원인 취급을 받았고, 삶을 내던진 채 지나간 문제에 매달린 시간이 길고 길었습니다. 나라를 위해 복무한 대가로 몸이 상해 나온 아들이 그 나라로부터 당한 취급이 너무나 서러워 어머니는 오늘도 두꺼운 서류 뭉치를 들고 이곳저곳을 헤맵니다. 진상 민원인 취급을 받으며, 사소한 문제로 사람들을 괴롭힌다는 평가를 받으면서 말입니다.

부산에서 서울까지, 그녀가 저를 찾아 세 번째 올라왔을 때였습니다. 그녀가 말했습니다.

"내가 부자였다면, 아무것도 모르는 할머니처럼 보이지 않았다면 이런 취급을 받지는 않았겠지요?"

저는 그 말이 너무나 옳은 것 같아 아무 말도 하지 못했습니다.

기자로 일하는 몇 년 동안 비슷한 일을 많이 겪었습니다. 누구도 귀 기울이지 않는 문제들이 세상엔 너무나도 많이 흩뿌려져 있었습니다. 우리는 건이 작아서, 급이 낮아서, 내용이 시시하다는 이유로 아무것도 듣지 않고 지나치곤 했습니다. 어쩌다 이런 문제를 다뤄야겠다고 결심해도 기사를 내기까지 놓인 장벽이 만만치 않았습니다. "재미가 없잖아"라는 한 마디를 넘기가 얼마나 어려웠는지요. 연루자가 많거나, 높은 지위의 사람이 엮여 있거나, 수억 원에서 수십억 원씩은 피해를 보거나, 사람 한둘쯤이 죽어 나가야 기삿감이 되고는 했습니다.

알고 입사한 건 아니지만 제가 속했던 회사는 기독교적 가치관 위에 세워진 회사라고 했습니다. 사시가 '모나지 않은 정론, 기업과 함께 성장, 기독교 사랑 구현'이었습니다. 막상 구성원이 되니 사시 하나하나가 마음을 콱 막는 듯도 했습니다. '모나지 않은 정론'은 깊이 다가서 문제를 파헤치는 탐사 보도를 막아서는 듯했습니다. '기업과 함께 성장'한다는 문구는 '우리가 과연 기업의 부조리를 다룰 수 있을까' 회의하게끔 했습니다. 그러나 마지막 '기독교 사랑 구현'이 제게 숨을 쉴 틈을 주었습니다.

저는 기독교인이 아니지만, 학창 시절 성경을 몇 차례쯤 읽어 본 일이 있습니다. 개중에서 예수 그리스도의 이야기를 특히 좋아합니다. 보잘것없는 마구간에서 태어난 예수가 자라 호화로운 성전에 불을 지르겠다고 탐욕스러운 이들을 꾸짖던 대목이 얼마나 통쾌했는지요. "내 형제 중에 지극히 작은 자 하나에게 한 것이 곧 내게 한 것"*이라고 칭찬하고, 또 "지극히 작은 자 하나에게 하

* 마태복음 25:40

지 아니한 것이 곧 내게 하지 아니한 것"**이라고 호통을 치던 그의 말씀이 얼마나 감동이 되었는지 모릅니다. 저는 저 나름대로 '지극히 작은 자'를 어려움에 처한 모든 약자라고 여겼습니다. 돈이 없고, 지위도 낮고, 목소리가 좀처럼 들리지 않는 사람들 말입니다. 그런 이들에게 다가가 그 이야기를 들어준다면 그것이 사시인 기독교 사랑 구현이고, 나아가 곧 저널리즘이 되지 않을까하는 기대를 했던 것도 같습니다.

세상엔 작지만 중요한 문제가 많습니다. 누군가는 작다 하지만 실제로는 커다란 문제들도 적지 않지요. 버스에 달린 TV가 전면 안내 전광판을 가린 문제도 그랬습니다. 처음 사회부에 배치돼 일을 시작한 시절, 이제 막 수습기자가 된 후배 하나가 취잿거리를 가져왔습니다. 시내버스 전면에 부착된 TV에 대한 것이었죠. 노후화된 시내버스 대신 저상버스가 도입되는 와중에 TV가 안내 전광판을 가린 위치에 부착됐다는 겁니다. 버스는 안내 전광판과 음성 안내로 다음에 설 정류소를 알리는데, 전광판이 가려지면 음성으로만 하차 정보가 주어진다는 것이었습니다. 처음엔 이게 기삿거리가 될까 싶었습니다. 서울시와 버스회사가 어련히 알아서 할 문제가 아닌가, 그런 생각이 들었습니다. 담당자들과 통화를 해 보니 '수익성 강화'를 위한 것이란 답이 돌아왔습니다. 환승제도와 유가 향상으로 재정난에 처한 업체들이 TV를 설치해서 광고 수익을 올리려는 것이었습니다. 시에선 대수로울 게

** 마태복음 25:45

없다는 듯, 어쩔 수 없다고 말했습니다. 동료 기자들도 별반 다르지 않은 반응이었습니다. 단박에 그보다는 더 중요한 문제를 취재하라는 이야기가 나왔습니다.

그래도 어디 그만둘 수 있나요. 우선은 추가 취재를 통해 보도 가치가 있는지 검증할 필요가 있었습니다. 당장 출근길 버스를 이용하는 직장인을 섭외해 인터뷰를 시작했습니다.

"만약에 소리를 못 듣는 사람이라면 얼마나 답답하겠어요?"

취재 중 만난 한 직장인의 말이었습니다. 머릿속에 느낌표가 떠오르는 느낌이었습니다. '누군가에겐 전광판이 모든 것일 수도 있겠구나' 싶었습니다. 그저 이어폰만 빼면 음성 안내를 들을 수 있는 사람에겐 불편 정도였을 것이, 다른 누구에겐 불능이 되고 마는 것이었습니다. 청각장애인과 외국인 같은 이들 말입니다.

청각장애인들은 제가 느낀 문제를 그대로 말했습니다. 이미 서울시 시내버스 중 30퍼센트가량이 TV를 설치하고 있었기에 불편을 겪은 이들도 많았습니다. 집이나 직장처럼 익숙한 곳이라면 모를까 낯선 데선 창밖 버스 정류장에 나붙은 작은 글씨를 읽는 데 온 신경을 써야 하는 이들이 많았습니다. 당시엔 스마트폰이 막 보급되던 시절이라 인터넷으로 현 위치를 검색하기도 어려웠죠. 결국 저상버스는 피하고 아직 TV가 안 붙은 구형 버스만 잡아타는 이들도 있었습니다. 저상버스는 휠체어를 탄 교통약자를 위해 도입한 버스인만큼 청각장애인에게 새로운 차별을 불러일으키는 건 있을 수 없는 일이기도 했습니다. 서울시는 TV에도 광고 사이사이 다음 정류장 안내 문구가 나온다고 했습니다만 막상 버스에 타고 보니 집중해서 화면을 노려보아야 안내를 겨우 찾아볼 수 있을 정도였습니다. 광고 시간은 길고 안내는 짧았기 때문입니다. 심지어 안내문이 화면 하단에 작게 나오고 글씨 크기도 작았습니다. 모두 청각장애인의 불편을 전혀 고려하지 않았기에 생긴 문제였습니다.

시는 보도가 확정되고 나서야 해결책을 찾아보겠다는 입장을 전했습니다. 버스를 관리하는 조합과 TV를 관리하는 광고기획사 역시 문제가 있다는 데 동의했습니다. 이미 천여 대가 넘는 저상 버스가 전광판 앞에 TV를 달고 있었으므로 교체 작업엔 제법 비용이 들었지만 결국 하나씩 교체가 완료되었습니다. TV는 전면 중앙부에서 운전기사 뒤인 좌측 전면부로 옮겨졌습니다. 첫 보도 뒤 5년이 훌쩍 지난 지금, 서울 시내를 달리는 모든 버스에서 TV는 전광판을 가리지 않습니다.

누군가는 이 보도를 가리켜 '작은 기사'라고 말했습니다. 다룰 만한 건이 되지 않는다고 했습니다. 그러나 정말 그랬을까요. '이번 정류장, OOO'이라는 전광판 문구를 볼 때마다 저는 그 정보가 간절한 사람들을 떠올립니다. 그들이 겪고 있을 일상의 작은 필요를 떠올립니다. 좀처럼 귀에 들어오지 않는 작고 소외된 목소리를 지키는 것이 언론의 역할이라는 생각을 하게 됩니다. 낮은 곳으로 임해서, 높은 곳에 발을 딛고 서서는 결코 알 수 없는 불편들을 깨우치도록 하는 것 말입니다. 사소한 불편은 흔히 무시되고는 합니다. 그 불편을 겪는 이가 초라하게 보일 때는 더욱 그렇습니다. 때로는 가난한 백발의 노인이기도 하고, 장애인이기도 하며, 또 때로는 이주민이나 직업을 갖지 못한 취업준비생이기도 합니다. 이들이 어렵게 목소리를 내도 바꿀 수 있는 위치에 선 사람들은 쉽사리 묵살하고는 하지요. 그저 귀찮다는 게 그 이유일 때도 있습니다.

어느 날 제게 찾아온 수험생이 있었습니다. 중등 임용고시를 오래 준비한 사람이었습니다. 그녀는 본인이 치르는 시험에 부당한 점이 많다고 호소했습니다. 가장 큰 문제는 1차 시험을 치른 뒤 답안이 공개되지 않는 것이었습니다. 답안이 공개되지 않으니 수험생들은 뭐가 답인지를 놓고 일대 혼란을 겪습니다. 학원 강사마다 다른 답을 말하는 경우도 허다합니다. 전국 17개 시도교육청의 위탁을 받아서 시험을 진행하는 한국교육과정평가원은 답안도 공개하지 않은 채로 이의 신청을 받습니다. 수험생들은 뭐가 정답인지도 모르면서 문항이 잘못되었다고 이의 신청을 해야 하는 촌극을 벌입니다.

상식적으로 생각해도 단답식과 간단한 서술형 문항의 답안을 공개하지 못할 이유가 없습니다. 모범답안이나 적어도 채점 기준이라도 나와야 그걸 기준으로 수험생들이 시험을 준비할 게 아니겠습니까. 수십 대 일의 경쟁률을 기록하는 국가 주관 시험인 데다 전문 강사조차 답이 엇갈린다면 더욱 그렇겠죠. 일부 학생들은 평가원에 이의를 제기하고 청와대 신문고까지 민원을 접수하기도 했습니다. 그러나 큰 관심을 받지 못하고 묻히기 일쑤였죠.

이 문제를 시리즈로 기획해 연달아 다루었습니다. 같은 문제를 제대로 다룬 건 처음 있는 일이었습니다. 주변의 평가는 역시나 박했습니다. 고작 시험 문제인데 언론사가 집중적으로 다룰 가치가 있느냐는 것이었습니다. 취재의 대상이 된 교육청과 평가원의 반응도 다르지 않았죠. 취재에 응하는 이마다 시험을 잘 치르지 못한 학생들이 항의하는 게 어제오늘 일이냐는 반응이었습니다. 쏟아지는 민원을 진지하게 생각하는 이는 없다시피 했습니다.

전향적 변화는 없었습니다. 최종 합격 발표 전까지 1차 시험 성적을 공개하지 않던 관행 정도만 일부 개선됐을 뿐 근본적인 문제에 대해선 입을 꾹 닫았습니다. 한 달 넘게 취재에 매달리고 수차례나 보도했으나 근본적 해결을 끌어내지 못한 것입니다. 크지 않은 문제를 여러 차례 다루는 걸 어떤 기자들은 못마땅해했습니다. 누군가는 대놓고 애인이 임용고시를 준비하냐며 비아냥댔고, 가치 판단하지 못하고 작은 문제에나 매달린다고 비판하기도 했습니다. 저는 결국 성과 없이 보도를 중단할 수밖에 없었습니다. 이 말을 임용고시 준비생들에게 전하는 건 고역이었지요. 취재를 더는 이어갈 수 없게 되었던 날, 저는 수험생들이 가입된 카페에 글을 올렸습니다.

지난겨울, 처음 문제를 접하고 부당하다 생각했습니다. 기술형 문항 정답이나 채점 기준을 공개하지 않는 이유는 시험 진행상의 행정적 편의, 그마저도 아직 검증되지 않은 편의일 뿐입니다. 공개해서 얻는 이득은 5만 응시자의 당연한 권리죠. 매년 자신이 무엇을 틀렸는지, 자신이 푼 문항의 정답은 무엇인지, 자신이 경쟁자보다 무엇이 나아 합격하고 무엇이 부족해 떨어졌는지 알 수 없는 상황이 반복되는 게 제 일이 아닌데도 몹시 안타까웠습니다.

대립하는 두 가지 가치, 하나는 가치라 부르기도 민망한 것이지만, 수험생의 알 권리와 행정적 어려움이 발생할 것에 대한 우려는 동등하지 않습니다. 한 해 동안 준비한 시험에서 내가 무엇이 틀렸고 무엇이 맞았는지, 어느 부분이 부족해 합격하지 못했는지를 아는 건 당연한 권리라고 생각합니다.

그리고 그 책임은 중등학교 정규직 교사가 될 수 있는 유일한 관문을 지키고 선 자들이 져야만 하는 것이죠. 비록 그 시험이 배움 자체보다 그저 합·부를 가리기 위한 목적으로 치러지는 것이라도 말입니다. 더구나 이 시험은 응시자가 내는 수만 원의 응시료를 모아 치러지는 게 아니던가요?

지금 같은 시험이라면 응시자들이 결과에 승복하길 기대할 수 없습니다. 승복할 수 없는 시험을 위해 기약 없는 기간 동안 매진해야 한다는 건 과연 얼마만큼 힘겨운 일일까요? 심지어 그것이 꿈을 이루기 위한 유일한 관문이라면 말입니다. 지난겨울 이 문제를 알게 되고 취재하며 스스로에게 거듭 물은 질문은 이런 것이었습니다.

현행 제도가 가진 문제를 널리 알리고, 중등 임용고시를 넘어 국가고시 전체에 대한 문제 제기로 확장하고, 그로부터 마땅히 보장받아야 할 것이 단지 힘이 모이지 않고 목소리가 작다는 이유로 너무나 쉽사리 무시당하는 현실을 깨부수고 싶었습니다. 그래서 수차례 기사를 썼고 변화를 기대했지만 성과는 초라할 뿐입니다. 지난 시험 합격자 발표가 나고 교육당국 관계자에 "내년에 다시 봅시다"라고 이야기했지만 막상 때가 되니 제 상황이 허락하지 않네요. 아쉽고 미안합니다.

언젠가 수험생들의 흩어진 목소리가 모여 하나의 뜻을 이루고 큰 변화가 일어나길 기대합니다.

이번 시험이 끝나면 5만 응시자 중 정식 교사가 탄생하겠지요? 부디 지나온 길을 기억하고 희망을 이야기하는 좋은 교사가 되시길 바랍니다. 그렇지 못한 분들께도 희망과 위안이 함께하길 기원합니다.

첫 패배 선언이었습니다. 해결하기 어려워서가 아니라 문제를 제기하는 이들이 약하다는 이유로 문제가 받아들여지지 않을 수 있다는 걸 배우게 됐습니다. '자잘한 문제'에 집착한다는 평가를 받으며 제가 절감했던 건 사람들은 본인이 겪지 않은 일에는 공감하지 못한다는 것이었습니다. 공감은커녕 이해하려 하지 않고 무시하기 일쑤였죠. 오로지 비슷한 경험을 한 이들만이 조금이나마 이해하려는 태도를 취했습니다.

언론은 점점 더 실제 세상과 멀어집니다. 언론인이 한 자리에 앉은 채 세상 모두를 이해할 수 있다고 자신하는 동안, 투박하거나 약하거나 가난하거나 배우지 못한 많은 이들이 언론이 저들을 이해하지 못하며 위하지도 않는다는 걸 깨닫고 있습니다. 언론은 저도 의식하지 못한 채 편파적으로 변하고, 약자들에게 존재감을 잃어 갑니다.

"더 낮은 곳으로 임하라"라는 기독교의 가르침은 그래서 저널리즘의 본질과 맞닿아 있습니다. 더 낮은 곳으로, 더 불편한 곳으로, 더 약한 이들이 사는 곳으로 나아가야 그들의 사정이 보이기 시작하니까요. 보아야 이해할 수 있고, 이해한 뒤에 공감하게 되는 것이 인지상정이 아닙니까. 인간이란 높은 곳에 가만히 선 채로는 낮은 곳에 있는 이의 문제를 결코 이해할 수 없는 건지도 모르겠습니다.

계백장군과

자식 살해범

계백이 떠올랐습니다. 5천 명의 결사대를 이끌고 황산벌에서 김유신의 5만 병사와 맞선 계백 장군 말입니다. 제가 계백을 기억하는 건 전투가 아닌 출정 전날입니다. 그날 계백은 제 아내와 자식을 제 손으로 모두 베어 버립니다. 이를 기록한 김부식의《삼국사기》에는 처자를 베기로 한 계백이 "살아서 욕을 당하느니 쾌히 죽는 게 낫겠다"라고 말하는 대목이 나옵니다. 역사가 승자의 기록이니 확신할 수는 없다지만, 사실이라면 계백은 제 가족을 지키지도 못하면서 강제로 명을 끊은 잔인한 인간입니다.

계백이 떠오른 건 추위가 한창이던 지난해 2월, 서울 목동의 한 아파트 단지에서였습니다. 제가 사는 곳과도 그리 멀리 떨어져 있지 않던 이 아파트에서 저보다 두 살 어린 사내가 몸을 던져 죽었다고 했습니다. 15층 작은방 창문에서 떨어진 그는 개원한

지 석달이 된 한의원 원장이었습니다. 이 아파트를 찾은 이유는
그의 죽음 때문만은 아니었습니다. 그의 아파트에선 그보다 일곱
살 많은 아내와 다섯 살, 한 살짜리 아이들이 죽은 채로 발견됐죠.
사인은 모두 경부 압박으로 인한 질식사였습니다. 식탁 위엔 긴
유서가 놓여 있었고요. 몸을 던진 이가 제 가족을 모두 살해한 뒤
저마저 죽인 것이었죠. 사건을 수사한 경찰은 큰 대출금과 불어
나는 빚, 그로부터 생겨난 가족 간의 갈등이 극단적 선택의 요인
이라고 밝혔습니다.

계백을 떠올린 건 유서 속 한 문장 때문이었습니다. 유서에서
그는 제 자식들에 대한 미안함과 함께 그들을 혼자 두고 갈 수 없
어서 죽일 수밖에 없었노라고 주장합니다. 그리고는 곧장 작은
방으로 가서 창을 열고 몸을 던진 것이죠. 아내와 자식을 제 손으
로 죽이고 식탁에 홀로 앉아 긴 유서를 적어간 사내는 대체 어떤
인간이었을까요. 아내와 자식을 소유물로 여겼던 것은 아닐까요.
다만 한 가지는 분명합니다. 본인이 없는 세상에서 아이들이 제
대로 살아갈 수 없으리란 확신을 가졌단 점 말이죠. 그는 아버지
가 없고, 돈을 버는 이도 없으며, 아이들을 둘러싼 울타리까지 사
라진 세상에서 자식들이 제대로 살아갈 수 없으리라 믿었습니다.
부모가 없다고 자식들이 죽는 것은 아니겠으나 그 삶이 죽음보다
못하다고 생각한 겁니다.

부하들을 모아놓고 내지른 계백의 일성도 다르지 않았습니다.
계백은 부하들 앞에서 나라의 존망을 알 수 없어 자신의 아내와
자식은 노비가 될 것이라고 말하고는 가족을 베러 갔다고 하지

요. 계백에게 나라 없는 백성이란 치욕스러운 삶을 사는 존재였을 겁니다. 다른 나라의 노예가 되어 자긍심과 자존심을 짓밟히며 하루하루를 연명하는 운명을 벗어날 수 없다고 믿었겠죠.

특히 불쾌한 것은 계백이 처자妻子를 죽이는 데 어떤 동의도 구하지 않았다는 겁니다. 아무리 저의 죽음을 예감하고 전장으로 나간다 할지라도, 제 가족들의 삶이 어찌 될지 어떻게 함부로 판단할 수 있는 걸까요. 실패로 끝났으나 백제의 부흥 운동도 몇 년간 이어졌고 백제의 유민들도 터전을 떠나 다른 곳에 정착한 이가 적지 않은데 말입니다. 제 아내와 자식을 베고 전장으로 나간 계백의 이야기는 그 시절에도 섬뜩한 것이었나 봅니다. 야사에선 계백의 아내가 스스로 나서 죽기를 자처했다는 이야기까지 적고 있으니 말입니다. 그러나 자식들까지 그러했다는 기록은 없으니, 계백은 동의 없이 제 자식을 벤 아버지인 겁니다. 계백의 역사는 가장 잔혹한 부분만 반복됩니다. 오늘날 가족을 살해하고 스스로 목숨을 끊는 사건이 매년 최소 수십 건에 이르는 것으로 추정됩니다. 제대로 된 통계 하나 없지만 형사정책연구원이 언론 보도를 바탕으로 추린 건수에 따르면 20년간 426건의 가족 살해 후 자살 사건이 있었습니다. 매년 20여 건에 달하는 규모입니다.

가족 중 누군가를 죽이고 제 목숨을 끊는 사건의 이유는 여럿일 수 있습니다만, 자식 살해는 다릅니다. 가족 중 자식을 살해한 뒤 목숨을 끊는 사건은 그 이유가 단 한 지점으로 모입니다. 생활고와 빚, 처지 비관이 그것입니다. 아무리 열심히 해도 상황이 나빠지고, 나 혼자 죽자니 남겨진 자식이 눈에 밟혀 함께 죽는 것입니다. 한때는 유서에 적힌 안타까운 마음을 고려해 '동반 자살'이라고 표현하기도 했습니다. 그러나 최근엔 가족이라 할지라도 그 생명을 함부로 뺏는 것이 죄악이란 인식 아래 '가족 살해'임을 분명히 하고 있지요. 범죄심리학에선 살해의 동기가 남겨질 가족의 불행에 있다는 점 때문에 '이타적 살해'라고 칭하기도 합니다.

이런 사건에 대한 기사를 쓰면 반응은 몇 가지로 모입니다. 함부로 제 자식을 죽인 부모라 욕하고, 쉽게 삶을 포기한 나약함을 질타하곤 합니다. 댓글 대부분이 그렇고, 언론계 동료와 상사들의 반응도 다르지 않습니다. 사람들은 타인에게 피해를 주고 낙오한 이에게 절대 관대하지 않습니다.

기자로 일한 시간 동안 비슷한 보도를 많이 했습니다. 가족을 죽이고 자신까지 죽이는 이들이 곳곳에서 나왔습니다. 죄다 처지를 비관했고, 누구도 그들의 사정을 돌보지 않았습니다. 빚이 많았고 벌이는 턱없이 적었습니다. 제 나름으로 힘껏 버티는데 어느 순간 탁, 끈이 끊어져 버리는 겁니다. 끊어진 끈을 이어붙일 힘 따윈 이미 소진되고 없지요. 할 수 있는 선택은 정해져 있습니다. 비슷한 비극 뒤엔 대체로 비슷한 이야기들이 발견되곤 합니다. 남겨진 유서에는 하나같이 가족에 대한 애정이 묻어납니다. 네, 그렇습니다. 분노가 아닌 애정이지요. 너무나 사랑해서 남기고 떠날 수 없다는 마음이 담겨 있고는 합니다. 그 죽음들 앞에서 그 판단이 틀렸다고 말하는 건 너무나 쉽고 무책임한 일입니다. 그들은 견딜 수 있을 만큼의 고통을 견뎠고, 그 시간은 대체로 철저히 혼자였기 때문입니다. 누구라도 그들 앞에 손을 내밀었다면 조금 더 견딜 수 있었을까요. 분명한 건 누구도 손을 내밀지 않았다는 사실입니다.

하나의 사건에서 개인만을 보는 건 무책임한 태도입니다. 모든 사건엔 사회적 맥락이 있고, 비슷한 사건이 거듭된다면 사회가 미친 영향은 더욱 크고 분명합니다. '사랑해서 살해한다'는, 반복되는 유서는 모두 철저하게 고립돼 홀로 싸워온 개인들의 손으로 쓰였습니다. 그들은 외부의 어떤 도움도 받지 못하고 오랫동안 싸웠습니다. 그리고 그 끝에서 우리는 그들의 살해와 죽음, 유서만을 만날 뿐입니다. 그것도 언론을 통해 깎이고 잘린 채로 말입니다.

오늘 우리가 살아가는 세상에선 본인과 본인이 가장 사랑하는 이를 제 손으로 죽이는 사람들이 거듭 생겨납니다. 더는 그 죽음이 그들 개인의 잘못이라고 말해선 안 됩니다. 그들 앞엔 저마다 전쟁터 못지않은 잔혹한 세상이 펼쳐져 있었을 테니까요.

불행히도 오늘의 전장은 철저히 파편화돼 있습니다. 각자가 각자의 전장에서 저보다 몇 배는 더 강한 적과 맞닥뜨립니다. 원군은 없거나 아주 멀리 있는 것만 같습니다. 전투가 끝난 뒤 쓰러진 병사가 1400년 전 황산벌보다 오늘 더 많을 수도 있겠습니다.

방망이를 깎는

마
음
으
로

기사를 읽다 오기나 비문을 만나는 날이 있습니다. 하루 이틀
이 아닙니다. 단어를 틀리게 쓰고 문장을 잘못 적은 기사가 세상
엔 너무 많습니다. 때로는 눈에 띄는 부분부터 틀려 독자에게 호
된 비판을 받기도 합니다. 어서 수정이라도 하면 좋으련만 어떤
기사는 해가 가도록 틀린 부분이 그대로 남아 있습니다. 제가 쓴
게 아니고, 제가 몸담은 회사가 아니라 해도 참으로 부끄러운 일
입니다. 기자는 글로 일하는 직업이니 글에서 잘못을 범할 때가
많습니다. 기자라고 해서 모두 글에 능통한 게 아니고, 저마다 아
는 지식에 한계가 있기 때문입니다. 가끔은 시간에 쫓기다 오타
를 내기도 합니다. 한 번의 퇴고 없이 나가는 기사가 얼마나 많은
지 무엇이 정상이라 선을 긋기 민망할 정도입니다. 초단위로 경
쟁하는 온라인 세상에서 퇴고는 제법 사치스러운 일이 되었는지

도 모르겠습니다.

기자는 매일 오타나 비문과 싸워야 할 운명입니다. 내용이 아무리 좋더라도 오타 하나에 신뢰도가 추락하는 일이 비일비재하니까요. 평판이란 매우 섬세한 것이라서 한 번 틀어지면 되돌리기 어렵습니다. 그림에 잘못 튄 물감이나 음식물에 들어간 이물질처럼, 부분이 전체를 망가뜨리기 십상입니다. 그렇게 망가진 평판이 취재까지 영향을 줄지도 모를 일입니다. 악착같이 잘못을 바로잡아야 하는 이유입니다. 문제는 모두가 그렇게 생각하진 않는다는 겁니다. 당직 근무를 서다 보면 오타나 비문을 보게 되는 날이 많습니다. 많은 정도가 아니라 없는 날이 없었을 정도입니다. 당직은 다음 날 나갈 조간신문을 확인하고 새로 발생하는 사건에 대응하는 일입니다. 자연히 남이 쓴 기사를 확인해야 하는데 매일 틀린 단어나 문장이 눈에 들어오면 답답한 마음을 감출 수 없습니다.

하루에도 너덧 개의 오타를 고치고 퇴근할 때가 많았습니다. 대개 오타를 자주 내는 사람은 취재부터 기사 작성까지 엉망인 경우가 많은데, 그 모두를 일일이 지적할 수는 없는 일이죠. 그저 오타만 고치는 게 제가 할 수 있는 권한이니까요. 문제는 당직이 아닐 때입니다. 다음 날 나갈 기사를 보다 보면 아니나 다를까 오타가 수두룩한 기사가 떡하니 올라와 있습니다. 당직자가 잡아야 하는데 수정하지 않은 겁니다. 당직 근무를 하는 이가 남의 기사를 보지 않았기 때문입니다. 그럴 때면 저는 오타를 낸 이들에게 연락해서 잘못을 알리고는 했습니다. 그렇지 않으면 오타가 가득한 지면이 독자에게 배송되고 온라인에도 걸릴 테니까요. 어느 기자는 하루걸러 한 번씩 초보적인 오타를 냈습니다. '매일'을 '매질'로 쓴다거나 '검찰'을 '검철'로 쓰는 식이었죠. 그때마다 저는 그에게 문자를 보내 '기사를 수정해야 하지 않느냐'고 말했습니다. 제겐 남의 기사를 수정할 권한이 없고, 그를 건너뛰고 위에 보고하는 것도 못할 짓이니까요. 그렇다고 기사가 그대로 나가면 모두에게 얼마나 민망한 일입니까.

하루는 그가 나를 따로 불렀습니다. 부장도, 편집자도, 당직자도 모두 가만히 있는데 왜 매번 설치느냐고 몰아세우는 겁니다. 경력도 한참 긴 기자가 후배에게 자주 수정 문자를 받으니 용납하기 어려웠던 거지요. 그는 자신이 쓴 기사가 그리 중요한 것도 아니고, 문제가 크게 되지도 않으니 앞으로는 관심을 끄라고 했습니다. 포털사이트에 걸려 많이 읽히는 기사는 본인도 여러 번 다시 보니 문제가 되지 않는다는 얘기입니다. 저는 그가 왜 그러는지 알고 있었습니다. 자기가 몸담은 회사가 유명하지 않다는 것과 본인이 내는 기사가 많이 읽히지 않는 것에 늘 필요이상으로 민감했죠. 그러다 저가 하는 일이 중요하지 않다고 여겼을 겁니다. 그러니 일에 공을 들이지도, 다시 보지도 않게 된 거지요. 오타와 비문을 수시로 양산하던 어느 후배도 제게 문자가 불편하다 말한 일이 있습니다. 문자를 받은 때가 자기에겐 휴일이었는데, 그 시간엔 기사의 잘못을 지적받고 싶지 않다는 겁니다.

이런 반응은 당연합니다. 글로 일하는 곳은 글에 엄격해야 하지만, 제가 속한 곳은 그렇지 않았습니다. 틀린 문장과 단어를 써도 그뿐이었습니다. 그를 바로잡을 인력도 없고, 의지도 없었으니까요. 기자 개개인이 자신의 기사를 돌봐야만 했습니다. 기준이 관대한 순서대로 기사가 엉망이 됐지요. 어느 한 회사만의 일은 아니었을 겁니다. 오타며 비문이 주는 피해는 눈에 드러나지 않는 반면, 그것을 사라지도록 하기 위해 들일 노력은 즉각적인 비용이니까요. 그것이 우리가 읽는 기사 속에서 오타며 비문이 쏟아지는 이유입니다.

인간은 언제나 자신을 둘러싼 사회의 영향을 받습니다. 구성원은 제가 속한 조직의 영향을 받지요. 그곳의 문화와 규칙이 제 행동과 생각을 결정합니다. '다들 이렇게 해' 하는 문화가 '이렇게 해도 문제가 없더라' 하는 경험이 되는 순간, 문화는 점점 더 공고해집니다. 설사 그것이 잘못됐다고 해도 말입니다. 제가 궁금했던 건 '누군가 하는 것을 왜 누구는 하지 않냐'는 것이었습니다. 날림으로 기사를 쓰고 간단한 오타조차 바로잡지 않는 이들 사이에서, 누군가는 공들여서 기사를 퇴고한 뒤에야 내곤 했습니다. 조직으로부터 어떠한 보상도 받지 못하면서도 마치 그게 당연하다는 듯 정성스럽게 일하는 이들이 있었지요.

윤오영의 《방망이 깎던 노인》은 한국 수필 중 손꼽히게 아름다운 이야기입니다. 윤 씨는 집으로 돌아가는 길에 동대문에 이릅니다. 차를 갈아타기 위해 잠시 내린 그의 눈에 길에서 방망이를 깎는 노인이 들어옵니다. 차 시간도 남았겠다 윤 씨는 노인에게 방망이 하나를 깎아 달라 말합니다. 그런데 웬걸, 노인이 방망이 하나를 들고 늑장을 부리는 겁니다. 처음에는 빨리 깎는 것도 같더니 날이 저물도록 이리 돌리고 저리 돌리고만 합니다. 그쯤 했으면 됐다고 방망이를 내놓으라 하였더니 노인은 이렇게 말합니다. "생쌀이 재촉한다고 밥이 되냐", "안 팔 테니 다른 곳에 가서 사라"라고요. 들인 시간도 있겠다, 윤 씨는 결국 한참을 더 기다려 방망이 한 벌을 받아옵니다. 그런데 집에 그 방망이를 가져다주니 아내가 좋다고 야단이더란 겁니다. 쓰는 이는 단박에 알아보는 명품이란 것이죠.

재촉하는 손님에게도 방망이를 쉬 내놓지 않은 노인에겐 저만의 기준이 있었을 겁니다. 남은 알지 못해도 저는 아는 기준 말입니다. 그 수준을 맞추어야 제대로 된 방망이가 나온다는 것을, 저는 제대로 된 방망이를 만드는 사람이란 것을 노인 스스로가 가장 잘 알고 있었을 겁니다. 자긍심이란 건 그 원칙을 수없이 지켜내며 비로소 얻어지는 마음입니다.

자긍심을 가진다는 게 꼭 이렇습니다. 일이 잘 되든, 못 되든 그 기준이 제게 있는 것 말입니다. 누구나 이쯤에서 그만하자 싶을 때가 있습니다. 높은 산을 오를 때면 늘 힘이 듭니다. 버거운 등산에 지쳐서 오늘은 이쯤이면 되었다, 이제 내려가자 싶을 때가 있습니다. 하지만 목표를 세웠다면 압니다. 목표를 이뤘는지 아닌지 말이죠. 뜀박질을 할 때도, 매일 정해둔 횟수만큼 팔굽혀펴기를 할 때도 마찬가지입니다. 이쯤 하면 되었다고, 이제는 걸어가도 좋겠다는 유혹이 수시로 머리를 듭니다.

하루에 영어단어를 50개씩 외우고 수학문제를 20개쯤 풀자고 마음을 정했다고 가정해 봅시다. 영어단어를 40개만 외우고 수

학문제를 15개만 풀어도 누가 뭐라고 할 사람이 없습니다. 오늘은 이쯤 하고 내일 다시 하자는 생각이 수시로 들 겁니다. 그때 포기하면 말입니다. 제가 포기했단 걸 가장 빨리 아는 건 바로 자신입니다. 방망이 깎던 노인도, 본인 기사에 오타는 없다는 마음으로 꼼꼼히 퇴고하는 사람도 모두가 같습니다. 주변의 누가 어떻게 하건, 그들에겐 자신이 안다는 게 더 중요한 겁니다. 그 기준들을 포기하지 않고 넘어온 사람들만이 가진 단단한 마음, 저는 그 단단함을 무척이나 좋아합니다. 자긍심이라고, 긍지라고 부르는 마음 말입니다.

주차장에서
옷 갈아입는

간
호
사

자긍심을 갉아먹는 것들이 있습니다. 노동자의 자존감을 바닥까지 떨어뜨리고 월급쟁이 기계로 만드는 것들이죠. 소통하지 않는 조직, 업을 함부로 대하는 문화, 직원을 비용으로만 여기는 태도 따위가 그렇습니다.

2020년 1월, 인천 지역 상급종합병원을 취재한 일이 있습니다. 시작은 가벼운 계기였습니다. 일을 마치고 배가 고파 한 식당을 찾았습니다. 혼자 밥을 먹는데 옆 테이블에서 들려오는 대화가 유독 잘 들리더군요. 젊은 여성 셋이 앉아 있었습니다. 보아하니 모두 간호사인 듯했는데, 서로 본인 회사를 욕하는 데 여념이 없었습니다. 한참 듣다 보니 우열이 서서히 가려졌습니다. 단연한 명이 제일 딱한 직장에 다니고 있는 듯했습니다. 그가 한 여러 이야기 중에 기자의 관심을 끄는 것이 몇 가지 있었습니다. 특히 탈의실 이야기는 맛난 초밥도 물리고 이야기에 귀를 기울이게끔 했습니다.

유니폼이 있는 직장이 대개 그렇듯 병원에도 탈의실이 있습니다. 대형병원 특성상 탈의실도 많습니다. 보통 건물 안에 탈의실을 두는 게 보통입니다. 그런데 말입니다. 이 간호사는 제 병원 응급실 탈의실이 지하주차장에 생겼다고 했습니다. 자동차를 주차하는 바로 그 지하주차장 말입니다. 말을 듣고 가만히 있을 수 있나요. 다가가서 신분을 밝히고는 자세한 이야기를 들었습니다. 이들은 적극적이었습니다. 어디로 어떻게 가야 탈의실을 볼 수 있는지부터, 누구를 만나면 자세한 이야기를 들을 수 있는지까지 상세하게 말했습니다.

설명대로 탈의실은 접근하기 쉬웠습니다. 지하주차장에서 건물 내부로 갈 수 있는 엘리베이터 바로 앞 공간을 간이탈의실로 만들어 놨더군요. 건축 분야에선 엘리베이터 전실이라고 말하는 공간이었습니다. 엘리베이터 입구는 철제 캐비닛으로 막아놓은 채였습니다. 주차장과는 도어락이 달린 문 하나가 달랑 놓여 있을 뿐이었습니다. 누가 봐도 탈의실이 있을 만한 환경이 아니었죠. 다음 날 병원을 다시 방문했습니다. 이번엔 노조 관계자에게 연락을 취해 탈의실 내부까지 확인했습니다. 공간 가득 캐비닛이 들어차 비좁았습니다. 간단히 사진을 찍고 나와 병원 내 다른 곳도 둘러봤습니다. 금세 알 수 있었습니다. 이 병원이 직원들을 보는 시선을 말입니다. 간호사들에게 주차장 엘리베이터 앞에서 옷을 갈아입도록 한다는 건 그저 공간 부족만을 뜻하는 게 아닙니다. 건물 안에 든 수많은 것들 가운데 가장 먼저 건물 밖으로 몰아도 좋을 것이 간호사란 인식인 거죠.

소방청과 건축설계사, 노무사 등에서 법 위반 여부를 일일이 문의했습니다. 방재시설도 갖춰지지 않은 엘리베이터 전실을 개조해서 사용해도 좋은지를 문의하고, 이런 공간에서 옷을 갈아입도록 하는 게 법에 저촉되지 않는지를 확인했습니다. 자문을 거쳐 기사를 냈습니다. 2020년 1월 11일, 토요일자 기사였죠. 반향이 컸습니다. 포털사이트 메인에 올랐고 가장 많이 읽힌 기사 10위 안에 들었습니다. 방송과 다른 신문들도 앞다퉈 후속 보도를 내놨습니다. 병원과 탈의실이 검색어 1위를 기록하기도 했습니다. 병원은 주차장 탈의실이 공간 부족으로 인한 임시 공간에 불과하다고 해명했습니다. 그리고는 곧 실내에 제대로 된 탈의실을 마련했습니다. 일단 해결이었습니다.

해당 사건을 취재하며 느낀 것이 많았습니다. 한 조직이 직원들의 자긍심을 어떻게 황폐화시킬 수 있는가를 보게 된 것입니다. 인식은 행동의 틀이 됩니다. 인식이 바뀌지 않는 한 비슷한 행동이 곳곳에서 이어질 건 자명한 일이었죠. 관심을 쏟으니 여러 문제가 수면 위로 올라왔습니다. 그중 하나가 간호복 세탁 문제였습니다. 현장에서 만난 간호사들은 간호사들이 직접 간호복을 집으로 가져가 세탁한다고 말했습니다. 의사 가운은 병원에서 세탁해 주는데 피나 약품이 묻기 쉬운 간호복은 도리어 직접 세탁해야 하는 게 불합리하다고 했습니다. 금시초문이었죠. 저는 당연히 간호복도 병원에서 세탁하는 줄 알았거든요. 광역시를 대표

하는 대형병원이라면 당연한 일 아닙니까. 규정은 모호했습니다. 감염병 예방을 위해 마련된 법은 의료기관이 자체적으로 세탁해야 할 세탁물을 규정하고 있습니다. 그중 '의류' 항목이 있는데 환자복과 신생아복, 수술복, 가운 등이 그에 해당하죠. 문제는 간호복이 명시돼 있지 않다는 점입니다. 병원이 의사 가운은 세탁하면서 간호복은 알아서 빨래하게 하는 이유죠.

실태를 파악해야 하니 큰 병원들에 연락을 취했습니다. 노조에 연락을 돌리고 수도권 병원은 직접 찾아가 간호사들을 만나기도 했습니다. 보름여에 걸친 취재 끝에 전국 40여 개 병원의 간호복 세탁 실태를 확인할 수 있었습니다. 매출 순위 상위 40개 병원 중 간호사가 개별 세탁을 하는 곳이 14곳이었습니다. 간호복에 피나 환자의 타액, 오물이 튀는 일도 있지만 이들 병원 간호사들은 간호복을 집으로 가져가 빨아야 했습니다. 세탁소가 감염을 우려해 빨랫감을 받지 않는 경우까지 있었습니다. 집에 가져간 간호복을 다른 가족 옷과 함께 섞어서 빠는 일도 비일비재했습니다. 각종 의복의 병원 내 세탁을 규정한 감염병예방법의 취지가 무색했습니다. 취재를 바탕으로 설 연휴기간 동안 '병원 근무복 세탁 실태점검'이란 제하題下의 기사를 네 편 냈습니다. 대부분이 포털사이트 메인에 걸려 큰 반향이 있었습니다. 성과도 따랐습니다. 상급병원을 비롯해 일부 병원이 노조와 협의해서 간호복을 전문 세탁 업체에 맡겨 세탁하겠다고 발표했습니다. 여러 간호사분들이 메일을 보내 보도를 반겼습니다. 또 통계에 포함되지 않은 병원급 의료기관과 개인병원 종사자분들은 열악한 상황이 공론화돼 모든 간호복을 의료기관 내에서 세탁할 수 있도록 입법운동이 이뤄져야 한다는 의견까지 주셨지요.

일련의 취재 뒤 저는 자긍심에 대해 생각하게 되었습니다. 취재 중에 만난 많은 이들이 불거진 문제를 넘어 무너져 가는 자존감을 이야기하고 있었거든요. 코로나19가 확산되기 불과 한 달 전 만났던 한국 대형병원 간호사들의 자존감은 이토록 바닥을 치고 있었습니다. 감염 우려에도 병원이 간호복을 세탁하지 않는 이유는 명백했습니다. 탈의실을 제대로 된 공간에 설치하지 않는 이유나, '나오데'와 '나오이'로 불리는 고된 3교대 근무를 공공연히 부과하는 것 또한 마찬가지 이유였습니다. 간호사를 조금 더 열악한 환경에 둘수록 병원의 이익이 커지기 때문입니다.

무너진 자존감 속에서 간호사의 자긍심도 싹트기 어려워 보였습니다. 간호사를 열악한 처우로 밀어 넣는 체계가 환자들에게도 열악한 상황을 강요하고 있기 때문입니다. 효과적인 치료보다 수익을 우선하는 체계가 작금의 의료계에 공공연히 똬리를 틀고 있었습니다. 그 안에서 의사에 밀려 2등 직군일 수밖에 없는 간호사들은 별다른 역할을 하기 힘들었습니다. 이 문제는 제가 이후 의료계 문제를 취재하는 데 상당한 영향을 주었습니다.

현대 간호학의 창시자로 꼽히는 플로렌스 나이팅게일은 어떤 사람이었습니까. 상류층 가정에서 태어나 가난하고 병든 이들을 위해 일생을 바치겠다고 맹세한 사람입니다. 험한 업무로 비천한 직업으로까지 여겨지던 간호사가 되어 크림전쟁 중 병사들의 사망률을 극적으로 낮추는 데 기여합니다. 위생과 영양, 정서적 안정이 치료에 반드시 필요하다는 사실을 확신했고 열악한 상황에서도 문제를 해결했습니다. 의료 물자를 주지 않는 군수 창고를 털어 의약품을 챙겨간 사건은 아직도 유명하죠. 나이팅게일의 자긍심은 그에게 안락한 조건이 주어져 얻어진 게 아니었습니다. 그녀가 바꿀 수 있는 것들을 바꿀 수 있도록 한 체계가, 또 그 성과가 그녀에게 자긍심을 주었던 것입니다.

노동자의 목소리를 수용하지 않는 폐쇄적인 조직에선 자긍심이 자라기 어렵습니다. 맡은 일을 마음 다해 해낼 수 있는 환경에서 피어나는 것이 자긍심인데 오늘의 노동자 가운데 자긍심을 간직하며 일하는 이가 몇이나 될까요. 여기서 발견한 것은 저와 이 시대 노동자들이 처한 자긍심의 위기인 것입니다.

나의

억울함으로부터

특색 없이 막 생겨서 사진 찍는 사람이 없었을까요. 도서관을 찾아 책을 한 권 빌려 나오는 길에 봉변을 당했습니다. 도서관 외벽을 핸드폰 카메라로 찍은 게 발단이었죠. 사진을 찍고서 가던 길을 가려는데 저기 20미터쯤 떨어진 곳에서 중년 아저씨 한 명이 무어라 소리를 치는 겁니다. 오가는 사람 얼마 없고 뒤를 봐도 저뿐이라 저를 부르시는 거냐 물었습니다. 그런데 웬걸, 그가 사진은 왜 찍느냐며 고함을 치고 손가락질을 하는 겁니다. 공공도서관 외벽도 허락을 맡고 찍어야 했나 집 나간 아이를 찾을 길 없었습니다. 정신을 붙들고 찍으면 안 되는 것인지 물었더니, 자기가 도서관 관리자인데 허락을 맡지 않았다며 쏘아붙입니다. 허락을 맡으라는 건 대체 어느 법이냐고 다시 물으니 도리어 제게 찍어도 되는 법을 가져오라는 겁니다. 이쯤 되면 물러설 수 없죠. 그

사소한 변화일지라도 **189**

에게 다가가 거듭 따졌습니다. 그는 결국 물러나긴 합니다. 그런데 뒤에 남기는 말이 가관입니다.

"별 이상한 놈 다 보겠네."

덩그러니 남겨져 생각하니 참말로 이상한 일입니다. 그러니까 이 사람에게 이상하지 않은 사람이란 도서관 사진을 찍기 전에 누군지도 모르는 도서관 관리자를 찾아 허락을 구하는 사람이요, 그의 손가락질과 반말과 비합리적인 주장에도 그렇구나, 수긍하는 사람이 아닙니까. 그런 게 정상이라면 저는 기꺼이 이상한 사람일 수밖에요.

법 없는 곳에서도 어떻게든 살아남은 제가, 내 나라 내 고장 법이 선 이 땅에서 물러설 수는 없는 일입니다. 다시 도서관 안으로 들어서 행정실 문을 열었습니다. 과연 아까 그 아저씨가 기세등등하게 앉아 있었습니다. 우선 명패부터 찍고 녹음을 하겠노라 말하고는 도서관 정책과 아까의 사정을 따져 묻습니다. 미리 양해를 구하진 않더라도 외관이 아름다워 찍는다 했다면 허가할 요량이었다고 합니다. 할 말 다 했는지, 도서관 입장인 줄 알겠노라 했더니 별말 없이 그러라고 합니다.

어째서일까요. 왜 사람은 때를 만나고도 기회를 놓치는가요. 이럴 때면 장마철 못에 물이 차오르듯 까닭 모를 슬픔이 마음 가득 흘러넘칩니다.

해프닝은 결국 기사가 되었습니다. 시작은 다음과 같습니다.

평일 오전 책을 빌리기 위해 도서관을 찾은 김 모 씨는 책을 빌려 돌아가던 중 도서관 외벽을 핸드폰으로 촬영했다. 개인 SNS에 게시할 사진을 찍기 위해서였다. 그런데 10미터가량 떨어진 곳에서 한 남자가 김 씨를 손가락으로 가리키며 사진을 왜 찍느냐고 소리쳤다. 사전에 허가받지 않은 촬영이란 게 이유였다. 김 씨가 "사진 촬영을 막는 규정이 있냐"고 묻자 그는 "사진을 찍어도 된다는 법부터 가져오라"며 고압적인 자세로 일관했다. 해당 공무원은 도서관 내 행정업무를 총괄하는 박 모 행정지원과장이었다.

기사는 공공건물의 촬영을 공무원이 막을 권리가 있는지, 어떤 경우에 촬영이 금지될 수 있는지, 이어 건축저작물의 예외 등에 대한 내용으로 나아갔습니다. 요컨대 군사 기밀 등 따로 법률로 정해진 사유가 있지 않고서야 시민의 촬영을 막을 수 없다는 게 골자였습니다. 에펠탑처럼 예술성이 인정되면 예외가 되는 사례를 찾아서 함께 언급했죠. 도서관을 운영하는 서울시교육청은 잘못을 인정했습니다. 촬영을 막을 권한이 없다며 사과와 함께 주의 조치와 재교육도 약속했지요.

기사가 나간 뒤 다시 도서관을 찾았습니다. 저를 막아선 그를 찾아 면담을 신청했는데 이전과는 완전히 딴판입니다. 시종일관 저자세로 나오며 다시는 기사를 내지 말아 달라고 신신당부를 합니다. 그러면서 종일 참회 기도를 했다고 말합니다. 저와 헤어진 뒤 마음이 몹시 불편했다며 기도를 올렸다는 것이죠. 사과가 아닌 기도라는 게 어딘지 찝찝했지만 그쯤에서 매듭을 짓기로 했습니다. 어쨌든 이후론 도서관 외벽을 찍었다가 한 소리 듣는 시민은 없을 테니까요.

2020년 초, 저는 집 벽을 페인트로 꾸미느라 바빴습니다. 잡지에서 본 어느 색상이 제 눈을 확 잡아 끈 탓이었습니다. 세계적인 색상 연구업체 '팬톤'이 그해의 색으로 내놓은 '클래식 블루'였습니다. 저는 집 벽면마다 줄 하나를 가로로 죽 그어 놓고는 아래는 클래식 블루, 위는 스노우 화이트로 칠하기로 했습니다. 바다와 하늘을 보듯이 두 색으로 칠해진 벽면이 마음을 편하게 해주길 원했습니다. 마침 팬톤의 색상을 페인트로 제조해 파는 업체가 한국에도 있었습니다. 저는 업체에서 페인트를 여러 통 사와서는 곧장 칠하기 시작했습니다. 작업은 며칠이고 계속됐습니다. 방 하나를 남겼을 즈음이었을 겁니다. 사둔 페인트 중에 클래식 블루가 똑 떨어졌습니다. 작은 통 하나쯤은 더 샀어야 했는데 조금 부족하게 계산한 겁니다. 저는 근처 매장을 찾아 같은 품번의 클래식 블루 제품 한 통을 구입했습니다.

문제는 그때부터였습니다. 집에 돌아와 페인트를 칠했는데 전에 칠한 부분과 새로 칠한 부분이 완전히 다른 색이 나는 게 아니겠습니까. 회사는 물론 제품명과 품번까지 동일하고 배합 비율도 같았는데 말입니다. 적어도 푸른색과 퍼런색 정도의 차이는 났습니다. 당황했지요. 본사에 연락을 했더니 '대리점에 문의하라'는 답이 돌아왔습니다. 조색은 대리점이 알아서 하는 것이고 본사는 자세한 사정을 알 수 없다는 겁니다. 이런 경우 어떻게 처리되느냐 물으니 따로 매뉴얼도 없다고 했죠. 이번엔 새로 페인트를 사온 매장에 전화를 걸었습니다. 페인트를 샀는데 너무 다르다, 어떻게 된 것이냐고 물었죠. 주인은 자기네 제품은 이상이 없다며 먼저 산 매장에 따지라고 했습니다. 그러고 보니 제가 처음 온라인에서 본 색상은 두 번째 매장 제품과 더 비슷한 것도 같았죠. 곧장 처음 산 매장에 찾아갔습니다. 이 매장은 한 술 더 떠 원래 그렇다는 말을 어쩌나 많이 하던지요. 조색하는 기계가 매장마다 다르니 색도 다 다른 게 당연하다며 원래 페인트 사는 사람들은 한 매장에서 사는 게 기본이라고 했습니다. 책임자는 저처럼 따지러 온 사람을 처음 겪는다며 페인트를 전혀 모르는 사람이나 하는 항의라고 도리어 몰아세웠습니다. 이 매장 곳곳엔 집을 페인트로 가꾸라는 셀프페인팅이나 홈페인팅, DIY 같은 문구가 적혀 있었습니다. 그들은 모두 전문가일까요. 결론은, 제 잘못이란 겁니다. 페인트는 한 매장에서 처음 살 때부터 넉넉하게 구매해야 한다는 거죠. 아무리 색상과 품번이 같아도 매장마다 전혀 다른 색이 나오는 것도 당연한 일이니까요. 심지어는 세계적인 색상회사가 '올해의 색'으로 선정했다고 대대적으로 광고한 페인트일지라도 말입니다.

보통의 소비자가 할 수 있는 거의 모든 수단, 그러니까 법적대응을 하는 걸 제외하고는 할 수 있는 모든 항의를 다 한 뒤 저는 제가 할 수 있는 가장 효과적인 수단을 꺼냈습니다. 기사를 쓰는 것이었죠. 체험기 형식으로 한 편의 기사를 쓴 뒤 한 언론사에 글을 기고했습니다. 반응은 즉각적이었습니다. 본사 높은 분이 직접 전화를 걸어와서는 기사에 등장하는 상호부터 이런저런 부분들을 바꾸어줄 수 있냐고 물었죠. 배상과 지원책도 제안했습니다. 한 명의 고객으로 그토록 정중하고 꾸준하게 문제를 이야기했을 땐 겪지 못한 대응이었습니다. 고심 끝에 거절하고 처음 산 것과 동일한 페인트 한 통을 받는 것으로 일을 매듭지었습니다. 고객지원센터를 마련해서 비슷한 일이 일어나지 않게 해달라고도 부탁했습니다.

세상엔 사소한 억울함이 널려 있습니다. 억울한 일을 겪었는데 어디 하소연할 수 없어 속으로 삭일 수밖에 없는 상황이 많습니다. 남이 보기엔 큰 일 아니니 참고 넘어가라 하지만 본인은 억울하여 넘길 수 없는 때가 분명히 있는 것입니다. 불행히도 억울함은 억울함을 풀 길 없는 이들에게 집중됩니다. 그저 가격만 물었는데도 꼬챙이에 등을 꿰뚫린 물고기가 저울 위로 올라가는 모습을 현지 사투리를 쓰는 사내들은 겪지 못합니다. 반면 여행을 온 티가 팍팍 나는 젊은 여성들은 쉽게 마주할 수 있는 광경이지요. 카센터에서도, 렌터카 회사에서도, 부동산에서도 비슷한 일이 수도 없이 많습니다. 여성과 사회 경험 없는 대학생들이, 기댈 곳 없어 보이는 남루한 차림의 사람들이, 군인들이, 외국인들이, 노인들이, 그렇지 않은 이보다 몇 배는 더 많은 억울함과 마주합니다.

당해 보지 않으면 모릅니다. 인간이란 직접 겪지 않은 일에 공감할 수 없으니까요. 사람이란 결국 제가 선 자리에서 느끼고 생각하는 존재입니다. 고통을 겪은 적 없는 이는 타인의 고통에 충분히 공감하기 어렵습니다. 억울함에 대해서도 마찬가지입니다. 고백하자면 저 역시 그랬습니다. 하늘 아래 법이 있는데 어디 가서 억울한 일을 당하고 가만히 있는 게 문제가 아닌가, 그렇게만 생각했습니다. 제가 야무지면 어디 가서 손해 볼 일을 당하지는 않을 거라고 말입니다. 그 생각이 깨진 건 내 나라를 떠나 일을 하게 되면서였습니다.

자동차운반선을 타고 여러 나라 항구들을 들르며 저는 약자가 처하는 수많은 억울함을 보게 되었습니다. 하루 일정이 뭉개지면 수천만 원씩 손해를 보게 되는 상선은 각 나라 관료들에게 밥이 따로 없었죠. 온갖 트집을 잡아 뇌물을 요구하는 이들에게 대응하는 것도 항해사의 역할이고 역량이 되었습니다. 회사에서도 이런 일에 대비해 일정과 예산을 짜지만 예기치 못한 짜증이 닥칠 때가 부지기수입니다.

누구나 약자가 될 수 있습니다. 작은 행동 하나를 트집 잡아 입항을 위한 검사를 거부하거나 벌금을 매기겠다고 뒷돈을 요구하는 일에 대응하는 건 상당히 불쾌한 일입니다. 언젠가는 경찰이 권총집을 만지며 제가 찬 시계를 차보겠다 요구하거나 세관 직원이 담배 몇 보루를 가져가며 더 챙겨 주지 않으면 곤란하게 할 거라고 협박한 날도 있었지요. 그 모든 억울함 속에서 가장 화가 났던 건 일방적으로 누군가가 당하기만 하는 구조였습니다. 어떤 일을 해도 상대가 제게 해를 입히지는 못하리란 것을 아는 이는 끝없이 무례하고 오만해집니다. 그런 일을 겪고 있을 적 누군가 일을 바로잡을 수 있다고 알려 주었다면 저는 기꺼이 그 손을 잡았을 겁니다.

도서관 촬영을 가로막고 정당한 항의까지 모욕적인 태도로 묵살하는 공무원이 어디 제가 겪은 한 명 뿐일까요. 광고한 것과 다른 걸 팔아치우고 항의하는 소비자 탓으로 몰아가는 업체가 또 어느 한 곳 뿐이겠습니까. 세상엔 억울함이 수도 없이 많습니다. 매일 아침 메일함을 열 때마다 확인하는 제보들 중에서도 그런 억울함이 적지 않았지요. 억울함이란 위험한 감정입니다. 스스로 보기엔 부당한데 어느 누구도 귀를 기울이지 않을 때, 그래서 해소할 수 없게 된 감정이 묵어서 억울함이 됩니다. 누구도 이해하지 않는 억울함은 점점 단단해지다가 뜨거워집니다. 따로 해소할 방도가 없으니 파괴적으로 분출되기 쉽습니다. 상대를 부수지 못하면 나를 부수고, 끝내 가슴에 한으로 남아 스스로를 갉아먹습니다. 해소되지 못한 억울함이 떠다니는 세상, 그런 세상은 대체 얼마나 불안한 것인지요.

기자는 남의 억울함을 풀 수 있는 일입니다. 언제나 풀 수야 없겠지만 적어도 귀를 기울이고 함께 돌을 던질 수는 있지요. 그런 직업이 세상에 그리 많지는 않습니다. 사람과 사람들이 멀찌감치 떨어져 서로를 이해하지 못하는 이 차가운 세상에서 남의 말에 귀를 기울이는 직업이란 얼마나 귀한가요.

절이 싫으면

중이 떠나라

"절이 싫으면 중이 떠나라."

저는 이 말만 들으면 속이 뒤집어집니다. 대체 누가 만든 속담인지 모를 이 말이 나라를 망치고, 조직을 망치고, 개인까지 망치고 있으니까요. 말에는 힘이 있습니다. 말대로 이루어지는 힘 말입니다. 그냥 말도 아니고 세대를 건너 쓰이는 속담이라면 그 힘이 훨씬 강합니다. 삶의 지혜라도 되는 양 은근하면서도 강력하게 사람의 삶을 밀고 끕니다.

찬찬히 생각해 봅시다. "절이 싫으면 중이 떠나라"라는 말의 청자는 뜨내기 나그네가 아닙니다. 출가를 결심하고 행자로 수행한 뒤 계를 받은 스님이거나, 그 과정 어디쯤 있는 누구입니다. 적어도 일단 출가해 절에 사는 불가의 구성원이란 뜻입니다. 그런 이에게 절에 먼저 몸담은 누가 다가와서 이렇게 말하는 겁니다. "여기가 싫으면 네가 떠나야지". 싫다는 건 마음에 들지 않는다는 겁니다. 내 마음에 절이 맞지 않다는 것이지요. 제 발로 찾아와 수행을 거듭하는 중의 마음에 절이 왜 들지 않았을까요. 중이 틀렸거나 절이 틀렸거나, 둘 중에 하나 아니겠습니까.

석가모니는 일찍이 "오직 자기 자신과 법을 등불 삼아라"라고 말했습니다. 애초에 절을 등불 삼으란 말은 없습니다. 인간성과 세상의 규칙은 변하지 않지만, 절이야 언제고 타락할 수 있음을 내다본 겁니다. 절에는 사람이 많습니다. 개중엔 돌봐야 할 것을 돌보지 않는 땡추들도 있습니다. 절이 싫으면 왜 싫은지를 법과 자신에 비추어 들여다봐야 하는데, 그냥 싫은 네가 떠나라고 윽박지르는 게 땡추입니다. 자기 자신은 떠나지 않고서 문제를 말하는 이들만 떠나보내니 절은 갈수록 타락할 뿐 나아지지 않습니다. 절을 싫어한 중이 있다면, 그래서 마음에 안 들면 네가 나가라는 말을 들은 중이 있다면, 그는 십중팔구 절이 아닌 땡추들과 그들이 만든 문화를 싫어한 것입니다. 절을 포기하고 떠나는 순간 절은 땡추들의 것이 되지 부처의 것은 되지 못하겠지요.

석가모니 식으로 말하자면 언론사 기자에겐 두 개의 등불이 있습니다. 하나는 저널리즘이고, 다른 하나는 자긍심입니다. 독자와 시민에게 충성하려는 마음과 그 마음을 지키자는 내면의 목소리입니다. 불행히도 현실에선 등불이 잘 보이지 않습니다. 어둠은 짙고 빛은 흐릿하니까요. 땡추들은 자주 다가와 떠나라고 말합니다. 큰 회사로 가라, 종합지로 가라, 사회부가 강한 곳으로 가라, 진보지로 가라, 사주 없는 곳으로 가라, 기업 광고 덜 받는 곳으로 가라, 뭐 그런 식이죠. 충고의 끝은 대체로 같습니다. 여기서는 안 된다는 겁니다. 아예 "여긴 언론사가 아니야"라고 자조하는 이들까지 있었습니다. 그런 말을 듣다보면 어느 순간 정신이 멍- 해지곤 합니다. 어쩌면 이곳은 진짜 언론사가 아니고, 나 홀로 팔수 없는 우물을 파고 있는 건 아닌가 싶은 겁니다.

"너 때문에 내가 얼마나 피곤한 지 아냐"고 수시로 질책하던 이가 있었습니다. 제 기사는 너무 위험하다며 빨간 펜을 들고서 원고지 20매 분량 기사를 4매쯤으로 자르던 이도, 제 기사 보기가 무섭다고 고개를 절레절레 흔들던 이도 있었습니다. 여기가 아니다 싶으면 기자가 떠나야 하는 걸까요. 절이 싫어 떠난 중은 제게 맞는 다른 절에 정착할 수 있을까요.

2년 넘게 토요일마다 기사를 썼습니다. 마지막 몇 달 동안엔 '김 기자의 토요일'이라고 따로 이름까지 붙였습니다. 여러 사건을 다뤘지만 가장 집중한 건 의료계 유령수술 문제였습니다. 의료계는 물론 검찰의 비위와 유령수술에 안이한 법제도까지 두루 다룰 수 있는 사안이었기 때문입니다. 사건을 다루다 보니 곳곳에서 항의가 들어왔습니다. 기사가 사실과 다르다며 소송을 하겠다거나 언론중재위원회에 제소하겠다는 얘기, 정정 보도나 반론 보도를 요청한다며 공문을 보내고 항의 전화를 하는 곳도 자주 만났습니다. 대부분은 어찌어찌 넘겼으나 따로 불려가 싫은 소리를 듣는 날도 많았습니다.

누군가는 대놓고 말합니다. 저 때문에 불편하다고요. "네 기사가 문제될 것 같은데, 책임지고 싶지 않다"라고 말합니다. 이런 경우는 차라리 편합니다. 충실히 취재한 거니 문제가 되지 않을 것이라고 항변하고 설득하면 되니까요. 화가 나는 건 이런 경우입니다. "내가 너를 아껴서 말하는데, 이 회사가 그런 곳이 아니다"라거나 "소송 걸리면 위에서 안 좋게 본다. 다 널 걱정해서다"라고 막아설 때입니다. 뭐가 잘못됐다고 지적을 하면 따져볼 수라도 있을 텐데 여긴 그런 곳이 아니라니 대응할 방법이 없습니다. 쓸데없이 소문을 전하는 이들도 많습니다. "다들 네 욕을 얼마나 하는지 아냐"라거나 "이런 보도를 하니 다들 너를 안 데려가려고 하지"라는 식입니다. 이런 말을 들으면 여간 신경이 쓰이는 게 아닙니다. 대단히 인정받으려는 생각까진 없더라도 조직 안에서 욕을 먹는 게 유쾌한 일은 아니니까요.

아주 없는 말이야 아니었을 겁니다. 각자의 취재 분야가 출입처로 철저히 구분된 가운데서 출입처를 넘어 취재하는 일이 잦으니 불평은 예고된 것이었습니다. A부문의 폐해를 다루면 A부문을 출입하는 기자가, B부문을 다루면 B부문 출입기자가 따로 연락해서 경고하는 일도 잦았습니다. '네 영역이 아니니 손을 떼라'는 것입니다. 손을 뗀다고 그가 대신 다루는 것도 아닌데 말입니다. 그러니 손을 뗄 수는 없는 일입니다. 언론계 관행보다 중요한게 독자이고 시민에 대한 충성이니까요. 그것이 제가 숭상하는 저널리즘이고 말입니다.

저는 10여 년 전 강원도 화천에서 군 생활을 했습니다. 최전방비무장지대와 마주해 GOP에서 경계근무를 섰습니다. 임무는 섹

터라 불리는 담당 철책선을 관리하며 혹여 있을지 모를 적의 침입을 경계하는 것이었습니다. 하지만 이는 명목상 임무였습니다. 일단 초소에 들어서면 병사들은 전방이 아닌 뒤를 향해 섰습니다. 특히 어둠이 깔린 밤 시간대엔 야시경을 차고 후방을 감시하는 데 온 신경을 쏟았습니다. 이유는 분명했습니다. 북한군은 거의 내려올 일이 없는 반면, 병사를 감시하는 장교들은 언제고 올 일이 있을 테니까요. 병사들은 장교들의 기습적인 점검을 두려워했습니다. 일부러 소리를 죽이고 접근한 뒤 알아채지 못하면 얼차려를 시키는 이들이 있었기 때문입니다. 전방만 주시하면 낭패를 보기 십상이었습니다. 결국 병사 둘 중 한 명은 후방에 온 신경을 집중하는 게 당연한 일이 되었습니다. 그 일은 대부분 후임병 몫이었고요. 그런데 한 후임이 말썽이었습니다. 다른 녀석들은 후방을 감시하라 하면 하는 흉내라도 내는데, 이 녀석은 꼭 본인이 전방을 봐야겠다고 우긴다는 겁니다. 그러던 중 제가 그와 함께 근무에 들어가게 됐습니다. 그는 뒤를 보라는 제 말에 역시나 앞을 보겠다고 답하더군요. 적은 아군 장교가 아니라 북한군인데 어째서 계속 뒤만 감시해야 하냐는 겁니다. 얼마 전 그의 조가 뒤에서 온 장교를 잡지 못해 얼차려를 받았음에도 앞만 보겠다고 우겨대니 그 고지식함을 알만도 했습니다.

지금 다시 그 초소 안으로 돌아간다면 어떻게 할지를 생각해보곤 합니다. 기습하듯 초소를 털어 병사를 괴롭히는 장교들에게 문제를 제기하는 게 옳기야 했을 겁니다. 하지만 그러긴 어려운 일이지요. 밉보여서 휴가를 잘리거나 본보기로 얼차려를 받고,

매 근무마다 기습당할 목표물이 되지나 않으면 다행일 테니까요. 제가 선택한 건 윽박지르는 것이었습니다. 여긴 군대다, 그중에서도 장교들이 왕으로 군림하는 고립소초다, 그들이 어떤 인간인지를 봐라, 어차피 여긴 안 되는 조직이다, 그러니까 닥치고 뒤나 봐라, 로마에선 로마법을 따르고, 똥은 더러워서 피해야 하고, 절이 싫으면 중이 떠나야 하는데 여긴 그러면 탈영이니 입 다물고 뒤나 보라고, 뭐 대충 그러고 만 겁니다. 그때 제겐 그 비판을 받아들일 자신이 없었습니다. 따지고 보면 그 후임의 주장이 틀린 것도 아닌데 말입니다. 윽박지르는 건 쉽고 변화하는 건 어려우니 쉬운 길을 택한 것이었죠.

조직에 대한 비판이란 그것이 옳을 때조차도 부담스런 일입니다. 스스로 변화를 줄 수 없는 일개 관리자 입장에선 더욱 그렇습니다. 그 결과가 "절이 싫으면 중이 떠나라"라는 윽박지름입니다. 변화를 거부하는 수구守舊적 선언입니다. 그러나 나아갈 길은 그 모든 윽박지름과 수구적 선언을 넘어선 곳에 있단 걸 모두가 알고 있습니다. 중이 싫어한 절도 절입니다. 석가모니며 관세음보살이며 여러 부처와 보살을 모시고 불공도 들이는 성전입니다. 불가의 가르침을 전파하고 스스로를 수양하는 터전이기도 합니다. 땡추의 한 마디에 '에라 모르겠다' 하며 떠나는 중이 있다면 그 역시 애초부터 제대로 된 불자는 아닌 거라고 저는 그렇게 믿습니다. 누군가 절에 몸을 담은 채 그 절을 싫어한다면 저는 그야말로 절을 사랑하는 인간이라고 생각합니다. 절을 아끼기에 떠나지 않고 절 안의 삿된 것을 노려보는 것이겠지요. 무책임하게 떠나기는 쉽지만 싫어하며 남아 고치기란 어려운 일이지 않던가요.

멈춰서 조금씩 타락하는 조직이 있다면 바로 그런 이에게서 희망을 구해야 마땅합니다. 조직을 아껴 타락을 막기 위해 끊임없이 대안을 말하는 사람, 조직을 망치는 것을 가려내고 마음껏 싫어하는 이 말입니다. 주변 모두가 불도에 관심이 없을지라도 제가 선 자리에서 선을 다하는 인간, 그로부터 제 긍지를 지켜내는 사람이 어딘가에는 꼭 한 명쯤 있으리라 믿습니다. 제가 되고 싶었던 것도 바로 그런 존재였습니다.

소박한

희
망
을

IV

관심은 애정이 된다

"'호기심'과 '궁금증'의 차이를 아세요?"

어느 모임에서 질문을 받았습니다. 호기심이 궁금증이지 그게 뭐가 다른가 물으니 그는 자기가 읽고 있는 책에서 두 가지를 구분해 놓았다고 하더군요. 호기심에는 온도가 없는데 궁금증에는 있다나요. 단어 두 개를 놓고 가만히 생각하니 참으로 그랬습니다. 호기심은 마음에 떠오른 파장일 뿐이지만 궁금증은 마음이 움직이는 상태니까요.

카페에 가만히 앉아 있다가 누군가 들어오는 걸 봅니다. 들어서는 그가 왠지 끌립니다. 그때 우리는 호감이 간다고 말하지 좋아한다고 하지는 않습니다. 그 이성이 제 테이블에 마주앉습니다. 그와 이야기를 나누다 보니 참 괜찮은 사람이란 생각이 듭니다.

다시 만나 그를 조금씩 알아가고 싶습니다. 좋아하는 감정은 그렇게 마음에 들어섭니다. 조금씩 애정을 키우다 어느 순간 사랑하게 될지도 모를 일입니다.

앞서 호기심이란 머무른 마음에 파장이 인 것이라 했습니다. 궁금증은 그 마음이 움직이는 상태라고 했지요. 호감과 애정도 그렇습니다. 호감은 멈춰 있는데 애정은 움직이지요. 좋아한다는 건 멈췄던 마음이 대상에게로 움직이며 빚어집니다. 마음이 움직인 뒤에야 열기가 일어나니, 호기심엔 온도가 없으나 궁금증에는 있다는 말이 맞습니다. 뜨겁다는 표현이 호기심보다는 궁금증에, 호감보다 애정과 잘 어울리는 이유입니다.

기자라는 직업은 마음에 열기가 있어야 잘 해낼 수 있습니다. 호기심보다는 궁금증이, 호감보다는 애정이 더 어울리는 직업입니다. 기자가 하는 일은 아직 알려지지 않은 문제를 세상에 알리는 것인데, 그 문제란 게 죄다 남의 일입니다. 돌고 돌면 내 일이기도 하겠으나 일단 내가 먹고사는 문제와는 멀찌감치 떨어져 있을 때가 많습니다. 발품을 팔며 들리지 않는 목소리에 귀를 기울이고, 그것을 다시 읽기 쉬운 언어로 전달하는 일입니다. 몸도 마음도 여간 피곤한 게 아닙니다. 그 고단함을 기꺼이 무릅쓰려는 마음은 단순한 호기심과 호감 너머에, 말하자면 궁금증과 애정 곁에 있습니다.

저는 제가 형편없는 기자였단 걸 알고 있습니다. 기본적인 대화도 매끄럽게 이끌지 못하는데 해내야만 했던 취재며 인터뷰들은 오죽했을까요. 이유는 분명합니다. 제가 저 아닌 다른 무엇에

별 관심이 없었기 때문입니다. 기자가 다루는 일은 죄다 남의 일인데, 좀처럼 관심이 생기질 않았습니다. 그런 일에 관심을 보이는 이들은 제 일과 남의 일을 구분하지 못하는 오지랖 넓은 종자거나, 세상만사가 죄다 재밌기만 한 철없는 사람이라고 생각했습니다. 저는 그 두 부류에 해당하지 않는다고 믿었습니다. 저는 일생을 남에게 관심을 갖지 않고 살았습니다. 학창시절엔 그 흔한 아이돌 한 번 좋아한 적 없습니다. TV도 보는 편이 아니라 주변에서 예능프로그램이나 드라마를 이야기할 때도 잘 끼지 못했습니다. 친구가 아예 없는 건 아니었으나 삶에 큰 부분을 차지하지도 않았습니다. 제가 누구를 궁금해 하는 일도 얼마 되지 않았습니다. 학교 안팎을 떠도는 풍문이나 세상 돌아가는 일도 마찬가지였습니다.

기자라는 직업은 도통 저랑은 맞지 않는 것 같았습니다. 처음엔 제가 관심 있는 일만 취재하면 될 줄 알았는데 전혀 그렇지 않았거든요. 오늘은 이거 해라, 내일은 저거 해라 하는데 태반이 영 관심이 가지 않는 일이었습니다. 그러다 너는 왜 이런 문제들엔 관심이 없냐며 타박까지 받고, 관심이 없는데 이유가 있을 리가 없지요. 관심이 생기지 않아서 없는 거니 말입니다. 주변엔 궁금증이 넘치는 이들이 많았지요. 하고 많은 직업 중에 기자를 고른 이들이 모였으니 당연한 일이기도 했습니다. 그 많은 사건을 제 일처럼 여기며 이러쿵저러쿵 떠드는 이들 사이에서 저는 조금씩 질리기도 했습니다. 어차피 며칠 뒤면 아무도 기억하지 못할 사건인데 어째서 제 일처럼 목을 매는 건가 그런 생각을 할 때도 많았습니다.

변화는 작은 곳에서 시작됐습니다. 배에서 내리고 2년 만에 돌아온 언론사에서 조금 더 나은 발자취를 남기고 싶다는 각오를 세운 참이었습니다. 일단 뭐든 더 잘 하려고 했습니다. 우선은 까다로운 인터뷰를 잘 해내는 것부터 출발하기로 마음먹었습니다. 저를 만나길 원치 않는 취재원, 호기심을 끄는 구석이라곤 찾아볼 수 없는 인물들에게서도 쓸모 있는 무엇을 짜낼 줄 아는 기자가 되려고 했습니다.

그간 저는 판단이 빠른 걸 미덕으로 알고 살았습니다. 어느 자리에서 누구와 만나도 금세 '이 자리는 이런 곳이구나', '이 사람은 이런 인간이구나' 하고 남보다 빨리 파악하는 걸 재주라고 여겼습니다. 재주를 기를수록 판단은 빨라졌고 조금씩 정교해진다고 느낄 때도 있었습니다. 존경하는 윌리엄 시드니 포터가 말하길 "뉴욕에서 알 가치가 있는 사람이 4백만 명"이라고 했는데, 저는 오랫동안 그 말을 비웃었습니다. 이 세상엔 진정으로 알아볼 만한 사람은 얼마 되지 않는다고 확신했습니다. 그런데 배를 타고 보니 전혀 다른 세상이 펼쳐졌습니다. 종일 똑같은 이야기만 해서 사람을 질리게 하던 타수가 제 쉬는 시간을 들여 미끄러운 계단에 고무를 씌우는 모습을 보게 됩니다. 매번 불평불만을 쏟아내던 이가 누가 아플 때 가장 먼저 약을 가져다주는 걸 알게 됩니다. 기본적인 업무조차 능숙하게 하지 못하는 무능한 이가 갑판에 떨어진 다친 새를 치료하는 광경을 지켜봅니다. 육지라면 짜증내며 상종하지 않았을 이들에게 예기치 않은 미덕을 발견하게 되는 순간이 문득 있었습니다. 그건 곧 나의 부족함을 알게 되는 때이기도 합니다. 인간에 대한 판단은 어쩌면 느리면 느릴수록 좋은 것이 아닌지, 오래 보아야 마침내 드러나는 아름다움이 있는 것은 아닌가 하는 깨달음에 이르고야 말았습니다. 5천만 명이 살아가는 이 땅엔 알아볼 만한 인간이 꼭 그만큼 많은 건지도 모르겠습니다.

다시 기자가 된 뒤 업무와 별개로 토요일마다 기사를 썼습니다. 부서의 경계를 넘어 허용된 재량을 최대한 활용해 기사다운 기사를 써보기로 마음먹은 겁니다. '플레이어'와 '매직스피커'라는 인터뷰 프로젝트로 시작해, 토요일마다 연재되는 '김 기자의 토요일' 코너를 2년 동안 이어갔습니다. 전이라면 생각지 않았을 일입니다. 추가수당이 있는 것도 아닌데 아까운 토요일을 들여가면서까지 일을 하다니요. 하지만 아깝다는 마음은 들지 않았습니다. 진짜 하고 싶은 게 무엇인지 이제는 알고 있었으니까요. 그렇게 다룬 기사들이 수백 편이 됐습니다. 소외되고 조명받지 못하던 목소리들을 하나씩 찾아 들었습니다. 어떤 기사는 실패했고, 어떤 기사는 성공했습니다. 때로는 목적한 것이 이뤄졌고 때로는 근처에도 가지 못했습니다. 하지만 그런 건 중요하지 않았습니다. 실패한 기사든 성공한 기사든 다음 기사를 더 나아지게 했으니까요. 얼마나 나아갔는지보다 나아가고 있다는 사실을 중요하게 여겼습니다.

신기한 건 관심을 가질수록 더 큰 관심이 생겼다는 겁니다. 잘 알려고 할수록 더 잘 알게 되고, 잘 보려 할수록 더 잘 보이는 선

순환이 이뤄졌습니다. 일찍이 빈센트 반 고흐는 동생 테오에게 쓴 편지에서 "더 적극적인 사람이 더 나아진다. 게으르게 앉아 아무것도 하지 않느니 실패하는 쪽을 택하겠다"라고 말했습니다. 거듭된 실패에 밑바닥의 밑바닥까지 추락하면서도 다시 한 번 일어서기를 선택한 사내가 바로 그곳에 있었습니다. 더 적극적인 사람이 더 나아진다는 건 참으로 맞는 말입니다. 자꾸 들여다보면 관심이 생기고, 관심이 가다 보면 애정하게 되며, 마침내는 그 애정으로 스스로를 감싸게 되는 겁니다. '나는 다른 사람 일에 관심이 없어. 나란 인간은 원래 이렇게 생겼으니까'라고 말하던 과거가 부끄러워질 무렵, 저는 알게 되었습니다. 그게 그저 게으른 핑계였다는 걸요.

고개를 들어 세상을 보니 빛은 희미하고 어둠은 짙었습니다. 세상엔 빛과 싸우려는 소수의 사람들이 있었고, 저는 제가 그들에게 힘을 보탤 수 있으리란 걸 알았습니다. 그 시절 시작한 '매직스피커'란 인터뷰 시리즈 말미에 저는 이렇게 글을 적어 넣었습니다.

이디스 워튼은 "빛을 퍼뜨리는 두 가지 방법이 있다"고 했습니다. 하나는 '촛불이 되는 것'이며 다른 하나는 '촛불을 비추는 거울이 되는 것'입니다. 매직스피커는 모든 촛불을 응원하는 인터뷰 프로젝트입니다. 그저 응원으로 그치지 않고 촛불이 태운 빛을 세상에 전하는 거울이고자 합니다. 작고 소중한 빛을 그를 필요로 하는 이에게 전할 수 있다면, 그로부터 빛을 지켜내는 파수꾼의 마음을 퍼뜨릴 수 있다면 더는 바랄 게 없겠습니다. 촛불들이 거센 바람 앞에 위태로운 밤을 나고 있습니다. 우리는 촛불이 홀로 타도록 놔두지 않을 겁니다. 거울이 될 겁니다. 스피커가 될 겁니다. 부디 우리의 시도가 마법처럼 빛나기를!

이 시리즈는 정말 마법을 부렸습니다. 수백 건의 더 나은 취재로 이어졌고 그로부터 후회 없이 기자 생활을 해낼 수 있도록 도왔습니다. 도망치지도 숨지도 않고, 빛의 스러짐에 대항할 수 있었습니다. 언젠가는 좋은 사람이 되리라는 믿음이 그렇게 싹을 틔웠습니다.

2020년 1월 서울 강남에서 성형수술을 받던 홍콩의 삼십 대 여성이 사망하는 사건이 있었습니다. 조용했던 사건은 사망 한 달 뒤인 2월 말 홍콩에서 화제가 됐습니다. 사망한 이가 홍콩 SPA 의류브랜드 창업주의 손녀란 사실이 밝혀지면서였습니다. 한국에선 외신기사를 옮기며 그를 '재벌 3세'라 표현했고 덕분에 기사도 큰 관심을 끌었습니다.

당시 저는 서울 시내 성형외과에서 발생하는 성형사고를 취재하고 있었습니다. 유령수술을 취재하며 비슷한 문제가 공공연하게 벌어진다는 걸 알게 되었을 즈음이었습니다. 환자가 마취된 뒤 집도의를 바꾸는 유령수술 사건이 잇따르고 사망하는 피해자도 속출했지만 대책은 없다시피 했습니다. 제대로 된 통계 하나 마련되지 않았습니다. 관심이 큰 사건인 만큼 그냥 넘길 수는 없었습니다. 유족이 한국에서 의료진을 상대로 법적대응에 나설 것이란 판단 아래 유족을 대리하는 로펌을 찾아냈습니다. 상속권을 가진 아내의 사망으로 남편과 아들의 법적 권리가 달라질 여지가 있어 비상한 관심을 끌던 중이었습니다. 더욱이 코로나19가 막 퍼져나가며 유족이 자유롭게 한국에 오갈 수 없는 상황까지 빚어졌습니다. 법률대리인의 역할이 작지 않았습니다.

사건은 공공연히 자행되던 성형외과 불법행위의 집합체였습니다. 우선 홍콩에서 서울 병원으로 고인을 인도한 것부터가 불법 브로커였습니다. 강남 성형외과들은 중국과 동남아에서 모집한 외국인 환자로 먹고 산다는 얘기가 만연했는데, 이 사건도 마찬가지였던 겁니다. 법적으로 브로커는 지방자치단체에 등록을 해야 하지만 고인을 데려온 브로커는 정식 등록이 되지 않은 인물이었습니다. 제대로 된 설명과 위험 고지를 기대하기는커녕 병원으로부터 받은 대가가 얼마인지도 알 수 없는 상태였지요. 병원은 프로포폴 마취 전 '약물기초검사'도 제대로 하지 않았습니다. 마취과 의사가 상주하지 않아 적절한 관리가 이뤄졌는지도 알 수 없었습니다. 환자나 보호자가 직접 작성해야 하는 의료기록지도 병원이 마음대로 작성했습니다. 병원 이력도 도마 위에 올랐습니다. 같은 사업자번호로 다른 사업체가 등록돼 있고, 과거 병원 이름이 달랐던 사실이 확인된 겁니다. 인명사고를 낸 성형외과가 소문이 퍼지는 걸 우려해서 병원 명을 바꾸곤 한다는 점을 고려하면 의심이 가는 대목이었습니다.

기사가 나가고 얼마 지나지 않아 메일 한 통이 왔습니다. '대한성형외과학회'란 곳에서 신문사 대표이사에게 보낸 정정 요청을 회사에서 제게 공유한 것이었죠. 1부터 9까지 항목이 나뉜 문건은 제가 기사에서 사용한 '성형외과'란 표현이 잘못됐다고 주장하고 있었습니다. 의료법이 성형외과 전문의가 개설한 병원에 한해서만 성형외과라고 표기하도록 하고 있는데, 사고를 낸 병원은 성형외과 전문의가 개설한 곳이 아니라 '의원'이라 적어야 한다는 것입니다. 또 "성형 사망 실태에 경종을 울릴 사건으로 주목된다"라고 적은 대목에 대해서도 성형 사망과 관련이 없으니 잘못된 표현이라고 주장하고 있었습니다. 병원 간판에 버젓이 성형외과라 적혀 있고, 포털사이트에도 성형외과로 검색되며, 환자가 받은 수술과 시술이 주름제거와 지방흡입, 보톡스 주입이었다는 점을 고려하면 말도 되지 않는 주장입니다. 제가 어떻게 했을까요. 직접 답장을 보냈습니다. 개인적인 답장이긴 해도 공을 들여 성실하게 작성했지요. 가까이 지내는 변호사의 자문을 구한 뒤 학회란 곳에서 보내온 것처럼 1부터 9까지 항목을 나누어 각각에 대응하는 답을 적었습니다. 의료법은 국민이 제대로 된 의료를 받도록 하기 위해 만들어진 것이지 기자가 전문의인지를 확인해 보도하도록 강제하는 규정이 아니란 점, 병원이 한 수술과 시술에 비추어 성형이란 표현을 쓰는 건 표현의 자유에 해당한다는 점을 일깨웠지요.

학회는 물러서지 않고 재차 회사로 공문을 보냈습니다. 다시 보내온 서면엔 "본 회는 귀사의 기자가 상식적으로 받아들이기 힘든 주장과 질의를 한 것에 대해서 매우 유감스럽게 생각하며,

2020. 3. 27.까지 답변이 없을 경우에는 언론중재위원회 중재절차를 비롯한 모든 가능한 법적 조치를 취할 것"이라는 엄포가 있었습니다.

저는 회사로 불려 갔습니다. 왜 개인적으로 답장을 했는지부터, 민감한 문제를 주말마다 다루는 데 질책 아닌 질책을 받았습니다. 합당한 권한을 받아 기사를 작성했지만 문제가 되고 나면 전혀 다른 일이 되었습니다. 회사가 원하는 건 많이 읽히면서도 문제가 되지 않는 그렇고 그런 기사인데, 제가 쓰는 건 자주 문제가 되곤 했으니까요. 안타까운 건 저 스스로 누구도 설득할 수 없단 걸 알고 있다는 거였습니다. 회사에 들어가 상사의 표정을 보자마자 알아차릴 수밖에 없었습니다. 왜 썼는지, 어째서 문제가 되지 않는지, 왜 물러서면 안 되는지 조금도 설득할 수 없었습니다. 제게는 너무도 분명한 것이 고작 한 걸음 너머 있는 누구에게는 전혀 이해되지 않는 것이었습니다. 계속 기사를 쓰기 위해선 문제가 된 기사를 수정할 수밖에 없다는 것도 알았습니다. 결국 기사는 수정됐고 사과 아닌 사과 문구가 기사 말미에 들어가 박혔습니다. 어쩌면 또 다른 문제에서 어느 기자가 저와 같은 일을 당하게 되리란 걸 알았으나 물러설 방도밖에 없었습니다.

몸담은 회사에서 제가 할 수 있는 것이 아무것도 없다는 걸 깨닫는 건 슬프고 무력한 일입니다. 하지만 그걸 알면서도 제가 지켜야 할 것이 있음을 안다는 건 의미 있는 일입니다. 어른이 된다는 건 할 수 있는 것과 하고 싶은 것, 그리고 해야만 하는 것을 구분하는 일이 아닌가 합니다. 제가 아니면 알려지지 않는 문제가 있어 저는 기자를 더 해야만 했습니다. 그것이 곧 제가 하고 싶은 것이기도 했습니다. 그러나 불행히도 할 수 있는 일은 아니었던 거지요. 그러니 이쯤에서 물러설 필요가 있었습니다.

마음 한 곳에 박힌 말뚝을 뽑아서 몇 걸음 물러서 다시 박기를 반복했습니다. 그렇게 물러서며 무언가를 지키려 하는 것이 가끔은 고단하고 자주 뿌듯했습니다. 비슷한 일은 이후에도 끊이지 않았습니다. 여러 병원과 단체, 검찰, 그리고 어느 교수에게서 항의를 받았습니다. 지금 기억나는 것만 그렇고 실제는 더 많았을 겁니다. 그럴 때마다 누군가의 앞에 불려 가야 했고 대부분은 포기하고 돌아서야 했습니다. 결과는 늘 패배였으나 귀한 무엇을 지키기 위한 패배였으니 괜찮다고 생각했습니다. 오히려 그 패배가 긍지가 된다는 걸 알았으니까요.

누군가는 말합니다. 여기가 아니라 '다른 곳'으로 가라고요. 저기 어딘가에는 원하는 걸 할 수 있는 '엘도라도 같은 곳'이 있다고 말합니다. 그러나 여기서 하지 않는 사람이 다른 곳에서 할 수 있다고는 믿지 않습니다. 해야 할 때 하지 않으면서 할 수 있을 때가 오기만 기다리는 건 비겁한 일이지 않습니까. 사람이 버리고 떠나간 땅이 결국엔 날이 들지 않는 황무지가 되는 법입니다. '여기엔 저널리즘이 없다'며 구성원 스스로조차 버려둔 이곳에서도 가치 있는 무엇을 일굴 수가 있다고 저는 그렇게 믿었습니다.

클릭 클릭

클릭

꽤 인지도가 있는 취재원과 만난 자리에서 요즘 회사가 황색 언론으로 가냐는 말을 들었습니다. 한순간에 마음이 아연해졌습니다. 황색언론이라니요. 독자의 눈과 귀를 자극으로 덮어 본질을 가리는 게 황색언론이 아닙니까. 다소 공격적으로 느껴질 법한 질문이지만 그와 신뢰가 쌓인 사이기에 애써 표정을 감추었습니다. 그리고는 무슨 말인가 하고 되물었지요.

그가 꺼낸 건 '관련 기사' 이야기였습니다. 포털사이트에서 기사를 읽으면 하단에 기사 제목 대여섯 개가 주르륵 뜨는데 그게 관련 기사입니다. 그가 말하길 그는 제 기사를 온라인 포털사이트 기자 페이지를 통해 찾아 읽곤 했는데 몇 달 전부터인가 관련 기사가 민망한 수준으로 바뀌었다는 것입니다. '또 이 얘기구나' 싶어 답답했습니다.

한때는, 그러니까 2020년 12월까지는 제가 몸담은 회사의 관련 기사를 기자가 직접 결정할 수 있었습니다. 하지만 어느 순간 회사가 그 권한을 가져가 버렸지요. 기자가 선정한 관련 기사는 개별 기자가 애정을 가진 기사들로 꾸립니다. 하지만 회사가 선정하게 된 뒤엔 걸린 기사의 제목과 수준이 모두 낯 뜨거울 정도라 기자 스스로도 민망할 때가 많았습니다. 회사가 선정한 관련 기사는 그 기자가 쓴 것도 아니고 품질도 보증할 수 없어 난감합니다. 그런데도 이런 기사를 선정하는 이유는 무엇일까요. 분명합니다. 클릭이지요.

클릭이 돈이 된다는 건 어제오늘 일이 아닙니다. 기사 중간에 실린 광고가 수익과 직결됩니다. 자연히 클릭에 대한 유·무형의 압박이 이어집니다. 써야 할 기사 꼭지수를 정해 주거나, 다른 회사에서 보도된 기사 제목을 메신저로 던지기도 합니다. 알아서 베껴 쓰라는 이야기겠죠. 베끼지 않으면 한 소리를 듣지만 Ctrl+C, Ctrl+V를 하면 문제 삼지 않습니다. 클릭에 중점을 둔 부서는 취재 없이 종일 우라까이만 하다 퇴근하기도 합니다. 말이 기자지 우리가 기대하는 기자일 수 없습니다. 클릭이 많이 나오는 기사가 더 나은 기사로 평가받는 상황은 기자 내면에도 파문을 일으킵니다. 저도 모르게 클릭이 나올 만한 기사를 찾게 되는 겁니다. 더 좋은 기사가 더 많은 클릭을 받는다면 문제될 게 없겠으나 세상사가 꼭 그렇지는 않습니다. 오히려 큰 의미 없이 자극적인 기사들이 큰 관심을 받는 경우가 더 많지요. 기자 입장에서도 품을 팔아 안 읽히는 기사를 쓰느니 관심받을 만한 기사를 쓰자는 마음을 먹습니다. 별반 다를 것 없는 비슷한 기사들이 쏟아지는 배경에는 기자들이 클릭을 쫓게 하는 생태계가 있습니다.

조직이 관련 기사를 관리하게 된 건 제 마음에 빗금을 냈습니다. 짧게 보면 조직의 명예와 기자들의 자긍심이 깨지고, 멀리 보면 독자가 떨어지니 조직의 이익에도 해가 되는 일입니다. 조직이 그릇된 방향으로 나아가는데 가만히 두고 볼 수 없었습니다. 그래서 말하기로 했습니다. 처음엔 가까운 이들과 직속 상사에게 말했습니다. 아무것도 바뀌지 않더군요. 노동조합과 기자협회에도 문제를 이야기했습니다. 그들은 회사와 이야기를 한다고 했지만 시간이 지나도 별 변화가 없었지요. 그래서 편집국장을 찾아가 말했습니다. 그러니 조만간 변화가 있을 거라고 하더군요. 그리고는 시간만 며칠, 몇 주, 몇 달이 흘렀습니다. 그러다 게시판에 공지가 하나 떴습니다. 어느 임원 명의로, 이러이러한 이유로 관련 기사를 수정할 수 없다는 내용이었습니다. 어느 하나 이치에 맞지 않아 게시판에 하나하나 반박했습니다. 그래도 변화가 없었습니다. 말단 직원이 말단 직원답지 않게 행동하는 걸 사람들은 좋아하지 않습니다. 까라면 까야지 식으로 직원을 대하기 일쑤입니다. 회사는 대체 무얼 위해 나를 희생하라 하는가요. 도통 이해가 가지 않았습니다.

주변에서는 밉보이면 어쩌려고 그러냐, 중요한 것도 아닌데 그냥 놔두라는 식의 반응을 보였습니다. 나이가 어리고 연차가 얼마 되지 않은 이들이라고 다르지 않았습니다. 회사는 회사일 뿐 내 삶과는 관련이 없다는 인식이 넓게 퍼진 듯도 했습니다. 그러나 그것이야말로 패배주의 아닌가요. 그러고 보면 다들 문제를 삼지 않아서 문제가 생기는 때도 있는 법입니다. 세상 어느 김밥도 한 순간에 팍 쉬어 터지는 일은 없습니다. 조금씩 신호를 보내다가 차츰차츰 상하는 거지요. 처음엔 직원으로서, 나중엔 인간으로서 자존감을 포기하는 겁니다. 회사는 회사고 나는 나다 하다가는, 나는 월급쟁이고 너희들이 주인이다, 그렇게 포기하는 겁니다. 그렇게 팔아서는 안 될 것까지 팔고 나면 기사든 뭐든 될 대로 돼라는 마음이 되는 거지요. 어느 한 곳만의 문제가 아닙니다. 여러분이 있는 곳은 다른가요?

언론 가운데서 일할수록 언론의 격과 기자들의 수준이 한심하게 느껴질 때가 많았습니다. 그러나 그럼에도 이 일을 놓지 못할 만큼 멋진 구석도 많이 발견했지요. 반년쯤 하려던 것이 1년을 넘기고 2년이 됐습니다. 잠시 떠났다 돌아온 자리에서 또 몇 해를 넘겼지요. 슬픔이 삶에 깊이 스며들수록, 세상사 죄다 하찮게 여겨질수록, 기자라는 일이 저를 굳게 붙드는 때가 많았습니다. 시시하지 않다고, 의미 있다고, 그렇게 믿게끔 했지요. 그에 비하면 하찮은 이들이 안기는 귀찮음도 그리 큰일은 아니었습니다.

제가 몸담고 있던 신문사는 포털사이트에서 차지하는 뉴스 점유율 비중이 1퍼센트가 채 못 되었습니다. 전체 언론사 중에선 20위권이었죠. 그 정도 규모의 언론사가 할 수 있는 일이 세상엔 넘치게 많았습니다. 그러니 어떻게 포기할 수 있겠습니까.

단독

장사

　단독 기사라고 부릅니다. 다른 어느 곳에서도 나오지 않은 새로운 뉴스 말입니다. 기사 제목 앞에 대괄호로 강조한 '[단독]'을 달아 다른 기사들과 구분합니다. 따로 규칙이 있는 건 아닙니다. 하루에도 수만 건씩 쏟아지는 뉴스들 사이에서 자기네 기사를 강조하려 붙인 게 시작이었을 겁니다. 아직 알려지지 않은 중요한 사실이 있다, 그러니까 여기 좀 봐줘, 시작은요.

　고육책이었을 겁니다. 독자가 가판대에서 신문을 사고, 매일매일 배달된 신문을 찾아 읽던 과거 언론 생태계는 이미 끝장이 났습니다. 대부분은 핸드폰과 컴퓨터로 포털사이트에 접속해 뉴스를 봅니다. 메인에 뜬 제목들 중 마음이 끌리는 걸 클릭해 읽습니다. 유명인 이야기거나 살인사건과 성범죄 같은 내용이 단연 인기가 많습니다. 언론사와 기자 입장에선 고민이 큽니다. 중요한 기사를 신문 앞쪽에 크게 빼어 배치하던 기존의 편집이 무의미해 졌으니까요. 신문을 발행하는 언론사가 여전히 수백 곳이지만 그들 신문 1면 톱기사보다 포털사이트에서 추천한 기사가 영향력이 훨씬 큽니다. 옛 편집을 대신하는 건 이미 포털사이트입니다. 수많은 언론사 기사들을 실시간으로 받아서는 어떤 건 앞에 걸고 어떤 건 뒤로 미룹니다.

퇴사한 언론사 기자들을 인터뷰한 기사를 본 일이 있습니다. 개중 가장 많이 나온 불만이 '포털에의 종속'이었습니다. 좋은 기사를 좋은 독자에게 전달하는 힘을 잃은 언론사들은 이미 포털에 종속돼 있습니다. 포털 메인에 걸리기 위해 취재를 하고 제목을 달고 기사를 쓰는 경우까지 더러 있습니다. 그러다 정말 중요한 걸 잃기도 합니다. 하고 있는 일이 가치가 있다는 소명의식, 제가 그런 일을 하는 사람이라는 긍지 같은 것 말입니다.

한국 정부가 제과제빵사에게 부여하는 최고의 영예가 있습니다. '대한민국명장'이라는 자격입니다. 엄격한 심사기준에 따라 2022년 기준 전국에 단 14명만이 제과제빵 부문 대한민국명장으로 선정되었습니다. 하지만 길을 걷다 보면 너도나도 명장입니다. 전국에 수백 명이 자신을 제과제빵 명장이라고 홍보합니다. 어딘지도 모를 민간업체 자격을 받아 붙인 것이죠. '원조'라는 말도 마찬가지입니다. 남해안 어느 지방을 여행하다 원조 춘천 닭갈비 가게를 본 일이 있습니다. 강원도에서도 원조 전주 콩나물국밥집을 보았습니다. 음식이 유명하다는 도시, 번화한 거리를 가면 죄다 자기네 가게가 원조라고 손을 듭니다. 저마다 이유야 있겠으나 진짜 원조는 단 몇 곳뿐일 겁니다. 나머지는 가짜입니다. 원조가 아니고, 명장이 아닌 걸 그들 자신이 가장 잘 알 건데도 그렇습니다. 그런 이들이 어떻게 소명의식과 긍지, 자긍심을 가질 수 있겠습니까.

'단독 기사'가 쏟아지는 오늘의 언론 생태계는 실제보다 훨씬 많은 명장과 원조들이 판을 치는 번화가 거리와도 같습니다. 경쟁이 치열하고 제 진면목을 차근히 보여 줄 기회가 없는 시장에선 어떻게든 눈에 띄어야만 살아남을 수 있습니다. 그 숨 가쁜 일상에서 제가 하는 일이 진정으로 무엇인지를 제대로 기억하는 건 아주 어려운 일입니다.

2020년 가을이었습니다. 단 닷새 만에 유명인들이 연달아 목숨을 끊었습니다. 한 순간에 거꾸러진 젊음에 팬들이 받은 충격도 컸습니다. 포털사이트는 이들의 죽음을 다룬 뉴스를 전면에 내걸었습니다. 팬들의 애정을 받던 유명인들인 만큼 주목도가 높았습니다. 어마어마한 조회수를 기록했고 관련 보도도 잇따랐습니다. 한 기사는 축구선수의 사망 소식 앞에 '충격'이란 단어를 따옴표로 강조했습니다. 그리고 그 앞에 '단독'이라고 표기했죠. 또 다른 기사는 극단적 선택 이후 유서 일부를 공개했습니다. 경찰이 유족 뜻에 따라 세부 내용을 공개하지 않았고, 자살 보도 권고 기준에도 유서 내용 보도를 최대한 자제하라는 규정이 있었는데 말입니다.

경쟁자가 알지 못하는 새로운 정보를 알게 되었을 때 기자가 느끼는 희열이 있습니다. 유능한 기자라면 반드시 알고 있을 그 감정을 기사를 쓴 이들은 분명히 느꼈을 겁니다. 제가 쓸 기사가 포털사이트 메인에 오르고 많은 이들의 관심을 받으리란 것도 알았을 겁니다. 그 정도 감이 없다면 이런 기사를 쓰지도 못했을 테니까요. 그러나 그들이 기사가 망인과 유족, 그리고 언론에 대하여 지극히 무례하다는 점을 생각했을지는 확신할 수 없습니다. 극단적 선택을 알리는 기사에 '단독'이란 두 글자를 '충격'이란 단어와 이어 붙여 내보내는 이에게 기자를 할 자격이 있는 것일까요. 유족이 공개하길 거부한 유서를 만천하에 내보인 이는 또 어떻습니까. 이 기사들은 대체 어떤 공익적 가치가 있는지요.

매일, 매주, 매달, 단독 기사를 찾아 헤맸습니다. 월에 열 건쯤은 기사 앞에 단독을 달아 보냈습니다. 단독만으로 부족하다 싶을 땐 '충격'까진 아니어도 흥미를 잡아 끌만한 단어를 고심해서 적었습니다. 취재를 하다 보면 애타게 사건을 알리고 싶을 때가 있는 법입니다. 아직 알려지진 않았으나 알려져 마땅한 사건들이 세상엔 너무나도 많습니다. 그러나 어떤 기사는 시작부터 묻힐 것이란 감이 오고는 합니다. 사람들의 관심과 너무 멀리 떨어져 있고, 내용이 지루하거나 어려우며, 결과도 명확하지 않을 때가 그렇습니다. 범인 하나가 누구를 찌르고 50만 원을 훔쳐 도망갔다는 기사는 누구에게도 쉽게 이해시킬 수 있지만, 누가 수년 동안 벌인 금융 사기로 5백억 원을 들고 날랐다는 이야기는 쉽게 이해시키기 어렵습니다. 그나마 다단계 사기는 낫습니다. 검찰이나 경찰 같은 국가기관이 수행해야 하는 업무를 소홀히 한 사례를 보도할 땐 그 온갖 절차가 타당한지를 설명하기가 매우 어렵습니다. 불행한 죽음은 선명하게 각인됐으나, 그 진상규명 과정의 지난한 문제들은 좀처럼 시민들의 관심을 얻지 못합니다.

사건을 누구보다 가까이서 다룬 기자라면 답답할 수밖에 없습니다. 이렇게 중요한 문제가 왜 안 읽히는지 불만부터 들지요. 가끔은 자기 자신의 기량에도 의심을 품습니다. '조금 더 잘 썼다면 더 관심을 끌 수 있었을 텐데' 하고요. 그러나 이내 깨닫습니다. 기사의 가치와 독자의 관심이 일치하지 않는다는 걸 말이지요. 그럴 때면 지푸라기라도 잡는 심정이 됩니다. '단독'이라고 붙여 조금이라도 더 관심을 받는다면 그렇게 해야겠다고 말입니다. 차이도 분명합니다. 단독이라 붙인 기사와 그렇지 않은 기사를 나누어 분석해 보면 포털사이트 메인에 걸린 기사끼리도 클릭수가 두 배 가까이 차이가 납니다. 수많은 언론이 차이를 알 수 없는 보도를 쏟아 내는 가운데 단독 표기를 달지 않는다면 금세 묻힐 우려도 있습니다. 쓰지 않을 이유가 없는 겁니다.

기자로 일한 5년을 저는 배를 타기 전과 배를 타고 돌아온 뒤로 나누곤 합니다. 경험은 뒤로 갈수록 쌓였지만 전과 후의 기량 차이는 기실 그리 크지 않았습니다. 그런데 앞의 기간 동안엔 단독이라 이름붙인 기사를 채 열 건도 쓰지 못했는데, 뒤의 기간엔 수백 건을 썼습니다. 차이는 하나입니다. 기사에 대한 애정, 기사가 다루고 있는 사건에 대한 관심, 그 사건 안에 든 인간들에 대한 마음 때문입니다.

기사는 독자에게 다가가 비로소 완성됩니다. 기자의 목표는 제가 공들인 기사가 마땅히 읽을 만한 이에게 읽혀 의미 있는 정보가 되는 겁니다. 좋은 기사와 좋은 독자의 만남이지요. 말하자면 쏟아지는 단독 기사의 홍수 속엔 언론의 절망과 희망이 모두 깃들어 있습니다. 기사에 대한 기자의 애정과 책임감이기도 하고, 과잉 경쟁 속에 어떻게든 돋보이려는 욕망이기도 합니다. 현실은 언제나 이상보다 초라합니다. 남의 기사를 베끼고, 먼저 나온 기사를 무시하며, 때로는 저널리즘까지 짓밟은 못난 욕망들이 단독이란 명찰을 달고 독자와 만납니다. 그러나 현실의 어려움 앞에 무릎 꿇고 이상을 저버린다면 그는 좋은 기자도, 좋은 인간도 될 자격이 없습니다. 기자가 끝내 지켜야 할 것은 저널리즘이지 관심이 아니기 때문입니다.

인기 없는

영화평

오랫동안 영화 기사를 썼습니다. 간단한 소개부터 감상을 적은 리뷰와 무심코 지나치기 쉬운 것을 짚어내는 평론에 이르기까지 다종·다양한 글을 썼습니다. 한때는 취미였고, 용돈벌이이기도 했으며, 경력을 만드는 과정이기도 했던 작업을 한데 모으면 무려 천 편 가까이나 됩니다. 언론사를 준비하면서부터는 〈오마이뉴스〉에 영화평과 서평을 기고했습니다. 이것만 합쳐도 육백 편에 이를 정도입니다.

영화 기사를 쓰며 드는 고민이 있습니다. 영화 기사란 결국 영화에 대한 것인데 그 영화를 제가 선택할 수 있기에 생기는 고민입니다. 처음엔 그저 보고 싶은 영화를 보았습니다. 관심이 가는 영화를 보고 그에 대한 평을 썼습니다. 그러면 화제가 되는 영화에 평이 집중되곤 했습니다. 이름난 감독, 검증된 배우, 제작사가 막대한 비용을 투입한 영화들이죠. 그도 아니면 이미 여러 영화상을 휩쓴 작품이거나 말입니다. 그런 영화에 대해 쓰다 보면 느껴지는 게 하나 있습니다. 세상에 큰 영화를 보는 기자며 평론가들이 너무나도 많다는 겁니다. 배급사에서 보내온 문구를 그대로 내보내는 기사들이 언론사 이름을 바꿔 가며 쏟아집니다. 큰 영화는 영화평과 가십거리 이슈까지 이야기가 끊이지 않습니다. 반대로 작은 영화는 작은 관심 하나가 귀합니다. 한 해 한국 극장에서 개봉하는 영화는 코로나 전인 2020년 기준으로 칠백 편이 넘고 재개봉까지 치면 천여 편에 이릅니다. 그중 스포트라이트를 받는 영화는 열 편 중 한 편이 채 되지 않습니다. 소외된 영화들이 가치가 없어서일까요? '절대'라는 단어를 좋아하지 않지만, 저는 절대로 그렇게 생각하지 않습니다.

예술은 다양성을 근간으로 합니다. 창작자마다 제가 살아온 세계를 예술 안에 담아냅니다. 그 안엔 우리가 좀처럼 만나지 못했던 사람과 생각, 사건들이 존재합니다. 그것이 다큐멘터리건 드라마건, 때로 액션이나 멜로, 코미디와 공포일지라도 이 세상에 두 발을 딛고 선 작품이란 건 같습니다. 예술은 거울에 비친 세상이고, 수용자며 평론가가 할 일은 그 거울에서 다시 세상을 꺼내는 일입니다. 수용자는 예술을 통해 세상을 낯설게 바라봅니다. 어디까지 받아들일 수 있을지는 알 수 없으나 작품을 접하기 전으로부터 단 1밀리미터라도 움직인다면 예술이 인간에게 변화를 일으킨 것입니다. 그게 바로 예술의 역할이죠.

오늘날 어떤 책과 영화는 오로지 독자와 관객을 위해서만 쓰입니다. 그들이 무엇을 보고자 하는지 살피고 전력을 다해 입맛에 맞춘 작품을 쏟아냅니다. 하지만 누군가는 독자와 관객은 아랑곳 않고서 제가 하고픈 이야기를 하는 데만 관심이 있습니다. 관객은 낯설고 지루함을 느낄지도 모릅니다. 중요한 건 이들 중 어느 것도 잘못되지 않았다는 겁니다. 진실이 어느 곳에 있을지는 진실을 만나기 전엔 알 수 없으니까요. 그저 익숙하고 재미있는 것만이 예술이 아니고, 지루하고 낯설다 하여 가치가 없지도 않은 것입니다. 세상은 하루가 다르게 먼 것을 가까워지게 한다지만 그 속에서 소외되는 것들이 분명히 있습니다. 인기가 없고, 못생기고, 성격이 나쁘고, 돈이 없고, 재주가 없고, 장애가 있고, 온갖 결함을 가진 것들에게 세상은 여전히 가혹합니다. 재주 있고, 돈이 많고, 예쁘고, 몸매가 좋은 이들이 동네와 도시를 넘어 전국구 스타가 되고는 다시 한류의 주인공을 노리는 동안, 누군가의 고립과 소외는 점점 더 짙어집니다. 세상이 너무 가까워져 소외가 더욱 심해지는 역설이 실시간으로 일어나는 것입니다.

영화도 마찬가지입니다. 개봉 후 단 며칠 동안 주목받지 못한 영화들이 빠르게 극장에서 내려집니다. 이름난 감독, 유명한 배우가 없어서 제법 괜찮은 메시지를 던지고 있음에도 관심받지 못하는 작품이 부지기수입니다. 그런 작품을 건져 알리는 것이야말로, 때로는 주목받지 못한 작품에 그럴 만한 이유가 있을지라도, 관심을 가지는 것이 펜을 쥔 자의 '역할'이라고 저는 생각합니다.

글을 전송하고, 기사가 온라인으로 송고된 뒤 다시 찾아볼 때가 많습니다. 글을 쓴 이가 제 글이 많이 읽히길 바라는 건 틀림없이제 자식이 몸 건강히 잘 살길 바라는 부모의 마음과도 닮아 있을 겁니다. 하지만 기대는 무너지기 쉽습니다. 주목받을 기사와 그렇지 않은 기사가 어떤 영화에 대해 썼는지, 첫 단추에서부터 결정되기 일쑤입니다. 대부분 영화평을 쓰기 시작하면서부터 압니다. '이건 천 명이 고작이겠구나', '좋아요 하나 눌리지 않겠구나' 하고 말입니다. 가끔은 그냥 '큰 영화를 다룰 걸 그랬다'고 후회할 때도 있습니다. 그럼에도 인기 없는 영화의 평을 쓰는 건 의미 있는 일입니다. 작은 영화 곁에 선 이가 몹시 적은 세상이기에 더욱 그렇습니다. 그런 영화에도 노력해 빚은 구석이 있다면, 그걸 기록하는 것도 중요한 일이 아니겠습니까.

2016년, 길을 걷다 예기치 않은 영화제와 마주했습니다. '서울노인영화제'라 이름 붙은 생소한 행사였습니다. 노인과 영화라는 낯선 연결에 마음이 동하여 영화 한 편을 예매했습니다. 〈엄마의 편지〉라는 16분짜리 단편 영화와 저는 그렇게 만났습니다. 영화는 감격적이었습니다. 관심이 없다면 열리는 줄도 모르고 지나칠 법한 작은 영화제, 그곳에서 아무렇게나 골라잡은 영화치고는 믿기 어려울 만큼 좋았습니다. 너무도 마음에 들었던 나머지 영화를 보고 난 뒤 사무국을 통해 감독의 연락처를 얻어 연락을 하였습니다. 기사를 써야겠다는 마음이 차올랐으니까요. 그렇게 쓴 기사는 다음과 같이 시작됩니다.

　　가끔 그런 기사를 읽는다. 길을 걷다, 밭을 갈다, 산에 오르다, 수영을 하다, 기타 등등 일상을 살던 사람들이 우연히 어면 물건을 발견했는데 알고 보니 그 물건이 어마어마한 가격의 보물이라는 소식.

이달 3일 미국 아칸소 주 다이아몬드 분화구 국립공원을 딸과 함께 산책하던 댄 프레더릭(52)이란 남성이 산책 도중 2캐럿이 조금 넘는 다이아몬드 원석을 발견했다는 기사를 봤다. 아직 정확한 가격이 매겨지진 않았다지만 꽤나 횡재인 건 분명하다. 그가 다이아몬드를 발견한 공원에선 종종 이런 일이 일어난다는데, 그건 이곳이 일반인이 다이아몬드 원석을 찾아 분화구 곳곳을 헤맬 수 있고 발견할 경우 가져갈 수 있는 세계 유일의 공원이기 때문이라고. 다이아몬드를 찾은 사람은 보석을 갖게 되고 공원은 토픽이 보도돼 더 많은 방문객이 찾으니, 누이 좋고 매부 좋은 일이란 이런 경우가 아닐까 싶다.

얼마 전 나도 보석을 주웠다. 지금 기분 같아서는 댄 프레더릭이 자신의 다이아몬드와 바꾸자고 해도 거절할 그런 보석을 주웠다. 찾은 곳은 제9회 서울노인영화제가 열린 아리랑 시네센터고 보석은 〈엄마의 편지〉란 작품이다. 이곳에선 누구나 나와 같이 보석을 줍는 기회를 가질 수 있고, 운이 좋아 보석을 찾는다면 그 감격을 간직할 수 있다. 얼마나 좋은가.

이후 영화를 찍은 분들과도 연락이 닿았습니다. 그들은 제가 쓴 기사를 보며 크게 기뻐했다고 합니다. 그들이 찍은 영화에 대한 유일한 기사였으니까요. 누군가에게 잊히지 않는 기쁨을, 독자에겐 쉽게 찾기 어려운 정보를 전하는 게 얼마나 가치 있는 일입니까.

　신문기자도 마찬가지입니다. 언제나 사람들이 주목하는 큰 사건이 있습니다. 그럴 때면 온갖 매체 기자들이 죄다 붙어 사건에서 떨어진 각질 같은 거리를 가지고도 기사 한 편씩을 뚝딱 씁니다. 큰 사건에 관심이 몰리는 건 당연한 일입니다. 문제는 다른 사건들이 잊혀져 가는 상황에 있습니다. 클릭이 돈이 되는 세상에서 언론의 가치판단은 사람들의 관심과 떨어질 수 없습니다. 큰 사건을 쫓아 별반 새로울 것 없는 기사를 내는 일이, 관심받지 못하는 사건을 기록하는 것보다도 훨씬 더 중요하게 평가됩니다. 발굴되는 사건은 얼마 되지 않고 언론에 대한 기대는 너무 자주 좌절됩니다. "기자들을 기다리지 말라"라던 정태춘의 곡 〈1992년 장마, 종로에서〉의 가사가 그때와 또 다른 이유로 현실이 되는 오늘입니다.

　작은 영화를 버려두지 않으려는 마음이 인기 없는 영화평을 계속 쓰려는 마음과 통한단 걸 느낍니다. 또 그 마음이 작은 목소리를 외면하지 않으려는 마음과 닿습니다. 사람들이 관심 갖지 않는 작은 곳에서 때로는 중요한 목소리가 들리기도 한다는 걸 우리는 결코 잊어서는 안 됩니다. 어쩌면 그 작은 관심이 누군가의 세상을 바꿀지도 모르니까요.

기자가 운명과

싸우는 법

화창한 오후 4시, 여의도공원이었습니다. 남루한 차림의 사내 두 명이 쭈뼛쭈뼛 다가와서는 제게 말을 건넸습니다. 벌써 며칠째 메일을 보내 만남을 청하던 이들이었습니다. 꼭 제보하고 싶은 얘기가 있다네요.

하루에도 수십 개씩 쏟아지는 게 제보니 일일이 찾아가 만날 여유가 나진 않습니다. 메일이나 전화로 내용을 보고 만날지 안 만날지를 결정하는 게 보통입니다. 이번에도 먼저 내용부터 설명해 달라고 했습니다. 그런데 이들은 극구 자세한 건 만나서 얘기하겠다고 우겼습니다. 그러면 보통은 무시하고 넘어가는데 이번엔 그럴 수가 없었습니다. 거듭 보내온 정성스러운 메일 때문이었습니다. 한 줄 한 줄 마음을 움직이는 안타까운 사연이 그저 무시하고 지나갈 수 없게 만들었죠. 이들이 저를 찾은 이유는 기사

하나 때문이었습니다. 검찰의 무고죄 기소율이 갈수록 추락한다는 내용의 기사였습니다. 형법은 상대가 처벌을 받게끔 거짓으로 고발하는 행위를 무고죄로 다스립니다. 그런데 그 무고죄가 한국에서 사라지고 있습니다. 법전엔 법이 있는데 현실에선 적용되는 경우가 얼마 없는 겁니다. 무고사건은 매년 1만 건이 넘게 신고되니 요구가 없는 게 아닙니다. 검찰이 기소를 하지 않아서 처벌까지 이어지지 않는 겁니다. 기소되는 건수는 한 해 3백 건이 채 되지 않습니다. 기소율로 치면 3퍼센트 남짓이지요.

이걸 기사화한 건 고의로 누명을 씌우는 사건이 거듭되고 있다는 인식 때문이었습니다. 특히 강간과 추행 등 성범죄 사건과 연관해서 무고죄를 강화해야 할 필요가 컸습니다. 성범죄는 뚜렷한 증거 없이도 일방의 주장만으로 유죄 판결이 나오는 사례가 잇따르는데 무고죄가 적용되지 않으니 혐의를 벗고도 억울한 사람이 생기는 겁니다. 2017년 성폭행 무고를 당한 배우 이 씨가 혐의를 벗은 사건이 화제가 된 지 얼마 지나지 않아 비슷한 사건이 연달아 터졌습니다. 임신한 딸이 직접 CCTV를 확보하고 피해자의 자백을 받아내 아버지의 누명을 벗긴 사건, 어머니가 생업을 내던지고 CCTV 영상을 찾아 아들의 누명을 벗겼던 사건이 그것이지요. 성범죄는 그 혐의를 벗고도 억울하다고 드러내지 못하는 경우가 대다수니 드러나지 않은 사건도 부지기수일 겁니다.

판사와 변호사, 경찰들도 성범죄 법적용에 문제가 있다는 말을 자주 합니다. 은밀한 곳에서 이뤄져 증거가 잘 남지 않는 성범죄의 특수성을 감안하더라도, 현재 방식대론 억울한 이가 양산될 수밖에 없다는 것이지요. 상황이 이러니 아예 은밀한 만남을 녹취해 증거를 남기자는 이들까지 생겨납니다. 실제로 2020년 한 삼십 대가 강제추행 혐의로 피소됐다가 몰래 녹음한 음성파일 덕분에 무죄 판단을 받은 사례가 나오기까지 이르렀습니다. 이성과의 만남을 녹음하는 게 성범죄 무고를 피하는 방법으로 알려지며 또 다른 갈등도 빚었습니다. 동의를 구하지 않은 녹음에 불쾌함을 호소하는 이들이 입법 활동에 나선 것입니다. 한 국회의원이 대표발의한 성폭력처벌법 개정안으로, 동의 받지 않은 성관계 녹음을 금지한 법안입니다. '몰카'가 금지된다면 성관계 녹음도 당연히 금지되는 게 순리 아니겠습니까. 그런데도 반대하는 의견이 적지 않았습니다. 성범죄 사건은 혐의자에게 불리하고 무고죄는 갈수록 사문화되니 녹음이라도 있어야 한다는 게 반대의 주된 논거였습니다. 세상엔 칼처럼 잘라 답하기 어려운 문제가 너무나도 많습니다.

법학자 윌리엄 블랙스톤은 "열 명의 범인이 도망치는 게 한 명의 무고한 사람이 고초를 겪는 것보다 낫다"라는 법언을 남겼습니다. 이 같은 인식이 재판에서 죄가 확정될 때까지 피의자를 무죄인 것으로 추정하는 오늘날 형법체계의 기틀을 이뤘지요. 그러나 성범죄에 대해선 무죄 추정이 아닌 유죄 추정의 원칙이 세워진 게 아니냐는 불평이 새어 나옵니다. 일부의 개탄이 아닙니다. 법률가와 일선 수사기관 관계자들이 제게 직접 한 말입니다. 실제로 너무 많은 억울한 피해자가 양산되고 있습니다. 일방의 주장만으로 유죄 판단을 받는 사례가 속출하고 있지만 무고죄마저 사문화돼 저항할 방도가 없습니다. 성범죄에선 혐의를 받는 자가 자기가 성범죄를 범하지 않았다는 걸 입증해야만 합니다. 반면 무죄 판결을 받고 상대를 무고죄로 고소할 때는 혐의를 입증하려는 이가 다시 '상대가 없는 죄를 뒤집어 씌웠다'고 증명해야 합니다.

죄를 짓지 않고도 합의서에 서명하는 이들이 적지 않습니다. 취재 과정에서 만난 성범죄 가해자 중 적지 않은 수가 피해자에게 몇백만 원씩을 건네고선 선처를 받았습니다. 그러고도 제가 죄를 짓지 않았다고 자신은 정말 억울하다고 소리 죽여 호소했습니다. 이날 저를 찾은 두 명도 마찬가지였지요. 두 명 모두 강간과 강제추행으로 유죄 판결을 받은 상태였습니다. 처음엔 죄를 짓지 않았으니 괜찮을 것이라 믿었으나 변호사를 찾아 이야기를 나누니 한숨부터 푹 쉬더랍니다. 증인과 증거가 없단 걸 알고서는 도리어 합의를 하는 게 어떠냐고 물었다고 하지요. 이들은 제게 합의에 이른 경위를 한참동안 풀어놓고는 본인들 같은 처지에 있는 사람들이 아주 많을 것이라고 주장했습니다. 자신들은 이미 합의를 봐서 목소리를 낼 형편이 아니지만 억울함에 끝까지 가겠다고 하는 무고한 사람이 분명히 있을 것이라고 말입니다. 이들은 뉴스가 온통 성범죄자가 처벌을 받았다는 내용만 있고, 제도의 문제를 지적하거나 억울한 사례를 발굴하지 않는다고 토로했습니다. 이들이 저를 찾은 건 그 때문이었죠.

난감했습니다. 무고죄 기소율 급감이나 성관계 녹취를 법으로 금지하는 문제에 대한 기사를 몇 차례 쓰긴 했지만 스스로 어떤 확신을 가져서는 아니었습니다. 오히려 거듭 발생하는 성범죄에 경악하고 있었다는 편이 옳을 겁니다. 일선 경찰서에서 사건화 된 내용을 수시로 접하면 우리 주변에서 비열하고 잔혹한 성범죄가 얼마나 많이 일어나는지를 실감할 수밖에 없으니까 말입니다.

이날 여의도공원에서 두 사내를 만나기 불과 며칠 전, 저는 같은 기사로 전혀 다른 문제를 겪고 있었습니다. 이런저런 직업을 가진 이들과 술을 곁들인 식사 자리를 갖던 중 한 참석자가 제 기사를 따지고 들었지요. 그는 제 기사가 '가해자적 관점'에서 쓰였다며 극히 일부의 억울함만 부각시키는 나쁜 기사라고 지적했습니다. 초면에 가까운 사이였던 그는 언성을 높이며 제가 성범죄 가해자들에게 관대한 기사를 썼다고 주장했습니다. 그날 자리에서 일어나며 제가 느낀 건 막막함이었습니다. 진심은 통하지 않고 진실도 전해지지 않는다는 암담함 말입니다. 그저 의미 있는 기사를 쓰려 한 것이 누군가에겐 특정한 성별을 옹호하고 성범죄의 심각성을 무시하는 일처럼 받아들여지는 겁니다. 그리고 웬만한 노력으론 그런 생각을 바꿀 수가 없습니다.

차라리 어떤 확신이라도 있다면 누군가를 설득하는 데 도움이 될지도 모르겠습니다. 성범죄 처리에 있어 피해자 중심주의를 확고히 신뢰하거나 불신한다면, 또는 억울하다고 말하는 이의 결백을 완전히 믿거나 불신할 수 있다면 말입니다. 그러나 저는 제가 그럴 수 없음을 잘 알고 있습니다. 신이 아니고서야 그가 범죄자인지 아닌지를 어떻게 알 수 있겠습니까.

성범죄뿐 아니라 적지 않은 사건에서 저는 자주 회의적이 되고는 합니다. 가장 진실처럼 보였던 것도 한순간에 거짓이었음이 드러나는 게 우리가 사는 세상이 아니던가요. 제게 찾아와 억울함을 토로한 두 사내가 실제로는 악질적인 범죄자일 수도 있습니다. 반대로 그들의 말처럼 정말 억울할 수도 있는 것이죠. 정말이지 진실이 무엇인지는 누구도 알지 못하니까요. 우리 자신의 기억조차 수시로 왜곡되는데 남의 마음을 어떻게 짐작할 수 있겠습니까. 제가 어떤 생각으로 기사를 쓰는지 규정할 수 있는 사람들이 어찌나 많았는지요. 그 무렵 제가 느낀 감정은 분노보다는 서글픔에 가까운 것이었습니다. 기자는 늘 판단해야 하는 직업이지만, 기자를 하면 할수록 무엇도 확신하기 어렵다는 사실만을 깨닫게 되곤 합니다.

한번은 학교폭력 문제를 다뤘습니다. 축구와 농구, 야구, 배구를 막론하고 학원스포츠 전반에서 터져 나온 이른바 '학폭 미투'의 일환이었습니다. 학교폭력이 세간의 관심이었기에 제보도 쏟아졌습니다. 당시 제게 온 제보만 수십 건에 달했는데 그중 증거가 있는 사건은 거의 없었습니다. 대부분은 피해자의 기억뿐이고 어쩌다 사건을 기억하는 제3자가 있더라도 피해자의 친구거나 가족인 특수한 관계에 있었습니다. 그러던 중 기사로 쓸 만한 사건 하나가 들어왔습니다. 마침 제가 사는 곳 인근의 중학교에서 벌어진 일이었죠.

사건은 중학교 배드민턴부에서 벌어졌습니다. 같은 운동부 소속으로 활약하던 학생들 사이에서 따돌림과 괴롭힘이 있다고 했습니다. 피해자는 트라우마로 극단적 선택을 시도할 만큼 심리적 불안을 호소했습니다. 마침 피해자 부모의 요청으로 교육청에서 학교폭력위원회를 열어 공문서가 남아 있었습니다. 학폭위는 폭력이 있었다고 봤고 가해자에게 서면 사과와 봉사활동, 접촉금지, 협박금지 같은 조치를 취했지요. 하지만 가해, 피해 학생 모두 진학이 확정된 터라 배드민턴부가 있는 고등학교에 함께 진학하는 걸 막을 수 없었습니다. 기사는 교육청 기록을 바탕으로 학생들 간에 벌어진 학교폭력행위와 학폭위의 안이한 대처를 지적했습니다. 학교폭력 문제가 화제가 되던 상황이라 기사는 제법 많이 읽혔습니다. 이제 막 고등학생이 된 학생들의 나이를 고려해 학교와 이름을 밝히지 않았지만 업계가 좁은 나머지 금세 소문이 퍼졌습니다. 자연히 부모들의 대응도 빨랐죠. 가해자로 지목된 학생의 부모는 피해자의 주장이 사실과 다르다고 했습니다. 운동을 하다 서로 다툰 일은 있지만 일방적인 학교폭력은 아니라는 것이었습니다. 몇 차례나 저를 찾아온 그들은 피해 학생과 그 부모가 이상한 사람이라고 주장하기도 했습니다. 결국 양쪽 부모가 서로를 고소하기까지 했죠. 아이들 싸움이 부모 싸움으로 번진 격이었습니다.

사건을 다루며 답답했던 건 제가 진실을 전혀 짐작할 수 없었단 겁니다. '가해자가 일방적인 학교폭력을 했는지', '피해자가 당한 것이 맞는지' 확신할 수가 없었습니다. 기록이야 학폭위 결정과 심리상담 내역이 있었으나 사건을 제대로 들여다보고 작성한 것이 맞는지는 장담할 수 없었습니다. 기자라는 직업은 세상의 수많은 절차가 엉망진창으로 돌아가는 걸 지켜보는 직업이기도 한데, 이 허술한 기록들을 어떻게 믿을 수 있겠습니까. 부모라면 자식의 일에 모든 걸 걸게 된다고들 합니다. 그 말이 참으로 맞지요. 양쪽 부모들은 한발도 물러서지 않았습니다. 분명히 진실이 어느 한 곳엔 있었을 터인데, 서로 너무나 다른 주장을 격렬히 하는 통에 무엇이 진실인지 알아챌 수 없었습니다. 어쩌면 그들조차 진실이 뭔지 몰랐을 수도 있을 겁니다. 부모의 시선으로 자식을 내려다보는 것과 친구의 시선으로 바라보는 건 태양과 달에서 각각 지구를 바라보는 것만큼 큰 차이가 있으니까요.

무엇이 진실인지 알 수 없는 사건들을 참 많이 겪었습니다. 어떤 사건은 CCTV나 음성 녹취, 전산 기록 같은 객관적 증거가 있었지만, 그런 자료를 구할 수 없는 사건이 훨씬 더 많았습니다. 확신할 수 없는 사실 가운데서 진실을 좇는 기자는 대체로 둘 중 하나로 나뉩니다. 점점 더 빨리 판단하는 법을 배우는 기자와 갈수록 천천히 판단하는 법을 익히는 기자입니다. 저는 늘 제가 남보다 빨리 판단한다고 믿었고 또 그것을 자랑으로 삼았습니다만, 기자 생활을 하면서 그 생각을 고치게 되었습니다.

어쩌면 인간이란 끝내 진실에 닿을 수 없는 존재인지도 모르겠습니다. 기자의 불행도 그로부터 출발하는 것이고 말입니다. 기자는 제가 진실에 닿을 수 없음을 알면서도 끝없이 진실을 좇아야 하는 운명을 가진 게 아닌가 생각합니다. 저는 마지막의 마지막까지 결론을 내리지 않고 남겨 두는 것이야말로 기자가 제 불운한 운명과 맞서 싸우는 방법이라고 믿습니다.

제때 만난

말
한
마
디

영화 한 편을 보았습니다. 제법 뻔한 일본영화, 열차 기관사가 되려는 어느 여성의 도전기였습니다. 남편이 죽은 뒤 그가 전처와의 사이에서 낳은 아들을 데리고 무작정 시아버지에게 찾아간 여성의 이야기였습니다. 영화는 그리 대단치 않았지만 한 사람이 새로운 직업을 얻어 성장하는 과정에는 분명한 매력이 있었습니다. 모든 영화엔 위기가 있습니다. 커다란 기차를 움직이는 즐거움은 어느 날 철로 앞에 뛰어든 사슴 한 마리를 치어 죽이면서 두려움으로 뒤바뀝니다. 조종석에서, 때로는 기차에서 내려서까지 벌벌 떨고 있는 주인공에게 열차 기관사로 평생을 살아온 시아버지가 말합니다.

"너는 손님들을 태우고 있어."

손님들을 태우고 있다는 건 기차를 모는 일의 본질입니다. 기관사가 기차를 모는 이유는 그저 기차를 몰기 위해서는 아닌 겁니다. 사람과 화물을 역에서 역으로 옮기기 위해서지요. 탈선과 화재 등 각종 사고에 대응하는 것도 기관사의 일입니다. 그저 먹고 살기 위한 직업 이상의 것, 결코 잊지 않아야 할 업의 본질을 주인공은 그렇게 받아들입니다.

문득 영화 〈친구〉의 한 장면이 떠오릅니다. 준석이 오랜만에 찾아온 친구에게 속을 터놓던 장면이지요. 그때는 그저 실패자의 넋두리라고 생각했습니다. 스스로 제 인생을 망치고 또 남 탓을 하는 거라고 말입니다. 그런데 이제와 돌아보니 필요할 때 듣지 못한 말 한마디가 얼마나 아쉬운지, 반대로 제때 듣는 충고 하나가 얼마나 값진지를 알겠습니다.

처음 기자가 되어 수습을 마치고 출입처에 던져졌을 때였습니다. 처음 한 기관을 취재하게 됐는데 도대체 어디를 어떻게 취재해야 할지 도통 모르겠는 겁니다. 매일매일 그날의 기사거리를 찾는 게 엄청난 부담으로 다가왔습니다. 아는 사람도 없고 어디서 사건을 구해야 할지도 몰랐으니까요. 어찌어찌 하루를 막아도 내일도 모레도 그 다음날도 무언가를 써야만 했습니다. 스트레스를 받으며 하루하루를 버티니 좋은 기사가 뭔지, 어떤 기사를 쓰고 싶었는지도 가물가물해지기 시작했습니다. 그저 기사를 쓰는 게 일이구나 싶었습니다. 선배의 조언이 절실했던 그 때, 같은 출입처를 맡고 있던 1진 선배를 찾아가 물었습니다. 제가 건넨 몇 가지 질문에 그는 귀찮다는 듯 말하더군요.

"기자는 누가 가르쳐 주는 거 아니야. 자기가 알아서 해야지."

제법 많은 시간이 흐르고서야 알았습니다. 그가 답을 할 역량
도 자질도 없었다는 걸요. 그렇다 해도 알아서 하라는 말은 무책임
합니다. 그 답을 들은 사람은 영영 묻지 않게 될 수도 있으니까요.

필요한 때 필요한 말을 듣는 건 어려운 일입니다. 필요한 말을
해줄 수 있는 사람은 생각만큼 많지 않습니다. 말을 위해선 생각
이 있어야 하는데, 쓸 만한 생각을 하고 있는 사람이 세상에 얼마
나 되겠습니까. 운이 좋아 좋은 충고를 하는 사람을 만나더라도
듣는 자세가 되어 있지 않다면 또 의미가 없습니다. 쓸 만한 고민
을 하는 사람보다 더 적은 게 열린 마음으로 귀담아듣는 사람이
아닙니까. 사람과 때가 모두 맞아야 하니, 좋은 충고를 받아들인
다는 건 가히 기적 같은 일입니다.

언론에 몸담은 긴 시간 동안 주변엔 고민을 나눌 사람이 얼마
되지 않았습니다. "너는 승객을 태우고 있어"라는 일깨움 대신 우
린 연봉이 얼마고, 저 회사는 얼마야, 우리 근무 시간이 어떻고 다
른 데는 어떻다는 불평들만 흩뿌려져 있었습니다. 클릭 수에 대
한 고민은 못해도 수십 번을 족히 들었는데 저널리즘에 대해선
세 번을 채 듣지 못했습니다. 대학은 학문을 말하지 않고, 법조계
는 정의를 말하지 않으며, 의사들은 히포크라테스 선서를 잊어버
렸으니, 언론이라고 저널리즘을 챙길 필요는 없는 것이었을까요.

다행히도 본질을 생각하는 사람들이 있습니다. 그들은 정말이
지 어디에나 있습니다. 민주주의를 배운 뒤 민주적이지 않은 세

상에 들고 일어난 학생들처럼, 제가 아는 것을 행하려는 사람들이 곳곳에 있습니다. 의사는 환자를 치료하고, 선생은 학생을 가르칩니다. 변호사는 법의 정신을 따르고, 기자는 저널리즘의 가치를 지킵니다. 기관사는 승객을 태운다는 걸, 군인은 나라를 지킨다는 걸 잊지 않으려 합니다. 공직자는 국민을 섬깁니다. 이들이 지키는 본질 앞에 다른 무엇도 설 수 없습니다. 그게 본질을 다하는 것입니다.

기자로 일하는 동안 이따금 본질을 다하는 사람을 만났습니다. 경찰과 소방관, 변호사와 의사, 교사와 항해사, 그리고 분명히 기자들도 있었습니다. 제가 선 자리에서 정성을 다해 업을 이루려던 그들은 자주 고통스러워했으나 쉽게 포기하려 들지 않았습니다. 저는 그들이 여전히 제 자리를 지키고 있으리라 믿습니다. 제가 생각하는 미래가 그와 같은 이들에게 있기에, 저는 여전히 절망보다는 희망을 봅니다.

시베리아의 개척 도시 이르쿠츠크에 도착한 건 어둠이 짙은 새벽의 허리쯤이었습니다. 긴 열차 여행을 함께 한 동승자들과 인사를 나누고 짐을 챙겨서 내렸습니다. 오랫동안 꿈꿔온 바이칼 호가 코앞에 있을 터였습니다. 플랫폼을 빠져나와 한참을 돌아 역사 안에 들어섰는데 어딘가 허전한 기분이었습니다. 아뿔싸! 주머니에 여권이 없었습니다. 잠들기 전 잠시 침대칸 위에 꺼내 두었던 걸 깜빡 잊고 그냥 내린 것입니다. 플랫폼에 멈춘 열차는 곧 모스크바로 떠날 것입니다. 다음 열차는 이른 아침에나 있으니 따라갈 수 있을까 정신이 멍했습니다. 여권을 잃어버리면 바이칼은커녕 모스크바와 상트페테르부르크로 이어지는 다음 일정도 단단히 꼬이고 말겁니다. 뭐 하나 마음처럼 되지 않아 홀쩍 떠나온 여행길, 이조차도 엉망진창으로 흘러가는구나 싶었습니다. 눈앞이 깜깜해졌습니다.

그때 한 사내가 다가와 말을 걸었습니다. 기차를 타고 오며 멀찍이서 눈빛을 몇 번 나눈 사내였습니다. 하바롭스크에서 이르쿠츠크까지, 시베리아 횡단열차 3등 칸에서 저는 사람들과 제법 말을 트고 지냈습니다. 개중 몇과는 술과 라면과 커피를 나누며 이야기꽃을 피웠습니다. 서로 아는 러시아와 한국 사람을 번갈아 이어말하기하며 벌칙게임을 했는데, 몇 칸 떨어져 있던 그는 제법 끼고 싶은 눈초리를 보내기도 했습니다. 그가 특히 관심을 보냈던 건 영화 이야기가 나왔을 때였습니다. 알고 있는 러시아 유명인들이, 그러니까 차이코프스키, 도스토예프스키, 톨스토이, 고리키 같은 이들이 하나둘씩 떨어져 궁지에 몰렸을 무렵, 그맘때 보았던 영화 한 편이 머리를 스쳤습니다. 〈레토〉라는 영화였죠. 저는 그 영화의 감독 키릴 세레브렌니코프의 이름을 대서 간신히 벌칙을 면했습니다. 그때 그가 멀찍이서 박수를 쳤습니다. 그가 다가와 몇 명의 이름을 더 이야기하긴 했는데 제가 아는 건 딱 거기까지였습니다.

그런 그가 제게 다가왔습니다. 대략 무슨 문제가 있느냐고 묻는 것 같았는데 설명할 틈이 없었습니다. 열차가 떠나기 전에 여권을 찾아와야 했으니까요. 저는 그에게 제가 이고 지고 온 캐리어와 배낭들을 맡기고는 여권을 찾아야 한다고 말하고 냅다 뛰었습니다. 지체할 시간이 없었으므로, 그가 '패스포트'란 말과 제 행동을 이해하길 바랐습니다. 그는 한국 유명인들은 두루 아는 지식인이었으므로 그쯤은 쉽게 이해할 거라고 믿었습니다. 그런데도 온갖 생각이 다 들었습니다. 열차에서 잠깐 이야기 나눈 게 전부인 그가 내 짐을 들고 가버리진 않을까 하는 생각도 없었다고는 못하겠습니다. 여권도 잃고 짐도 죄다 잃으면 주머니에 있는 돈 몇 푼과 핸드폰이 전부일 것이었습니다. 그래도 살기야 하겠지만 어마어마하게 곤란해질 게 분명했습니다. 하지만 방법이 없었고 저는 그냥 믿기로 했습니다. 그 짐을 다 들고 열차를 잡는 건 무리였으니까요.

막 열차 문을 닫으려던 승무원을 겨우 불러 세웠습니다. 그에게 열차 안에 여권이 있다고, 절대로 보낼 수 없다고 말했습니다. 얼마나 간절했는지 지금도 생각하면 정신이 또렷해질 정도입니다. 아무리 말이 통하지 않아도 여권을 놓고 내린 멍청이가 앞에 있단 것쯤은 충분히 알 수 있었을 겁니다. 승무원의 배려로 열차에 들어가 여권이 들어 있는 주머니를 가지고 나올 수 있었습니다. 몇 초만 늦었다면 정말 늦었을 겁니다. 여권을 찾고 보니 이번엔 맡기고 온 캐리어와 배낭이 걸렸습니다. 열차에서 잠깐 본 사이인 그에게 제대로 당부도 못하고 짐을 맡아줄 것을 청했으니까요. 그가 짐을 죄다 가져가 팔아치운다고 해도 방도가 없었습니다. 깊은 새벽 역사 안엔 그 말고 사람이 몇 되지 않았으니까요. 황급히 로비로 달렸습니다. 몇 분이나 되었을까, 텅 빈 로비에 그가 홀로 서서 저를 보고 웃었습니다. 제 배낭을 번쩍 들어 올리고는 소리 내어 웃었지요. 순간 마음이 찬란해졌습니다. 덥수룩한 그의 턱수염 가닥에다 키스를 퍼붓고 싶은 심정이었습니다. 그는 제게 패스포트를 찾았느냐 물었고 저는 고개를 끄덕였습니다. 그가 제게 악수를 건넸던가, 우리가 포옹을 하고 헤어졌던가는 기억나지 않습니다. 그러나 바쁜 걸음으로 역을 빠져나가는 그의 뒷모습을 보며 느낀 감정이 여적 뚜렷합니다.

2005년, 대학교 첫 여름방학을 맞아 동기 둘과 찾은 지리산에서도 그와 꼭 닮은 감정을 느꼈습니다. 화엄사에서 출발해 천왕봉에 이르는 2박 3일의 종주코스였습니다. 노고단에서 첫날 밤을 보내는 대신 다음 산장까지 발길을 재촉했는데 어둑어둑해질 무렵 그만 길을 잘못 들고 말았습니다. 한참을 가다 보니 닦인 길이 끊어지고 한동안 사람이 오간 흔적이 없는 길만 나왔습니다. 사위가 어두운 데다 불을 밝힐 무엇도 없어서 움직이기도 여의치 않았습니다. 날은 춥고 물도 없어 여간 낭패가 아니었습니다. 어떻게든 길을 되짚어 돌아갈지, 길처럼 보이는 곳을 더듬으며 나아갈지를 고민하던 차에 맑은 소리가 들렸습니다. 바람에 흔들린 종이 울리는 소리, 틀림없이 어느 처마 밑에 매달린 풍경 소리였습니다. 우린 일어나서 그 소리를 짚어 나아갔습니다. 계곡을 건너고 산기슭을 기어올라 길이 없는 땅을 헤치고 나아갔습니다. 한참을 가니 어디선가 사람 소리가 나는 듯도 했습니다. 민망함을 무릅쓰고 소리쳐 사람이 있냐 물었더니, 저편에서 굵은 목소리가 화답했습니다. 그렇게 생애 첫 조난과 구조를 겪었습니다.

어렵게 도착한 그곳은 반야봉 아래 묘향대에 자리한 묘향암이란 암자입니다. 지리산은 물론 남한에서 가장 높은 곳에 위치한 암자입니다. 스님이 수도하는 두어 칸짜리 작은 건물 하나가 전부인데, 마침 스님 한 분이 저희를 맞아주셨습니다. 몸을 벌벌 떨며 좀처럼 진정하지 못하는 스물 남짓 사내들에게 두터운 이불 깔린 방 한 칸을 주고는 바닥이 뜨겁도록 불을 지펴 주셨습니다. 따뜻한 된장국에 청하 한 병도 함께 내어 주셨는데, 우린 그걸 허겁지겁 받아먹고는 기절하듯 곯아떨어졌습니다. 다음 날 맞은 아침이 어쩌나 맑던지 저는 그 순간을 잊지 못합니다. 너른 바위암반 위에 암자가 세워져 있었습니다. 뒤편엔 바람을 막아주는 언덕이, 앞쪽엔 지리산 첩첩산중이 드넓게 펼쳐져 흔치 않은 명당인 걸 알 수 있었습니다. 바위를 뚫고 새는 맑은 물이 가득 고인 샘에서 시원한 물을 잔뜩 퍼먹고는 친구들과 나란히 절벽 앞에 서서 소변을 갈겼습니다. 상쾌하고 시원한 기분이 들었지요. 그날 아침 스님께 인사를 드리고 떠나가는 길에 우리가 느낀 감정은 감사였습니다.

누군가에게 도움을 받을 때 가슴에 차오르는 감정이 있습니다. 고마움입니다. 순도 높은 고마움을 느끼고 나서야 사람은 비로소 제가 그 같은 마음을 모르고 살아왔던 걸 알게 됩니다. 늘 고맙다는 말을 입에 붙이고 살면서도 진심으로 고마워한 일이 그리 많지 않던 걸 깨닫는 거지요. 고마움은 당연한 감정이 아닙니다. 똑같은 친절과 도움이 있더라도 내가 제대로 받아들이지 않으면 고마워할 수 없습니다. 이국의 낯선 도시에서 여권을 잃을 위기에 처했기에, 추위와 목마름에 낭패를 겪은 탓에 깊이 감사할 수 있게 된 겁니다. 받아들이는 이의 마음이 준비되고 나서 제대로 감사할 수 있게 되는 겁니다.

잘 보려 하면 잘 보게 되고 잘 읽으려 하면 잘 읽게 됩니다. 고마워하는 마음 역시 마찬가지입니다. 누군가의 친절과 도움을 가벼이 여기지 않을 때, 진심으로 감사하는 법을 익힌 뒤에야 제대로 고마워할 수 있습니다. 감사하는 것의 가치를 안 뒤에야 베풀고 감사하는 것을 즐길 수 있게 됩니다. 온갖 어려움에도 기자라는 직업을 이어온 건 고마움 덕분입니다. 기자는 문제를 밝히고 알리는 과정에서 많은 감사를 받습니다. 물론 적잖이 욕을 먹고 비난을 받기도 하지만 누군가에겐 틀림없이 고마움을 사게 됩니다. 저널리즘이란 결국 누군가 겪는 문제를 세상에 알려 나아지도록 돕는 일이기 때문입니다.

기자 생활을 하는 동안 제법 많은 응원과 감사를 받았습니다. 적잖은 기사가 관심을 받았고, 개중 몇은 법과 제도를 바꾸는 것으로 이어졌습니다. 회사의 규칙이 바뀌고 누군가의 일자리를 되찾았으며 탄압을 막은 사례들도 있었습니다. 주어진 일을 성실히 하는 것만으로도 조금씩 세상이 바뀌는 데 기여하고 있다는 인상을 받았습니다. 많은 역경 속에서도 직업인을 일어서게 하는 긍지는 이와 같은 작은 성취들 덕에 생겨나는 게 아닌가 싶습니다.

기자는 감사해야 하는 일입니다. 누군가에게 감사를 받고 그 고마움에 보답할 수 있는 일이 세상엔 그리 많지만은 않기 때문입니다. 기자로 일하는 동안 지치지 않을 수 있었던 건 기자와 저널리즘이 마땅히 가져야 할 감사 덕분이었다고 저는 생각합니다.

절망의 언덕에서 희망을

구하는 법

문학이 그저 문학으로 끝나지 않도록 삶을 내던져 싸운 작가들이 있습니다. 스페인 내전에 참전한 헤밍웨이와 조지 오웰, 나치에 맞서 레지스탕스로 활동한 사르트르 같은 이들입니다. 한국엔 독립운동에 앞장선 윤동주, 심훈 같은 이들이 있었고, 우아하면서도 치열하게 사회문제에 목소리를 내온 조정래 같은 이도 있습니다. 일생을 파시즘에 맞서 싸운 프랑스 소설가 앙드레 말로 또한 제 삶과 문학을 일치시키려고 노력한 사람입니다. 한국에서 그의 다른 어느 작품보다 사랑받은 문장이 하나 있습니다. 저 역시 그 문장을 좋아합니다. "오랫동안 꿈을 그리는 사람은 마침내 그 꿈을 닮아 간다"라는 말이죠. 인도의 옛 속담을《왕도로 가는 길》이란 작품에다 쓴 것인데, 본뜻이 잘못 번역되긴 했으나 본래 뜻보다 더 매력적으로 알려진 사례라고 생각합니다.

어려서부터 어머님께 말조심하란 이야기를 참 많이 들었습니다. "에이, 망했다"라고 말하면 "말이 씨가 된다"라고 하셨지요. '망했다'가 아니라 "다음엔 더 잘해야지"라고, "아쉽다"라고 이야기하라는 것이었습니다. 매번 반복되는 꾸중이 하도 짜증스러워서 아예 대놓고 하기 시작했습니다. 처음엔 이런 식이었습니다. 답안지를 채점하다 문제를 틀리면 "아이고 실수했네" 하는 겁니다. 맞히면 "역시 난 뛰어나구나"라고요. 고작 반타작을 조금 넘기면서도 채점할 때마다 "대단하다", "아이고, 또 실수했네" 그런 말을 입에 붙이고 살았습니다. 40점쯤 잃어버려도 괜찮았습니다. 실수니까요. 물건을 떨어뜨리면 "이런 땅에 붙었네"라고 말했고, 일이 틀어지면 "일이 망가졌지 내가 망한 건 아니잖아"라며 웃었습니다. 그러다 보면 세상의 문제들이 정말 대단하지 않은 것처럼 여겨지곤 했습니다.

사람들은 흔히 생각하는 대로 말한다고 하는데, 실상은 말하는 대로 생각하는 경우가 더 많은 것도 같습니다. 별일 아닌 것처럼 여기면 별일이 아니게 되고, 별일처럼 여기면 별일이 되고 마는 것이죠. 그게 말과 믿음이 지닌 힘입니다. 과학은 질량을 가진 모든 물상에 중력이 있다고 말합니다. 말과 글, 하나하나의 단어에도 중력이 있습니다. 언어가 그를 접하는 이를 당겨 제게 이르게 하는 겁니다. 그 힘에 이끌려 오랫동안 꿈을 그리는 사람이 마침내 꿈을 향해 다가섭니다. 처음부터 그래서가 아니라 그렇다고 믿어서 그렇게 되는 겁니다.

소설가 조정래는 "소설이란 그저 작은 이야기가 아니"라고 말합니다. 그가 《태백산맥》, 《한강》에 이르는 걸작을 낳을 수 있었던 비결 뒤엔 바로 이 같은 믿음이 자리합니다. 알베르 카뮈와 빅토르 위고, 조지 오웰 등 수많은 예술가들도 제가 하는 일이 그저 소설과 시를 쓰는 일에 머무르지 않는다고 믿었습니다. 그 이상의 것이라고 확신했습니다. 그리고 실제로 그러했습니다.

때로 믿음이 인간을 이끕니다. 언제나 나약해지는 것은 쉽지만 나아지는 것은 어렵습니다. 그 어려움 가운데 믿음을 저기 나아지는 방향에다 밀어 두고 그 인력으로 조금씩 다가서는 게 나아지는 자의 비기입니다. 꿈을 오랫동안 바라본다는 건 그 인력에 응하는 것입니다. 인력에 응한다는 건 그 방향으로 나아간다는 것입니다. 그럼에 우리는 우리가 진정으로 믿는 것이 되는 겁니다. 소설이 단지 소설 그 이상이라고 믿는 작가처럼, 예술이 진실로 삶을 흔들 수 있다고 여기는 예술가처럼 말입니다.

기자에게도 그런 마음가짐이 필요합니다. 언론과 본인이 속한 조직, 자기 자신의 한계를 규정짓기보다는 무엇이든 가능하다는 믿음으로 방향타를 움직여야 합니다. 오늘의 박한 현실에선 믿음과 꿈이 갖는 의미가 더욱 큽니다. 언론과 기자가 처한 현실이 너무나도 가혹하고 열악하기 때문입니다. 좀처럼 벗어날 수 없을 듯한 현실 세계의 중력 너머에 나아갈 목표를 두고 그걸 또 다른 동력으로 삼아 자신을 이끌어야 합니다. 라이트 형제에게 비행이 그저 가솔린기관의 발명 덕분이 아니었고, 아프리카 남단을 돌아 아시아로 가는 항로를 연 모험도 그저 항해술의 발전 덕만은 아닙니다. 이룰 수 있다는 믿음, 그 믿음이야말로 그들에게 전대미

문의 영광을 가져다 준 것이지요.

더 나은 저널리즘이 가능하다고 믿는 한 그건 실제로 가능할 수 있습니다. 적어도 한 명의 기자는 전보다 나아질 수 있습니다. 그가 속한 언론사와 언론도 꼭 그만큼은 나아지는 겁니다. 언제나 진심은 감응하게 하는 힘이 있으므로, 저널리즘의 힘을 믿는 기자가 있는 한 기자와 언론사와 언론계 역시 나아질 가능성이 있는 겁니다. 포기하고 주저앉은 많은 이들을 보았습니다. 더 나아질 수 있다는 기대를 버린 많은 이를 만났습니다. 그들의 눈으로 보면 세상은 포기할 수밖에 없는 요소들로 가득합니다. 더 많은 클릭을 받기 위해 자극적인 제목으로 바꿔 단 노골적 기사가 쏟아집니다. 이건 아니지 않냐고 말하면 뭘 모르는 애송이 취급받기 일쑤입니다. 저기 누군가는 다분히 의도된 왜곡 보도를 일삼습니다. 돈을 받고 지면을 팔고, 거짓과 비슷한 걸 사실처럼 보도합니다. 그렇게 해서라도 '사양 산업'을 '되는 산업'으로 만드는 게 말뿐인 저널리즘보단 낫다고 믿어지는 오늘입니다.

절망의 언덕에서 희망을 구하는 법은 따로 있지 않습니다. 희망이 있다고 믿고 나아가는 이만이 희망을 만날 수 있습니다. 한때는 모두가 폭풍의 곶 너머에 죽음뿐이라고 믿었습니다. 세상의 끝에서 배가 거대한 폭포 아래로 곤두박질칠 거라고 했습니다. 그 너머에 기회가 있다고, 세상이 이어진다고 믿는 이들이 새로운 시대를 열었습니다. 그러고 보면 희망은 늘 절망 너머에 있습니다. 우리 부디, 희망을 잃지 맙시다.

여전히 아침이 오면

눈은 떠진다

V

진실의 얼굴을 한

거짓들

거짓 속에도 진실이 있습니다. 그저 있는 정도가 아니라 때로는 거짓이 사실보다 더 진실하기도 합니다. 영화와 소설만 봐도 그렇지 않습니까. 스크린 위와 책장 안에 갇힌 허구의 세계가 누군가의 마음을 움직이고 삶을 바꿉니다. 어떻게 그것을 그저 거짓이라고만 할 수 있습니까. 거짓의 외양을 한 진실이기에 가능한 일입니다. 물론 반대도 있습니다. 진실에 둘러싸인 거짓 같은 것 말입니다. 세상에 범람하는 정보 가운데 진실로 진실한 것은 열 중 대여섯이 될까 말까 합니다. 그저 진실처럼 보이는 온갖 것들을 죄다 진실의 자리에 가져다 놓고는, 마치 그것이 진실인 것처럼 연기하도록 하는 일이 우리 곁엔 너무나도 흔합니다. 의도, 내용 모두 거짓인데 사람들은 진실로 받아들이니 거짓이 끼치는 해악이 어마어마합니다.

코로나19 국면에서도 언론의 잘못은 끊이지 않습니다. 정부의 공적마스크 정책이 자리 잡기 전 이어진 마스크 대란은 '참담함의 경연장'과 동의어였습니다. 언론의 관심은 위기감과 분노를 부추기는 데만 있었습니다. 급격히 늘어난 수요와 불투명한 유통이 원인이었으나 언론은 중국으로의 마스크 유출 같은 자극적 보도만을 거듭했습니다. 어느 언론사는 중국으로 빠져나간 마스크가 월별 3억 장이 넘는다고 보도했다가 사실이 아닌 것으로 판명나자 슬그머니 기사를 내렸습니다. 또 누구는 막연한 추론으로 "한 달 2억 장이 훌쩍 넘는 마스크가 중국으로 나갔다"라는 기사를 쓰기도 했습니다. 한 달 마스크 생산이 3억 장가량이던 상황에서 2억 장의 마스크가 중국으로 나갔다면서도 근거는 제대로 제시하지 못했습니다. 식약처와 관세청 공무원들이 답답함을 드러냈지만 그뿐이었습니다. 가짜뉴스는 한중협력에 공을 쏟던 정부의 행보와 맞물려 부정적 인식을 확산시켰습니다. '친중'하느라 국민의 안전을 저버린 정권이란 매도도 줄을 이었습니다. 정부의 입장에선 여간 난감한 일이 아니었을 겁니다. 사재기를 단속하고 마스크 생산부터 유통까지를 국가가 관리하기 시작한 뒤에도 문제는 계속됐습니다. 어떤 언론은 마스크 유통을 직접 관리하는 대만의 정책을 칭찬하다가, 유사한 공적마스크 정책에 대해선 사회주의적 태도라고 입장을 싹 바꾸었습니다.

　　공적마스크 제도가 안착하기 전까지 이 같은 모습이 반복됐습니다. 중국에 마스크를 퍼줘 대란이 일어났다는 기사를 시작으로 진단키트와 백신 수급까지 의도가 의심되는 보도가 한둘이 아니었습니다. 언론의 제일 목표가 정부 흔들기인 것처럼 느낄 때도 없지 않았습니다. 그러나 누구도 그에 대한 책임을 지지 않았습니다. 그 과정에서 더 나은 방향을 향한 고민은 찾아볼 수 없었습니다. 뉴스가 나오면 나올수록 진실과는 점점 더 멀어지는 듯한 기분이 들고는 했습니다.

대놓고 유포되는 거짓도 전 세계적으로 흥하고 있습니다. 2021년 여름, 미국 국립암연구소 저널에 유타대학교 암연구소 연구팀의 보고서 하나가 실렸습니다. 소셜미디어에 돌아다니는 암 관련 정보 가운데 33퍼센트 정도가 거짓된 내용이란 것이었습니다. 심지어 거짓된 정보의 8할 가까이는 환자에게 부정적인 영향을 미칠 수 있는 내용이라고 했습니다. 그 많은 거짓이 제대로 된 검증 없이 퍼지고 신뢰된다는 겁니다. 때로는 '좋아요'와 '공유하기' 같은 버튼을 통해서, 또 때로는 무책임한 '옮겨 쓰기'를 통해서였습니다. 한국 언론은 가짜뉴스를 고민 없이 받아들이는 데 특화된 역량이 있습니다. 어느 음식이나 약이 건강에 효과가 있다는 기사가 아무렇지 않게 나갑니다. 이름만 들어도 알만한 언론사가 반복적으로 그런 기사를 작성하는데, 정작 그 내용이 전혀 사실과 다른 경우도 많습니다. 대부분은 기사를 쓴 기자가 업체로부터 보도자료를 받아 작성한 기사입니다. 광고라면 식약처 제재대상이지만 기사인 탓에 제재를 받지 않습니다. 광고비가 직접 집행됐다면 처벌 대상이 될 텐데 광고비가 오간 내역을 잡아낸 사례가 또 없습니다. 이 같은 기사형 광고를 제 이름을 걸고 쓰는 기자가 다른 기사는 저널리즘에 입각해 써내리란 기대를 하긴 어렵습니다.

출처가 불확실한 정보가 공공연히 유통됩니다. 반려동물 인구수나 메타버스 시장규모, HMR(가정간편식) 시장규모와 같이 정확한 조사가 이뤄진 적 없는 통계수치는 뒤에 나온 기사가 먼저 나온 기사의 수치를 베껴 가며 작성되고 확산된 겁니다. 일일이 사실을 확인하려 원천이 된 자료를 뒤져 보면 근거가 아예 없는 경우도 적지 않습니다. 그런데도 기사들은 서로를 복제하며 거짓을 마치 사실인 것처럼 만듭니다. 스스로 쓰는 정보가 사실인지 거짓인지 검증하지 않는 이유는 분명합니다. 검증엔 노력이 필요하기 때문입니다. 수치가 나온 원천을 찾아야 하고 찾아낸 뒤 이해가 되지 않으면 여러 전문가에게 의견을 구해야 합니다. 그런 뒤에야 판단할 수 있는 것인데 고작 한두 번 등장하는 수치를 확인하고자 그런 노력을 들일 엄두가 나지 않는 겁니다. 더욱이 내가 처음 쓰는 것도 아니라면 말이죠. 그럼에도 수치를 아예 뺄 생각은 하지 않습니다. 수치가 있어야 기사가 그럴듯해 보이기 때문입니다.

기자가 된 뒤 생각보다 많은 기자가 원천 자료를 검토하지 않고 다른 기사를 근거로 기사를 쓴다는 사실을 알고서 충격을 받았습니다. 기자가 되고 5년쯤 지난 오늘에 이르러 저는 조금은 다르게 생각합니다. '제멋대로 수치를 지어내 쓰지 않는 게 어디냐' 싶은 겁니다. 아예 없는 보고서와 통계를 있는 것처럼 만드는 건 그리 어려운 일이 아닙니다. 누구도 자료를 충실히 검증하지 않기 때문입니다. 믿기지 않나요? 지난 5년 동안 누구도 한 적 없는 인터뷰를 한 것처럼 실은 기자를, 존재하지 않는 취재원을 가상으로 만든 기자를 저는 적지 않게 보았습니다. 회사의 규모, 정치적 성향, 연차 등과 상관없이 적지 않은 기자들이 그러고들 있습니다. 진실과 거짓이 언론 안에서 어떤 취급을 받고 있는지 알 만하지 않습니까.

국제부 기자는

외신을 베낀다

러시아와 우크라이나 간 전쟁이 끝나지 않고 있습니다. 미국의 패권 유지와 러시아의 팽창, 유럽의 향방이며 에너지와 곡물의 수급과 연결된 이 전쟁이 그저 두 나라의 싸움일 수 없기에 전세계적 관심사가 되고 있습니다. 그 아래쪽에선 미국의 오랜 동맹이던 사우디가 중국에 다가서며 원유를 달러가 아닌 위안화로 결제할 수 있게 하리라는 논의가 활발히 오갑니다. 이미 러시아 에너지를 중국 통화로 결제하게 된 상황에서 미국의 에너지며 금융패권의 위상이 흔들리는 게 아니냐는 분석도 나옵니다.

대륙 반대편에선 중국의 시진핑 주석이 연임에 성공하며 중국과 대만 사이에서 또 다른 전쟁이 일어날지 모른다는 우려가 일고 있습니다. 인권과 경제, 정치와 산업, 종교와 문화, 군사며 역사적 맥락까지 얽힌 가운데, 각국 언론은 급변하는 정세에 촉각을 곤두세우고 세계의 변동이 독자와 시청자, 자국의 시민들과 밀접하게 연동돼 있단 사실을 일깨우려 합니다. 이런 맥락에서 한 발짝 떨어진 몇 안 되는 나라가 있으니 그 나라가 바로 제가 살아가는 한국입니다. 서로의 총구를 서슬 퍼렇게 맞대고 선 분단국가이며 에너지 수입국이자 수입·수출에 의존하여 경제를 꾸려 가는 한국의 현실에서 우리 언론의 안이함은 놀라울 지경입니다.

얼마 전인가요, 러우 전쟁을 다루는 한 유명 방송사 뉴스 화면이 온라인에 떠돈 적이 있습니다. 이 방송국은 두 나라의 전쟁을 다룬다며 프랑스 파리의 특파원을 연결해 뉴스를 전했습니다. 이 특파원은 제 SNS를 통해 수집한 정보며 해외 유력 언론사의 보도를 종합하여 우크라이나 현지 사정을 전했죠. 전쟁이 터지고 상당한 시간이 흐른 뒤에도 한국을 대표하는 언론사가 네티즌 수준의 보도밖에 하지 못하는 꼴이 참담하단 비판이 줄을 이었습니다.

시진핑 주석 연임 뒤 미국과 일본의 유력 언론사가 연일 심층 보도를 내놓은 데 반해 한국은 그저 표면 위의 뉴스를 다루는 데 급급했습니다. 해외 언론사처럼 현지에서 취재할 충분한 인력을 갖추지도 못했을뿐더러, 독자적인 분석을 내놓을 수 있는 전문성 있는 기자도 갖지 못한 탓이었습니다. 중국과 대만의 전쟁 가능성과 미군의 전쟁 억지에 대한 의지, 대만이 가진 반도체 기술력이 서로 뗄 수 없는 관계란 점을 고려한다면 한반도에게 이 문제는 결코 강 건너 불이 아님에도 그랬습니다. 결국 해외에 선이 닿지 않는 한국의 평균적 시민들은 이 문제와 관련한 제대로 된 정보를 며칠 늦게 받아보게 되었지요.

한국이 어디 나가도 빠지지 않는 선진국이라고들 말을 하지만 정작 내실을 돌아보면 구멍이 숭숭 나 있는 듯 느껴질 때가 적지 않습니다. 뒤처져 있는 건 그저 언론사의 역량만이 아닌 저널리 즘에 대한 자세이자 기자로서의 태도이기도 한 것입니다. 언론사 에 입사하고 보니 국제부는 선망하는 이와 무시하는 이가 현격히 나뉘는 자리였습니다. 사내 국제부 기자들의 역할이란 회사원처 럼 제시간에 사무실로 출근하여 밤새 나온 외신들을 확인하고 개 중 중요한 보도들을 뭉뚱그려 섞은 뒤 재조합하는 정도에 지나지 않았습니다. 몇몇 열성적인 기자를 제외하곤 아주 많은 언론사, 기자들이 비슷하게 일하고 있었습니다. 사무실에서 일하는 탓에 자유롭지 못하다며 기피하는 이들이 있었고, 취재할 일이 거의 없어 편하다고 선호하는 이들이 있었습니다.

어느 국제부 출신 기자는 '국제부는 영어를 공부하기 좋은 부 서'라고 요약했습니다. 같은 회사 국제부 출신들이 연달아 토익 만점을 받았다며 매번 외신을 보고 독해하는 것이 일이니 공부하 기에 제격이라고 했습니다. 그에게 당시 급변하던 정세와 주류가 아닌 언론들의 다양한 시각에 대해 물어도 보았으나 돌아온 답은 참담한 수준에 그쳤습니다. 그에게 국제 기사란 그저 서구 유력 언론 몇몇 기사를 베껴 다시 쓰는 일에 지나지 않았던 것입니다. 다른 부서라 해도 통신사와 앞서가는 언론사의 기사를 받아쓰는 게 일이지 않냐 한다면 쉽게 아니라고 말하기는 어렵습니다. 다 만 이와 같은 특성이 가장 두드러지게 나타나는 부서가 국제부란 점은 부인할 수 없는 일입니다. 현지 특파원이 있다고 해도 현지

한인풀에 파묻혀 독자적인 취재를 하는 경우가 드문 것이 사실이고 보면, 결국 한국 기자들의 업에 대한 철학이 뿌리 깊이부터 어긋나 있는 게 아닌가 싶습니다.

그래도 기자 출신이라고, 한국에는 왜 종군기자가 없느냐고 물어오는 이가 자주 있습니다. 베트남 호찌민의 전쟁박물관 3층엔 인도차이나 전쟁에서 숨진 세계 각국 언론인들의 기록이 남아 있습니다. 전설적인 사진가 로버트 카파를 비롯해 베트남과 미국, 프랑스, 일본, 호주, 오스트리아, 독일, 영국, 스위스, 싱가포르, 캄보디아의 많은 언론인이 전쟁을 보도하다 숨졌습니다. 미군의 민간인 학살을 최초로 보도한 것도 미국인 기자 세이모어 허쉬였습니다. 한국군 역시 같은 기간 여러 민간인 학살 사건을 자행한 의혹을 받고 있지만, 그곳에 한국 기자는 없었습니다.

그로부터 반세기가 다시 흘러 한국의 기자들은 러시아 우크라이나 전쟁 현장에도, 시진핑 주석과 대만의 긴장 구도에도, 그밖에 다른 어느 현장에도 없습니다. 위험한 곳만이 아니라, 위험하지 않은 곳에도 없는 겁니다. 이들은 현장을 버리고도 제가 버린 것이 무엇인지 알지 못하고 있습니다. 그게 업에 대한 무지로부터 비롯됐으며, 그 무지가 일에 대한 긍지를 갉아먹는다는 걸 깊이 고민하는 기자를 저는 얼마 알지 못합니다.

어디에 섰느냐가 아니라 무엇을 하느냐다

"요즘은 개나 소나 다 들어와. 좀 있으면 유튜버도 들어오겠어."

국회에 언론사가 출입하는 소통관이 새로 들어서며 오가는 기자가 많이 늘었겠다고 물었습니다. 선배는 아무나 국회에 들어온다며 출입사가 많은 것이 영 탐탁지 않은 눈치였습니다. 스물에서 서른 남짓한 언론사만 들어오는 곳만 취재했던 제게 웬만한 언론사가 자유롭게 드나드는 국회는 취재하기 좋아 보이는 곳이었는데, 수준 낮은 언론이 늘어 문제도 많다고 했습니다. 알아보니 기자가 세 명만 되면 국회에 출입이 허용된다고 하였습니다. 세 명이 안 되면 국회에 들어올 때마다 사유를 적고서 출입해야 한다는 것입니다. 이후 정치 전문 유튜버나 블로거가 늘어나며 이들이 기자와 마찬가지로 국회에서 취재를 하는 일도 빈번해졌습니다. 기자들과 이야기를 나누면 유튜버와 블로거에게 불신을 드러내는 경우를 흔히 마주할 수 있었습니다만, 곰곰이 들여다보면 대체 무엇이 그리 다른가 하는 의문을 지울 수가 없었습니다.

가끔은 블로거에게, 또 유튜버에게 저널리즘을 발견할 때가 있습니다. 자기만의 방식으로 사실을 진실하게 전하려 고심하는 이들이 소속과 형식을 뛰어넘어 존재하고 있는 것입니다. 기자보다 치열하고 언론보다 치밀하게 사실을 훑어가는 이들의 보도를 보면 끓는 줄도 모르고 죽어가는 냄비에 담긴 생선이 떠오르곤 합니다. 변방에서 격변이 일어나는 동안 수도에 앉아 제가 특별한 인간이라 여기던 패망한 국가의 귀족들이 떠오르는 것입니다. 귀족이었다고 부를 만큼의 품위가 있었는지도 의심스럽지만 말입니다.

지난 2022년 5월 국토교통부가 배포한 보도자료를 떠올려 봅니다. 여느 보도자료들이 그렇듯 기자들이 발제하며 볼 수 있도록 새벽 일찍 나온 자료엔 그날 오후 2시 있을 장관과 지역주민의 간담회 내용이 상세하게 적혀 있었습니다. 무려 6시간 뒤에 있을 간담회에서 주민들이 장관에게 GTX 개통이며 노선 연장과 관련한 당부를 전하는 내용이 담겨 있던 겁니다. 이에 대한 장관의 답변까지 그대로 들어 있어 아직 열리지도 않는 간담회를 상상해 적은 것이 분명해 보였습니다. 황당한 것은 그다음입니다. 이날 오후 예정된 간담회가 끝날 시간이 되자 대다수 언론사가 이 자료를 그대로 받아 보도한 것입니다. 주민들의 건의부터 장관의 응답까지 토씨 하나 틀리지 않고 그대로 적혀 기사로 나왔습니다. 몇몇 커뮤니티를 통해 이 웃지 못할 촌극이 보도되었고 다수 언론사가 기사를 고쳤지만 여전히 몇몇은 그대로 내걸고 있습니다. 그 기자와 언론사는 저가 쓴 기사와 간담회에 대해 찾아보지 않을 테니 이 사실이 논란이 된 줄도 모르고 있겠지요. 한국 저널리즘의 현실이 이렇습니다. 중요한 건 기자와 유튜버, 블로거를 가르는 것이 아닙니다. 이들이 저널리즘을 하고 있는가 아닌가가 그보다는 훨씬 더 중요합니다. 본인이 하는 일이 어떤 원칙으로 이뤄져야 하며, 어떤 가치를 지키고 어떤 위험을 경계해야 하는지 고민해야만 합니다. 오늘날 기자의 현실이 '뇌피셜'을 그대로 받아쓰는 수준에 그치는데 어떻게 블로거며 유튜버와 구분돼야 한다고 말할 수가 있겠습니까. 기사를 쓰는 이유가 시민이며 독자며 시청자에게 보다 정확하고 진실된 정보를 전하는 것이란 걸 잊고 있는데 그것을 어떻게 저널리즘이라 할 수 있겠습니까.

이날을 지켜보며 저는 스포츠 경기 후에 이루어지는 도핑 테스트를 떠올렸습니다. 공정한 경쟁이란 스포츠 고유의 정신을 나몰라라 하고 약물에 의존한 이를 잡아내는 것이 도핑 테스트입니다. 무작위로 한 선수를 잡아다가 테스트를 하는 것인데, 여기 걸려 메달이 박탈되고 선수 생명이 끝난 이들이 적지 않습니다. 이날 제가 듣지도 못했고 조금만 생각해도 사실이 아니란 걸 알 수 있었을 내용을 그대로 보도한 기자들이 그리도 많았던 건 저널리즘을 저버린 자격 없는 기자가 그만큼 많았다는 뜻이기도 합니다.

한국 언론이 언론을 보호하는 방식을 보면 참담합니다. 스스로 자격이 있는지 돌아보고 고민하는 이들은 만나기 어렵습니다.

말로는 저널리즘을 이야기하며 정작 중요한 순간마다 정파적이고 편의적이며 제 선입견에 휩싸인 보도를 내놓는 이들이 얼마나 많습니까. 그러면서도 저들은 언론이 아니고, 그들은 비출입처고, 또 저들은 메이저가 아니라고 선을 긋기 일쑤입니다. 그렇게 제 밥그릇을 지키고 정보를 독점하며 저만 제대로 된 언론이라고 꾸며 댑니다. 그 사이에서 저널리즘은 희미해져만 갑니다.

어디서나 무너지고
어디서나
세워진다

회사가 빌딩을 샀습니다. 비싸기로 손꼽히는 곳이었습니다. 창간 뒤 20년 동안이나 남의 건물에 세 들어 있었으니 축하할 일이었습니다. 맨손으로 시작해 수백억 원짜리 빌딩을 사들였단 건 그만한 성취가 따랐다는 증거일 테니까요. 그런데 웬일인가요. 직원들은 기뻐하지 않았습니다. 도리어 조금씩 불행해진 듯도 보였죠. 알음알음 회사가 빌딩을 샀다는 소식이 퍼져나갈 즈음이었습니다. 동료들과 만나면 비슷한 얘기가 나왔습니다. "너 그 이야기 들었어?"로 시작해 "일할 맛 참 안 난다"로 끝나는 대화였습니다. 그런 이야기 속에 자리한 생각은 이랬습니다. 회사와 직원의 운명은 전혀 다르다, 회사와 직원의 성취를 연결 짓는 건 어리석은 생각이라는 것이었습니다. 틀린 말은 아닐 겁니다. 아니, 사실이 그랬습니다. 회사는 부자가 됐는데 직원들 월급은 제자리였으니까요. 물가며 부동산 가격이 무섭게 치솟는 걸 감안하면 제자리 월급은 제자리도 아닌 것이었습니다. 건물주가 된 회사와 그 회사를 다니는 동안 전보다도 못하게 된 직원들이 어떻게 같은 운명일 수가 있겠습니까.

최근 몇 년은 그런 시기였습니다. 나보다 자산이 자라는 속도가 훨씬 빠른 시대였지요. 주변을 돌아보면 주식과 부동산, 가상자산까지 거침없이 오르는 것들로 가득했습니다. 어디 개인들뿐입니까. 수많은 기관과 조직이 부를 부풀리는 데 정신이 없었습니다. 구성원의 미래는 도외시한 채 이익만 추구하는 조직 가운데서 직원들의 자존감은 바닥을 찍고 있었습니다.

어느 대형병원을 취재한 날이었습니다. 그 병원은 지역에서 제일가는 의료센터로 성장에 성장을 거듭했습니다. 인근에 새로 지어 올린 병동들은 지역을 통째로 삼킬 듯 웅장하였습니다. 병원 안 시선이 닿는 곳마다 새로 들어온 의료기기며 첨단 기술을 홍보하는 문구가 붙어 있었습니다.

그런데 직원들은 행복하지 않았습니다. 그들은 외부인인 기자에게 병원의 비리며 문제점을 제보하기 바빴습니다. 어느 한둘이 아니라 많은 구성원이 조직 밖으로 문제를 내보이고 상황이 나아지길 기대하고 있었습니다. 그들이 제공한 여러 자료에선 병원이 구성원 처우며 근무 여건 향상에 관심이 없었다는 게, 오로지 이익을 키우는 데만 정신이 팔렸단 것이 고스란히 드러났습니다. 간호사들은 피나 오물이 묻어 오염된 근무복을 집으로 가져가 세탁해야 했습니다. 제대로 쉴 시간도 부여받지 못한 채 단체협약

이 금지하고 있는 근무 형태를 유지하는 경우도 많았습니다. 심지어는 탈의실도 제대로 만들어지지 않아 조직원의 원성이 자자했습니다. 병원의 외적 성장에도 직원들의 자부심이 무너지고 근속연수가 3년 이하로 추락한 데는 이런 사정이 있었던 것입니다.

취재를 다닌 대학교와 기업체 중에서도 그런 곳이 많았습니다. 부동산이나 각종 투자 상품에 잉여 이익금을 넣으면서 계약직 비율을 늘리는 데만 혈안이 된 기관을 적잖이 보았습니다. 청소하는 계약직 직원에게 엘리베이터를 타지 못하도록 하거나 직원 식당을 이용하지 못하도록 하는 유명 업체도 있었습니다. 이 업체는 계약직 직원에겐 명절 선물도 주지 않아 원성을 들었습니다. 브랜드 이미지를 개선하는 광고에 임원 친인척을 출연시키고 연간 수억 원씩을 쓰면서도 직원들에겐 명절 선물조차 아까워하는 직장을 보면서 구성원들은 어떤 생각을 가지게 되었을까요.

언젠가 취재를 나가 만난 한 업체 대표는 직원들에게 주인 의식을 갖고 일하라는 말을 입버릇처럼 달고 살았습니다. 최저시급을 겨우 넘기는 임금을 주면서, 첫 석 달은 수습 기간이라는 명목하에 그조차 지급하지 않으면서도 직원들에겐 꼬박꼬박 주인의식을 가지라고 잔소리를 해댔습니다. 그는 서른 명 가까이 직원을 고용하고 있었는데 서류상으론 사업장을 여럿으로 쪼개어 직원들이 서로 다른 직장에 다니는 것처럼 꾸미기도 했습니다. 이유는 간단했습니다. 해고를 비롯해 연차나 각종 수당과 관련한 법률 적용을 회피할 목적이었습니다. 근로기준법이 영세 사업장의 부담을 줄여주기 위하여 5인 미만 사업장엔 법을 적용하지 않고 있는 점을 악용한 겁니다. 그때나 지금이나 이 예외 규정을 악용하는 업체가 적지 않은 게 현실입니다. 이 회사 직원들을 인터뷰하며 마주한 건 일종의 무력감이었습니다. 자기 노동으로 벌어먹는 이의 자긍심은 어디서도 찾아볼 수 없었습니다. 월급이나 잘 나오면 그뿐이라는 마음이 말끝마다 묻어났습니다. 관리자가 자리를 비운 시간엔 일을 않고 핸드폰을 보는 경우도 잦았습니다. 아예 외근을 나가서 시간을 버리다가 적당히 퇴근하는 직원도 여럿이었습니다. 그러고 보면 사장이 왜 그토록 주인 의식을 강조하게 됐는지 알 것도 같았습니다.

언젠가 의사를 취재한 일이 있습니다. 유명 병원 교수인 그는 의학전문대학원을 졸업하고 갓 공보의를 마친 아들과 같은 병원, 같은 과에 근무하게 된 참이었습니다. 의혹은 그의 아들이 아버지인 교수의 제자들의 논문에 함께 이름을 올리는 경우가 잦았다는 것부터 시작됐습니다. 한 번은 아예 자신이 대표 저자, 아버지를 교신 저자로 논문을 쓰기도 했습니다. 한 제보자는 그가 논문을 쓸 역량이 되지 않는다며 채용에 의혹을 제기했습니다. 또 다른 제보자는 아예 의학전문대학원 입시에서부터 석연찮은 문제가 있었다고 증언했습니다. 취재에 대응한 병원은 이런 일은 아주 흔하며, 문제가 될 것이 없다고 반박했습니다. 문제가 될 것이 없을지는 몰라도 이런 일이 흔하다는 건 분명한 사실입니다. 제 취재와 비슷한 시기 한 의과대학 교수가 SNS에 대놓고 아들 자랑을 하다가 낭패를 본 일이 있었습니다. 네티즌들은 교수와 그 아들이 함께 쓴 논문이 무려 스무 편이나 된다는 사실도 찾아냈습니다. 명백한 '아빠 찬스'가 아니냐는 비판이 쏟아졌습니다.

뉴스를 장식하는 아빠 찬스, 엄마 찬스가 세상엔 얼마나 많습니까. 이런 일은 그런 찬스를 꿈꿀 수 없는 보통의 인간들을 좌절케 합니다. 기회의 평등이며 과정의 공정이며 결과의 정의를 꿈꾸는 평범한 시민들을 실망케 합니다. 곁에서 묵묵히 살아가는 이들의 자긍심이 그야말로 곳곳에서 부서져 나갑니다.

어느 날 오전, 알고 지내던 경찰 간부와 가벼운 티타임을 가졌습니다. 간단히 근황 이야기를 마치고 그는 제게 자신이 관심을 가진 주식 종목에 대해 한참을 이야기했습니다. 그는 아무래도 경제지 기자면 주식 정보를 잘 알지 않느냐며 이런저런 이야기를 알아봐 달라고 청하기까지 했습니다. 한 팀을 이끌고 제법 중요한 사건을 여럿 다루는 그는 제 사건보다도 주식을 파고드는 데 열심인 것처럼 보였습니다. 팀장 얘기가 나올라치면 고개를 가로젓던 어느 형사의 모습이 불현듯 스쳐 지나갔습니다. 그날 점심에 만난 유통업체 직원은 유튜브 이야기에 열을 올렸습니다. 그는 제가 몰래 하는 유튜브가 있다며 그 채널이 제법 수익이 나와 나중엔 전업으로 할 생각까지 있다고 말했습니다. 회사에서도 종일 유튜브만 생각만 하던 그는 몇 번이나 제가 운영하는 채널의 콘텐츠를 메시지로 공유하곤 했지요. 그날 저녁은 어느 변호사와 함께했습니다. 대형 로펌 소속 어쏘 변호사(Associate Lawyer, 파트너가 되기 전 단계의 고용 변호사를 이르는 말)인 그는 일을 시작한 시기가 저와 겹쳐 이따금 만나 고민을 털어놓는 사이였습니다. 그는 함께 일하는 파트너 변호사가 일을 내팽개치고 있다며 한참을 하소연했습니다. 의뢰인들은 파트너를 보고 일을 맡기는데 막상 처리는 어린 변호사들이 죄다 하도록 방치하는 시스템이, 거기에 편승해 최소한의 의무조차 하지 않는 선배 변호사가, 그런 사실을 의뢰인에게 감춰야 하는 제 상황이 모두 참담하다는 것이었습니다.

회사를 그만두고 한동안 글쓰기 지도를 했습니다. 일은 몇 달 만에 그만두었습니다. 남의 글을 돌보는 것이 생각보다 많은 공력을 들여야 하는 것이었고, 대충 보는 것은 성미에도 맞지 않았기 때문입니다. 하나하나 깊이 파고들면 논술을 가르치는 일이란 결국 남의 부족한 생각 가운데서 대신 헤엄쳐야 하는 일이 아닌가 하는 막막함이 밀려오기도 했습니다. 다행히 가르친 이들의 성과가 좋아 조금 적게 일하며 더 많이 벌 기회도 잡을 수가 있었습니다.

이 일을 그만두게 된 데는 몇 가지 사건이 영향을 미쳤습니다. 제 글을 쓰는 걸 방해하지 않는 선에서만 일하려 마음을 먹고 있던 참에, 그 마음을 건드리는 사건이 여럿 있었던 것입니다. 업체에 속하는 대신 앱이나 알음알음으로 일을 구하던 차에 선을 넘는 이들을 만났습니다. 누군가는 자기소개서를, 또 누군가는 논문이며 보고서를 아예 대신 써달라고 했습니다. 어디서 소개를 받았는지 대뜸 전화해서는 자서전을 대필해 달라는 요구까지 받았습니다. 사람 잘못 보셨다고 거절을 하면서도 액수를 듣고서는 흔들리는 저를 발견할 때가 있었습니다. 그 사실이 아주 오랫동안 쪽팔렸습니다.

세상 어디에서나 자긍심이 싹틀 수가 있습니다. 오래전 학비가 모자라 백화점에서 마네킹을 조립하고, 은행에서 청원경찰을 하고, 포스기 자판을 조립하고, 축구며 야구장이며 공연장에서 매표를 하고, 시험지를 배송할 때도 저에겐 자긍심이 있었습니다. 곁에서 함께 일하는 이들에게도 그런 마음을 엿볼 때가 많았습니다.

자긍심이 무너지는 건 늘 한순간이었습니다. 반말로 시험지를 높은 층에 옮겨다 놓으라고 얘기하던 어느 학교 교감 선생님을 마주할 때나, "야 인마 내가 얼마를 맡겼는데" 하며 삿대질하던 은행 고객을 대응할 때나, 매표소에 동전을 쏟아놓고 욕을 하는 손님을 만날 때는 내가 천한 일을 하는 것은 아닌가 그런 자괴감이 고개를 들었습니다. "계약된 건 교무실까지 배송해 드리는 거예요, 학생들에게 시키든가 하세요" 대거리하는 내게 그 선생님은 이 학생이 어느 대학에 합격했는데 그런 일이나 하라는 거냐 하고 소리를 쳤습니다. 저는 바로 그 대학을 휴학하고 이 고등학교에서 시험지를 나르고 있는 것이었습니다. 시험지를 나르는 것이 그 대학 학생들은 할 수 없는 그런 일이라면 저는 얼마나 후퇴를 한 것인가 기분이 팍 상하고야 말았습니다. 교육청은 충분히 지불했다는 돈을 중간에서 몇 개 업체가 떼어먹었던 것인지 겨우 최저임금을 조금 넘는 돈을 받던 저는 여관비가 아까워서 2톤 트럭 조수석에서 의자를 젖혀 밤을 새웠습니다. 그날 밤, 운전하던 아저씨는 그래도 우리가 시험지를 가져다주니 걔들도 시험을 치고 학교를 가는 거 아니냐, 필요한 일을 하는 게 얼마나 좋은 일이냐며 저를 다독였습니다. 그 말 한마디에 힘이 솟아 저는 다음날 여러 학교에서 교사들이 원하는 대로 시험지를 이리 들고 저리 들고 몇 번이나 옮겨다 주었습니다.

자긍심은 아주 쉽게 무너지고 또 그만큼 쉽게 지켜지기도 합니다. 돈 주면 다 써주던데요, 과외 선생 주제에 되게 유난 떠시네요, 같은 말들을 들으며 자긍심을 지키면서 일을 하려는 게 어찌나 쉽지 않은가를 생각했습니다. 이런 일에 비한다면 기자로 일한다는 건 얼마나 쉽게 자긍심을 지킬 수 있는 것인가를 떠올리게 되었습니다. 기자들은 동시에 남의 자긍심마저 챙겨줄 수 있는 몇 안 되는 직업이 아닙니까. 그래서 그 자긍심을 기꺼이 놓아버리는 많은 이가 더 밉게 느껴졌습니다. 정말이지 우리가 그래서는 안 되는 것입니다.

꼰대와

혈액형

여기도 저기도 MZ세대 이야깁니다. 90년대생은 한참 전에 왔고, 386세대는 좀 있으면 686세대가 될 겁니다. 제 아버지와 어머니는 베이비부머 세대인데 서른 훌쩍 넘긴 아들이 밥은 잘 먹고 다니나 걱정하고 또 걱정하십니다. 저 어릴 적엔 X세대와 오렌지족 이야기가 뉴스에 매일 나왔습니다. 여기서 문제입니다, 저는 무슨 세대일까요?

전쟁 전 침묵의 세대, 전후엔 베이비부머 세대가 있습니다. 시대의 격변을 온몸으로 맞으며 통장 잔고와 아파트를 쌓아 올렸습니다. 구 386, 현 586세대는 민주화를 이룩했다는데, 누군가는 민주화가 586세대를 이룩했다고 말할 겁니다. 선발 투수들과 학점을 경쟁하고, 공모전이나 해외연수 없이도 대기업에 취업했다나요. 지금은 삐까번쩍한 건물들이 줄지어 선 동네가 논이고 밭이었습니다. 소 한 마리 팔아서 4년 대학등록금을 냈던 시절도 있었습니다. 이제는 한 학기 등록금도 못 되는 소들은 그동안 대체 무엇을 한 것인가요. 노력하지 않고서요. 괜한 곳에 화풀이나 해 봅니다. 다음은 X세대입니다. 미국 영화, 일본 만화를 보고 퀸이 며 아바며 마이클 잭슨 같은 해외 팝송에 열광했습니다. 〈배철수의 음악캠프〉나 〈정은임의 영화음악〉 같은 방송을 들었을 겁니다. 서태지, 현진영, 듀스, 신승훈, 이소라, 윤상 같은 가수들이 연달아 나왔고, 장발 로커도 활약했습니다. 그리고 홍콩영화가 있었습니다. 이쑤시개 문 윤발이 형과 공중 전화박스 안에서 무너져내리던 국영이 형, 아련한 눈빛으로 추락하는 청하 누나가 X세대의 우상이었습니다.

저는 Y세대입니다. HOT를 에이치오티로 부르냐 핫으로 부르냐를 고민하지 않은 첫 번째 세대입니다. 우리는 알파벳보다 에이치오티를 먼저 배웠고, 〈쥐라기공원〉과 〈영구와 땡칠이〉 시리즈를 함께 누렸습니다. 국민학교와 초등학교, 동사무소와 주민센터라는 말을 모두 익숙하게 씁니다. DOS에서 윈도우로 격변을, PC통신에서 5G로의 혁신을 눈앞에서 겪었습니다. IMF 세대가 얼마나 쉽게 취업했는지 보았고, 염치없는 캥거루가 되거나 원룸에 처박혀 청춘을 지새우거나 암튼 그렇습니다. 결혼하지 않거나 아이를 갖지 않고 살다가 잔소리를 듣는 친구가 수두룩합니다. 아, 제가 그런 친구일 수 있겠네요. 스스로도 자의인지 타의인지 헷갈립니다. Z세대, IMF 외환위기와 2002년 월드컵을 한강의 기적이나 88올림픽처럼 배웠을 세대입니다. 디지털 기기와 온라인 문화에 익숙해 오프라인에서 군림하는 꼰대들에게 충격을 던지기 일쑤입니다.

세대 분석은 사회과학에서 유용한 틀입니다. 현재를 분석하고 미래를 예측할 때 효과적인 도구입니다. 이 세대는 자산만 많고, 저 세대는 교육 수준이 높지만 자산이 없어 불만이 많으며, 요 세대는 숫자가 적어서 사회적 부담이 클 거란 식입니다. 세대론엔 '전 시대는 저러했고, 이 시대는 이러한데, 앞으로는 요렇게 될 것이다' 하는 분석이 뒤따르기 마련입니다. 생각해 보면 당연합니다. 인간은 환경에서 자유로울 수 없기 때문입니다.

같은 품종의 사과나무 묘목을 열 줄로 심은 과수원이 있다고 가정해 보죠. 농부는 줄마다 환경을 다르게 합니다. 물과 거름을 달리 주고, 잡초는 앞의 다섯 줄만 뽑습니다. 수확 때가 되어 달린 사과를 보면 줄마다 천차만별일 테지요. 환경이 다르면 결과가 달라집니다. 나무마다 차이도 있겠지만 줄마다 차이만큼 확연할 수는 없습니다. 세대론이 유효한 이유입니다. 그러나 세대론은 가끔 유용하고 대체로 남용됩니다. 온라인과 TV, 각종 광고에서 시도 때도 없이 세대 이야기를 합니다. '이 세대는 이렇고 저 세대는 저렇다'고 갈라져서 싸웁니다. 아니, 싸움을 붙이지요. 코로나 확산과 어느 후보 당선을 두고도 두 편으로 갈라져서 치고받습니다. 누구는 한심한 어린놈이, 누구는 지겨운 꼰대가 됩니다. 그러면서도 한쪽에선 MZ세대의 허영심과 베이비부머의 허전함을 자극해 필요도 없는 물건을 팔아치우려 합니다.

김 부장은 오십 대입니다. 이십 대 중반에 취업해서 이 회사 저

회사 옮겨가며 쉬지 않고 일했습니다. 이제 좀 여유가 생겨 일주일에 두 번씩 헬스장에 가서 운동합니다. 유행하는 최신 노래며 웹툰을 저보다도 훨씬 많이 압니다. 일도 열심히, 자기관리도 열심히 하는 성공한 회사원입니다. 그런 그에게 이십 대 신입직원이 '꼰대'라고 합니다. 큰 계약을 앞두고 같이 고생해 보자 독려하는 그에게 잘 돼 봐야 회삿돈이지 우리 돈이 아니라며 뒷담화하기 일쑤입니다. 몇 달 만에 잡은 회식 자리에 '회식 좋아하는 꼰대' 소리를 서슴지 않습니다. 이 직원에게 물었습니다. 왜 그렇게 김 부장을 싫어하냐고요. 그는 이렇게 답합니다. 경쟁 없이 편히 취업한 세대, '듣보잡' 대학교를 나오고도 제 연봉 두 배를 받는 꼰대라네요. 가난한 집안의 삼대독자로 학생운동 한 번 하지 못하고 4년 장학금을 받아 졸업한 김 부장은 한순간에 꼰대로 전락합니다.

신입의 젊음이 노력의 결과가 아니듯이, 부장이 나이 든 것도 뭘 잘못해서가 아닙니다. 이런 놈한텐 혈액형이 직방입니다.

"근데 너는 혈액형이 뭐냐."

"A형이요."

"역시 소심한 놈이구먼, 그럴 수도 있는 거지."

당근 숙녀의

감사

당근을 했습니다. 지역사회와 주머니 사정과 비우는 삶에 기여한다는 당근말이다. A4 용지로 인쇄한 자료를 펀치로 뚫어 바인더에 철하기 위해 바인더를 구했습니다. 몇 장 정도라면 파일에 넣어둘 수 있지만, 수백 장이 넘는다면 바인더가 깔끔합니다.

기자 생활하며 쓴 기사 중에 기억할 게 많았습니다. 평소엔 네이버 기자 페이지에 들어가서 봤는데, 퇴사하자마자 페이지가 삭제됐거든요. 언론사 요청이라고 했습니다. 회사 입장에선 퇴사한 기자의 페이지를 그대로 남겨두는 게 마뜩잖은 일이었나 봅니다. 써둔 기사 중 찾아볼 만한 걸 하나하나 인쇄했습니다. 공들여 쓴 기사 중엔 훗날 찾아볼 가치가 있는 것들이 많았습니다. 혹여 다른 언론사를 준비할라치면 포트폴리오로 활용하기도 좋았습니다. 어느 정도 인쇄를 끝내고 당근에 바인더를 검색했습니다. 이게 웬 떡인가요. 원했던 크기의 바인더가 무료 나눔으로 올라와 있었습니다. 한두 개도 아니고 열 개씩이나요! 당장 메시지를 보내 약속을 잡았습니다. 길 저편에서 당근색 셔츠를 맵시 있게 차려입은 여자가 다가옵니다. 양손에 짐이 가득 들렸습니다. 곧 제 것이 될 바인더 열 개가 들었을 테지요. 그에게 다가가 인사를 건넸습니다. 그러자 대뜸 시간 약속을 지켜 줘서 고맙다고 답합니다. 잠깐 사고가 정지합니다. 고맙다니, 대체 뭐가요? 바인더 열 개를 받기로 한 건 저입니다. 돈을 주고 팔아도 샀을 텐데, 무료로 나눔을 받았습니다. 제시간에 나가는 건 당연한 일이고요. 당연히 제가 고마워해야 하는데 상대가 먼저 고맙다고 합니다.

그와 헤어지고 한참이 지나서까지 여운이 남았습니다. '허를 찔렀다'는 말은 이럴 때 쓰려고 만들었나 봅니다. 지금 이 자리에서도 그가 제게 했을 법한 말을 열 가지 정도는 적을 수 있지만, 그중에 '고마워요'는 들어 있지 않습니다. 저는 감사에 인색했습니다. 인색함을 분명한 것이라고 믿었습니다. '이러이러하면 감사해야'지 정해 두고 그걸 다시 배우고 익혔습니다. 대부분은 무언가 제게 득이 될 때였습니다. 그마저도 충분히 득이 되지 않는다면 감사하지 않았습니다. 그 감사에 며칠 동안이나 즐거웠습니다. 저도 무언가 나눠 보자 싶었습니다. 예정에 없던 대청소를 했고 몇 개의 물건을 추려 당근에 올렸습니다. 상대가 약속 시간을 지켜줬다면 같은 인사를 했을 텐데, 하나 같이 조금씩 늦은 탓에 "멀리서 와줘서 고마워요" 같은 인사로 대신했습니다. 그럴 때면 다들 표정에 물음표를 띄웠습니다. 제가 그 기분 잘 알죠.

대학생 시절이었습니다. 어느 수업을 듣고 나오는 길에 갑자기 빗줄기가 쏟아졌습니다. 장대비란 말이 이래서 있나 보다 싶을 만큼 세찬 비였습니다. 지붕이 있는 건물 아래서 겨우 비를 피하며 다음 수업을 모두 째 버리고 파전에 막걸리나 먹으러 갈까 머리를 굴렸습니다. 그때였습니다. 목 위로 이상한 바구니를 뒤집어쓴 여학생이 달려왔습니다. 뒤집어쓴 바구니에 앞이 안 보였던가 봅니다. 달려온 여학생이 비를 피하던 저를 그대로 들이받았습니다. 무게가 실려 꽤 아팠지요. 그도 놀랐는지 황급히 바구니를 벗어들었습니다. 그리고 말했습니다.

"감사해요."

예상치 못한 말에 화 대신 웃음이 났습니다. 그날 이후 한참 동안 그 말을 생각했습니다. 무엇이 감사했을까. 정말 감사하다고 느꼈을까. 내가 화를 내기 전에 감사하다며 말을 막은 걸까. '미안'과 '감사'를 착각했을까. 한참 궁금했는데, 그 여학생이 벨기에인가 하는 곳으로 유학을 가서 답을 알 수 없게 되었습니다.

어느 날 받은 뜻밖의 감사는 오랫동안 잊고 있던 다른 감사를 깨웠습니다. 그 감사가 무미건조한 삶을 감사한 마음으로 바라보게 합니다. 감사를 생각하는 것만으로도 조금 감사해지는 기분입니다. 이 글도 당신에게 그러했으면 좋겠습니다.

평범함이 뭐라고

생각하세요

"평범함이 뭐라고 생각하세요?"

가볍게 나간 모임에서 센 질문을 받았습니다. 누구는 저가 생각하는 평범을 말합니다. 생김부터 연봉과 학벌, 직업에 이르기까지 본인이 생각하는 평범의 증거들이 하나둘 드러납니다. 키는 170센티미터 초반, 마르지도 찌지도 않은 몸매, 삼십 대 언저리의 남자입니다. 월급은 3백만 원 내외고 중소기업 사무직 직장인입니다. 주식투자도 하고 있지만 잘되지는 않고 취미는 애인과 영화를 보거나 친구들과 술을 마시는 정도입니다. 그게 그가 생각하는 평범입니다. 그의 답이 마음에 차지 않습니다. 저의 평범은 그보다는 조금 더 개인적인 것입니다. 인간은 모두 가까이 다가가면 특별하므로, 평범이란 그 특별함조차도 하나로 묶어 낼 수 있어야 합니다. 그러다 생각합니다. 내가 아는 비범한 인간들은 어떠했나 하고요.

평범과 비범은 영원한 특질이 못됩니다. 아무리 대단한 위인조차도 먹고 자고 쉬고 사랑하고 웃고 떠들다 슬피 우는 순간이 있을 테니까요. 그리고 보면 비범함은 언제나 선택에서 비롯되는 듯도 합니다. 이쪽으로 갈까 저쪽으로 갈까 고뇌하는 삶의 순간마다 어느 하나를 택해야 했던 그 많은 선택에서 비범함이 태어나는 것입니다.

요컨대 누구나 선택을 합니다. 하나를 택하면 다른 하나는 영영 잃고 맙니다. 로버트 프로스트의 저 유명한 《가지 않은 길》이 되어 오랜 시간이 흐른 뒤 그 길을 택했다면 어떠했을까 생각해 보는 것이 고작입니다. 또는 오랫동안 그때 그렇게 할 걸 하고 후회하게 되는 것이죠.

세상의 선택지는 크게 보면 둘 중 하나입니다. 하나는 가치를 좇는 선택이고, 다른 하나는 이익을 따르는 선택입니다. 어떤 가치일지는 사람에 따라 다르겠지요. 인류애부터 애국심, 가족애, 정의와 사랑, 자비, 인간다움과 멋스러움, 그밖에 온갖 것들이 누구의 가치가 될 수 있습니다. 때로는 차별이고 우월주의와 같은 것도 가치가 될 수 있습니다. 가치라 해서 모두 옳은 것은 아니지만 어찌 됐든 누구에겐 중한 것입니다. 가치를 좇는 선택이란 칸트식으로 말하자면 '정언명령적'입니다. '하면 좋아서'가 아니라 '해야 하기에' 하는 겁니다.

반대편엔 이익을 따르는 선택이 있습니다. 우리가 하는 아주 많은 선택이 여기 해당합니다. 장래에 도움이 될 것 같아 대학교에 가고, 전망이 좋을 것 같아 유명한 회사에 지원하는 식입니다. 취업에 보탬이 될 걸 기대하고 봉사활동을 한다거나 언젠가 도움을 받을 수 있으니 부유한 친구를 사귀는 것도 이와 같습니다. 이익을 따르는 선택은 대체로 합리적인 것처럼 보이지만 꼭 그렇지는 않습니다. 모든 선택은 결과를 알지 못한 채 이뤄지고, 인생이란 예기치 못한 일의 연속이기 때문입니다. 수많은 필연과 우연들은 우리의 인생을 생각지도 못한 곳으로 데려갑니다. 어제 나빴던 일이 오늘은 좋을 수 있고, 오늘 좋은 일이 내일은 나쁜 것이 되는 것이 세상사입니다. 역사는 미래를 자신하는 이들의 오만이 얼마나 무력하게 깨어져 왔는가를 기록하고 있지 않습니까.

우리는 수많은 선택에서 가치와 이익 중 어느 한쪽을 결정합니다. 대부분은 가치보단 이익을 따져 결정합니다. 때로는 이익 그 자체가, 또 때로는 이익을 얻지 못하리란 공포가 선택의 이유가 됩니다. 반면 소수도 있습니다. 이익보다는 가치를 좇는 사람, 가능성 대신 당위를 보는 이들입니다. 수확에 대한 기대 없이 씨를 뿌리는, 승전에 대한 확신 없이 전장에 나가는, 오직 선을 다하는 마음으로 일상을 사는 사람입니다. 제가 비범하다고 이르는 건 바로 이런 삶입니다.

사람들은 흔히 비범함을 대단한 누구의 전유물이라 속단하기 쉽습니다. 국운을 걸고 전장에 나아가는 장군이나 일신의 안위를 던져 놓고 제국과 독재에 항거하는 독립운동가며 민주운동가에게서 비범함을 찾으려고 준비합니다. 그러나 이는 그저 비범함의 신화일 뿐입니다. 오직 이들만이 비범함에 이를 수 있는 건 아니기 때문입니다. 비범함은 결국 선택에서 비롯되고 선택은 일상을 사는 모두에게 고루 다가오는 것이니까요.

우리 모두에겐 악만큼이나 선도 내재되어 있습니다. 그 선이 예기치 못한 순간에 드러나고 확장되는 순간을 누구나 경험해 보았을 겁니다. 때로는 그러한 선이 아주 대단한 일도 능히 이루게끔 합니다. 처음부터 각오한 결심이며 대단히 숭고한 철학에서 비롯된 것이 아닐 때도 잦습니다.

UN이 수여하는 난센상 최종 후보자까지 오른 전제용 선장의 이야기가 좋은 예시가 될 수 있습니다. 1985년 11월 한국을 떠들썩하게 한 사건이 있었습니다. '광명87호'가 남중국해를 지날 무렵 난파된 배 한 척과 만났습니다. 배 가득 실려 있던 사람들이 광명87호를 향해 구조신호를 보냈습니다. 베트남에서 탈출한 '보트 피플'이었습니다. 이를 본 전 선장은 본사와 교신해 상황을 전달했습니다. 회사에선 '관여치 말라'는 지침이 내려왔습니다. 배는 그대로 난파선을 지나쳤습니다. 그러나 전 선장은 이내 뱃머리를 돌렸습니다. 뱃사람으로서 그들이 오래 버티지 못하리란 사실을 알았기 때문입니다. 그는 선박의 제한된 물자를 보트 피플과 나눠가며 부산까지의 열흘을 버텼습니다. 여성과 아이들에게 선원들의 침실을 내주었고 노인과 환자는 선장실에서 치료했다고 했습니다. 돌아온 전 선장을 기다린 건 회사의 해고 통지였습니다. 여러 군데 이력서를 넣었지만 정부 조사까지 받은 그를 원하는 선사는 없었습니다. 그는 고향으로 가 멍게양식으로 생계를 유지해야 했습니다.

훗날 그를 찾은 난민 대표에게 전 선장은 "배를 돌릴 때부터 제 경력과 미래를 희생하게 될 것을 예감했다"라고 말했습니다. 그러나 그는 "단 한 번도 후회한 적이 없다"라고도 했습니다. 그에게 평소 난민을 구해야 한다는 확고한 신념이 있었으리라곤 생각하지 않습니다. 차마 어찌할 수 없는 마음, 누구에게나 있는 작은 선함을 그는 선택의 순간 제게 닥칠지 모를 위협보다 위에 둔 것입니다. 제가 믿는 비범은 그와 같은 순간, 그런 결정에서 확인할 수 있습니다. 그날 보트 피플들이 광명87호에 구조되기까지 무려 스물다섯 척의 배가 구조 신호를 외면했습니다.

세상 모든 사람에겐 평범과 비범의 씨앗이 있습니다. 그 씨앗은 선택의 순간에야 싹을 틔웁니다. 이익을 계산하는 평범한 마음과 가치를 좇고 싶은 비범한 마음이 뒤엉켜 싸울 때, 바로 그 순간 어느 쪽의 손을 들어주느냐에 따라 인간은 평범해지기도 하고 비범해지기도 합니다. 그중 제가 되고 싶은 건 기꺼이 비범해지길 선택할 수 있는 인간입니다.

암세포의

시대

회사를 그만두고 얼마 되지 않은 날이었습니다. 자정이 가까워진 깊은 밤, 저는 줌 프로그램으로 서울 반대편에 있는 어느 사내와 마주하고 앉았습니다. 우린 몇 권의 책을 놓고 몇 시간이고 대화했습니다. 주거니 받거니 이야기를 나누다 보면 저 혼자는 절대 가지 않을 방향으로 생각의 가지가 뻗어가곤 하였습니다.

그날의 주제는 빈부격차와 인구 감소였습니다. 자산은 시간을 가로질러 끝도 없이 늘어나는데 우리네 월급으론 삶을 꾸리기가 벅차다는 얘기가 오갔습니다. 젊은이들은 결혼하지 않고, 결혼해도 아이를 낳지 않는다고, 집이 없고, 돈이 없고, 빌어먹을 경쟁은 끝이 없다고 그런 대화가 오갔습니다. 숨이 턱 밑까지 찰 만큼 물장구를 쳐대도 제자리 같은 건 기분 탓일까요. 지난 10년 동안 한국 사회의 부실한 허벅지에 로우킥을 후려갈긴 말들이 있습니다.

금수저와 흙수저, 벼락거지, N포세대, 청년실신 같은 신조어입니다. 말들을 널어두고 가만히 지켜봅니다. 단어마다 박탈감과 절망감, 불공정 따위가 텁텁하게 배어 있습니다. 그냥 단어가 아닙니다. 성실한 시민들이 참지 못해 내지른 비명입니다.

불공정합니다. 날 때부터 부자와 빈자가 갈라집니다. 갈라진 것도 정도껏이지, 웬만큼 노력해선 따라갈 수 없습니다. 누구는 자동차를 타고 가고 누구는 등짐을 지고 걸어서 갑니다. 이길 수가 없는데 경쟁이라 합니다.

그래요, 불공정은 그렇다 칩시다. 처음부터 다른 수저를 들고 나는 건 어쩔 수가 없다고 합시다. 그런데 벼락거지는 웬 말입니까. 누구는 부동산으로, 누구는 주식으로, 누구는 가상자산으로 인생을 고쳤다고 합니다. 가격 오르는 게 한 달에 수천만 원이 우습습니다. 1년을 꼬박 일해야 하는 돈을 앉아서 법니다. '이건 좀 너무하잖아' 어디다 하소연하고 싶어도 재테크도 모르는 뒤처진 사람 취급받을까 두렵습니다. 보통의 시민이 걸어갈 길이 옛 대통령이 폭파한 한강 인도교처럼 무참히 끊겼습니다. 약삭빠른 놈들은 먼저 건넜고, 저는 강 이편에 남겨졌습니다. 등 뒤에선 절망이 좀비처럼 몰려듭니다.

오늘의 한국을 몸뚱이라 생각해 봅시다. 시민 하나하나는 몸뚱이를 이룬 세포들입니다. 세포들은 이제 몸뚱이가 세포를 위하지 않는 걸 압니다. 흙수저로 태어나 N포세대로 살아도 벼락거지를 면치 못합니다. 실업에 신용불량까지 청년들은 실신합니다. 몸뚱이를 지속할 세포분열은 어리석은 일입니다. 몸뚱이가 저를 안 챙기니, 세포가 알아서 챙길 수밖에요. 똑똑한 세포는 암세포가 되기로 결심합니다. 몸뚱이가 병들고 쇠약해져도 제 알 바 아닙니다.

세포들이 악착같이 살리려 했던 몸뚱이가 몇 개쯤은 있었던 것도 같습니다. 미화되고 과장됐다고는 해도 테르모필레 전투에 임한 그리스 군사들과 나당연합군에 항전한 백제 결사대, 이순신 장군의 함대에 탄 병졸들은 대개 그러했을 겁니다. 죽을 줄 알면서도 전장에 나서는 군인의 심정이란 도대체 어떤 것일까요. 제 목숨보다 우선해 지키려 한 것은 대체 무엇이었을까요.

2023년 벽두, 첨단무기로 무장한 외계인이 서울을 침공합니다. 민방위까지 죄다 소집해 목숨을 건 한판 전투를 벌이자고 합니다. 서울을, 한국을, 지구를 지키려 승산 없는 싸움에 나서야 할까요. 몸뚱이를 위해 저를 희생할 세포는 그리 많지 않을 겁니다. 저는 그 마음들이 도리어 타당하게 느껴집니다. 암세포는 몸뚱이를 생각하지 않습니다. 저 혼자 무제한 증식해서 몸뚱이를 죽입니다. 몸뚱이에서 났지만 몸뚱이를 생각하지 않는 세포, 우리 시대엔 암세포가 너무나도 많습니다.

인류의 진보란 무엇일까요. 자산이 늘어나고, 이해하는 것이 늘어나는 게 진보라면 인류는 진보한 게 분명합니다. 그러나 몸뚱이를 위하는 세포가 늘어나는 게 진보라면요? 몸뚱이의 안위를 아랑곳하지 않는 세포를 줄여 가는 게 진보라면 말입니다. 대체 누가 우리를 진보했다 말할 수 있을까요.

내가 애정하는 것은

친구를 만났습니다. 자칭 라멘 판독가인 그는, 이름난 라멘 가게는 죄다 찾아다니며 고수를 판별합니다. 구글 지도에 꽂아놓은 라멘 가게만 수백 곳. 그쯤 되면 따라만 다니는 서당 개도 라멘 맛을 구분합니다. 면이 좀 통통하고, 육수 향이 은은하게 올라오고, 달걀은 너무 오래 익혔고, 짠맛이 좀 강하네 하는 식으로요. 무언가를 좋아한다는 건 관심에서 시작합니다. 하나하나 평가 항목이 많아지고 취향이 생기고, 수준을 알게 하지요.

오늘은 연남동 어느 라멘집 앞에서 만났습니다. 친구는 벌써 두 차례나 허탕을 쳤답니다. 테이블 없이 주방과 맞닿은 바만 두고 영업하는데, 합하면 열 석이나 될까요. 하루 육십 그릇만 판매한답니다. 점심에 개장하고 몇 순번쯤 돌다 보면 금세 '영업 끝' 표지가 붙습니다. 곧 닿을 것 같은 포도는 시지 않은 법입니다.

두 번이나 헛걸음했으니 20분 여유를 두고 만났습니다. 줄 가장 앞에 서서 문이 열리자마자 들어갑니다. 라멘 한 그릇 먹자고 추위에 줄을 왜 서냐 싶겠지만, 곁에 라멘 판독가가 없을 때 얘기입니다. 혓바닥 돌기 하나하나를 곤두세워 맛에 집중할 참입니다. 주문은 키오스크로 받습니다. 직원이래야 고작 둘이니 합리적인 선택입니다. 4차 산업혁명과 최저임금 인상으로 키오스크가 서비스업을 대체한다는 얘기는 신물 나게 들었습니다. 요즘은 이런 식당이 한둘이 아닙니다. 터치, 터치 누르고 카드 꽉 꽂습니다. 주문서와 영수증을 받아 직원에게 전달합니다. 말 한마디 필요 없습니다. 5분 지났을까요. 바 테이블 위로 뜨끈한 라멘 한 그릇 툭 떨어집니다. 큼직한 차슈 세 조각에 잘게 썰린 양파 한 줌, 노릇노릇한 달걀 하나가 맛있게 올려졌습니다. 바 테이블에 둘러앉은 모두가 제 앞에 놓인 면과 국에 집중합니다. 추위에 떨며 한참 기다려 받아든 라멘 한 그릇, 어딘지 모르게 경건해지는 마음입니다. 휘휘 저어 국물을 마시고, 충분히 적신 면을 후루룩 삼킵니다. 오래 끓인 국물이 진득합니다. 면은 조금 통통해서 씹는 맛이 있습니다. 간은 짠 편입니다. 몇 숟갈 떠먹다 보니 너무 짜다 싶습니다. 반칙입니다. 밥이 당깁니다.

고개를 들어 주방을 봅니다. "이모, 여기 밥 한 그릇이요" 하고 싶습니다. 그런데, 아차! 여긴 그런 곳이 아닙니다. '주문은 키오스크로, 입구에서 카드 계산'입니다. 일어나서 키오스크로 간 다음에 메뉴-추가메뉴-공깃밥을 누르고 계산 누르고 카드 꽂고 주문서 받아서 무심하게 툭. 생각만 해도 번거롭습니다.

국밥집 정서가 아닙니다. 먹다 부족하면 "이모님 공깃밥 한 그릇 추가요!" 하는 게 국밥집의 정서입니다. 왠지 내가 애정하는 국밥집들이 생각납니다. 사람 없을 때 자리에 앉아 드라마를 보다가 악역을 욕하고, "총각, 깍두기 더 줄까?" 깍두기 반찬 덜어주고, "이모 여기 밥 한 그릇 추가요" 외치면 "밥 많이 담았어, 많이 먹어" 하는 그런 곳이 제게는 있었습니다.

최저임금이 너무 오르면 식당 아주머니들 일자리도 사라질까요? 키오스크로 주문을 받고 추가할 공깃밥이며 소주도 미리 계산해서 주문해야 할까요? 먹다가 다시 키오스크로 가서 주문하고 돌아와서 앉아서 또 먹다가 다시 일어나서 키오스크로 가서… 아닙니다, 그때쯤 되면 키오스크가 다가와서 "아이고 총각 우리 라멘은 맛이 어떤가, 좀 짠가, 밥 말아 먹을래?" 이럴지도 모르겠습니다. 알파고가 이세돌을 이겼는데, 국밥집 이모가 키오스크를 이길 수는 없겠지요. 국밥집 이모의 일자리와 국밥집의 낭만을 앗아갈 4차, 5차, 6차 산업혁명을 생각하다 보니 키오스크를 들인 라멘 집이 야속해집니다.

가게에 키오스크가 생기면 종업원이 사라집니다. 하나가 생기면 그렇게 다른 하나가 자리를 잃습니다. 그 상실들이 가끔은 슬펐습니다. 저는 사라지는 것에 대한 이야기를 쓰고 싶었습니다. 누군가는 꼭 알아야 하는 그런 상실에 대해서요. 사라지는 것처럼 보이는 많은 것들이 실은 사라지는 게 아니라 보이지 않는 곳에 자리 잡을 뿐이라고, 아주 오래도록 이야기하고 싶었습니다.

퇴사하는 날, 세 개 면에 들어갈 네 편의 기사를 썼습니다. 개중 세 편은 제법 품이 든 단독 기사였습니다. 마지막 발자국으로 나쁘지 않았지요. 이 기사들을 끝으로 기자로서 임무는 끝난 것입니다. 다시 다른 곳을 찾아 몸을 담을지, 완전히 새로운 무대로 나아갈지, 정해진 건 없습니다. 여기저기 러브콜이 쇄도할 만큼 해야 했는데, 제 역량으론 턱도 없는 일이었나 봅니다. 확신이 있는 만큼 조급할 필요는 없습니다. 기자로서 누구보다 가까이 다가선 분야가 있다는 것도, 그 분야가 많은 이의 삶에 작지 않은 영향을 미친다는 것도 대단한 자산이고 경력입니다. 당장 마감해야 할 글이 아홉 편이나 됩니다. 몇 개의 공모전과 신춘문예도 바라보고 가야 합니다. 절반은 성공해야 삶을 유지할 수 있겠지요. 실패하면 기고와 강의를 늘려야 하니 시간이나 여력 손실이 만만치 않습니다. 백수가 되어서도 도전할 일이 널렸단 건 자랑스러운 일입니다.

나아가야지요. 나를 믿고 한 걸음씩.

2022년 12월 겨울
김성호

자주 부끄럽고 가끔 행복했습니다

기자의 할 일, 저널리즘 에세이

초판 1쇄 발행 2023년 1월 11일

지은이 김성호
펴낸이 박영미
펴낸곳 포르체

책임편집 임혜원
편 집 김성아
마케팅 손진경, 김채원

출판신고 2020년 7월 20일 제2020-000103호
전 화 02-6083-0128 | 팩 스 02-6008-0126
이메일 porchetogo@gmail.com | 포스트 https://m.post.naver.com/porche_book
인스타그램 www.instagram.com/porche_book

ISBN 979-11-92730-12-7 (03810) | **값** 17,000원

여러분의 소중한 원고를 보내주세요.
porchetogo@gmail.com